ちくま文庫

# 山口瞳ベスト・エッセイ

山口瞳
小玉武 編

JN243111

筑摩書房

本書をコピー、スキャニング等の方法により無許諾で複製することは、法令に規定された場合を除いて禁止されています。請負業者等の第三者によるデジタル化は一切認められていませんので、ご注意ください。

目次

# 山口瞳ベスト・エッセイ

# 1 人間通——〝偏軒〟として生きる

# わが偏見の数々

人から、よく、偏見の持主と言われた。生島治郎さんに、あなたの文章は「偏見の美学」だと評され、司馬遼太郎さんには「命がけの僻論家」だと言われた。

この批評は、たぶん、当っているのだろう。それで、一時、偏軒と号して、落款《らっかん》も作ってもらった。しかし、私自身は、至極マットウなつもりでいるのである。このあたりが、僻論家の僻論家たる所以《ゆえん》なのだろう。そこで、ふだん考えていることを書いて、読者に判断してもらいたいという気持が強くなってきた。どうか、よろしくお願いします。

●女性の生理用品のテレビ・コマーシャルが嫌いだ。これに出演するタレントも嫌いになってしまう。

私は、子供の頃からずっと、女性というのは神聖で清らかなもの、純粋で愛らしいもの（そうではない人も多いが）だと思い続けてきた。従って、女性の生理に関することは密《みそ》かごとにしてもらいたいと思う。

北極探険の和泉雅子さんが、生理日には天幕に籠《こも》っていた（『週刊朝日』に掲載された手記によると必ずしもそうではなかったらしいが）という報道があったとき、そうあるべきだと思ったものだ。つまり「お籠り」が正解だと思っている。しかるに、ＴＶＣＦの「横溲れしない」とは何だ！　そうすると、その新製品発売以前の女性たちは、すべて横溲れしていたのか。

●「明日を担う子供たちにより良い住まいと環境を」というマンションだか何だかのＴＶＣＦを見ると腹がたつ。誰だって、自分の子供のために、空気の良い土地に住み、陽の当るベランダ、広いリビング・ルームがあって、快適な子供部屋を与えたいと願っているのだ。そうはいかないのが現実だ。はっきり言えば、金が無い。この広告は、実に残酷だと思う。

●ＴＶＣＦついでに、もうひとつ。サン・グラスをかけた若い美女が砂浜に寝そべっている。青い空、白い雲。この女性がジュースかなんか飲む。いったい、このＣＦは、眼鏡会社の広告なのか、旅行社の広告なのか、水着の広告なのか、化粧品会社のものなのか、それとも清涼飲料の広告なのか、なかなかわからなくてイライラする。最初に、〇〇眼鏡といったように、スポンサーを教えるのはいけないことなのか。

●映画の好きな小説家は、古くは山本周五郎、武田泰淳など、大勢いらっしゃる。私も、中学生時代に『外人部隊』や『望郷』を地方都市にまで追いかけて見に行くほどに熱中したが、その割には馴染めなかった。

それは、こういうことだ。

たとえば、オードリー・ヘプバーンが貧しい家の娘だったとする。しかし、オードリーほどの奇蹟的といっていいくらいの美貌とスタイルであるならば、ファッション・モデルになっても、たちまちスターになって金満家になれるはずだと、ついつい、そういう目で見てしまう。どうしても貧乏な家という実感がわいてこない。

終戦直後、田中絹代がパンパンになるという映画があった。私はまだ少年のようなものだったけれど、田中絹代ならば、パンパンにならなくても、せめて結構なお妾さんのくちぐらいあったんじゃないかと思ってしまう。

だから、若いときは、新劇のほうを好んだ。新劇女優であると、ああ、これなら仕方がないなと思うことができた。

映画よりも新劇よりも小説のほうがよかった。小説ならば、ヒロインの顔を自分で作りあげることができたから。

●五年ほど前、脚本家の早坂暁さんが拙宅にお越しになったとき、

「あなたは、どうして天才早坂って言われるんですか」

という馬鹿な質問をしてしまった。実際、早坂暁は天才だという噂を何度も聞いていた。私には、脚本家というのは、美しい映画女優に囲まれ、まとまった原稿料の入る良い商売だという思いこみがあった（この頃、少し実状がわかってきて、むしろ同情している）。まして、天才だと騒がれている。早坂暁という名前の印象もカッコイイ。私には反感とまではいかないが、それに近いものが（ヤッカミか）あったことを白状する。実際の人物は、天才早坂とは程遠い朴訥《ぼくとつ》な感じのする方だった。

「それは、原稿が遅いからですか。住所不定だからですか」

そういう失礼なことも言った記憶がある。早坂さんは苦笑していた。

この頃、早坂さんの書くものは、小説でも随筆でも、とても面白い。むろん、ドラマも好調で、ＮＨＫの『花へんろ』もよかった（ぜひ続篇を書いてください）。私は『夢千代日記』よりも好きだ。

ついでながら、『花へんろ』の桃井かおりの大正時代の着物が実に良かった。イッセー尾形の靴屋の芝居も良かった。こういう人を探して来る山藤章二は、やっぱり天才山藤なのかなあ。

●酒場などで、乾盃！　と言ってグラスをあわすのを好まない。とても、あんなことはできない。

●ネクタイにあわせた色柄のハンカチを胸のポケットにはさむのは、あれが正式な作法なのか。まるっきり知らないが、ああいう、これ見よがしなことも、とてもできない。

●佐伯祐三の絵を好まない。ああいう絵を部屋に飾っておくと、とても疲れるんじゃないかと思う。

●画商とか画廊主というのは、そうではない人を何人も知っているけれど、なんだか胡《う》散臭《さんくさ》いような気がして仕方がない。

●大きな炭鉱災害があると、「三井・三菱系の重役を先祖に持つ学者・文化人の意見を一度聞いてみたいものだな」と、すぐにそう思ってしまう。

●女子高校生は、どうして、戦前の安月給取りのような黒い革の鞄を使っているのか。重いだろうし、恰好が悪いし、あれが不思議でしょうがない。

●映画館でも野球場でも競馬場でもいい、小便をしに便所へ行くと、中年の掃除婦が作業をしていることがある。

こういう際は、外に出て、掃除がすむのを待つべきであると思う。咄嗟《とつさ》に、すぐに、そう思う。

しかしながら、こちらが緊急事態である場合がある。いそいでいる時がある。糖尿病の下地があって、頻尿・多尿の傾向があるのも身の不運である。

見廻すと、掃除婦の作業している場所と小便所とは、かなり離れている。平気でジャカジャカやっている男もいる。えい、ままよ、そう思って、ズボンのチャックをおろすことがある。告白するならば、こういう経験は、一度や二度ではない。

心の傷みは、すぐにはやってこない。二、三時間後に、今日、俺は大変なことをやってしまったなと思う。これは明らかに差別行為ではないか。自分で、俺は怖い男だなと思う。俺は、あの女性を物体と同じように扱ったなと思う。それが怖い、怖い。

## 年齢

このごろ、電車に乗って座席に腰をかけていても、気が咎《とが》めるという気持が薄らいできた。私は四十五歳になる。

それは、計算上のことであって、坐っていて、見渡すと、どう見ても私が平均年齢より上に属することがわかるからだった。こんなときに、見渡すということが、すでにして、私にある年齢といったものを感じさせずにはおかない。こんなときというのは、私の前に老人が立ってしまう時である。

私は、どちらかというと、電車に乗っても、扉のそばに立って外の景色を見るのが好きなほうの男だった。いまでも嫌いではない。立っていることが苦痛ではない。それが、だんだんに、坐っていることが苦痛でないばかりでなく、疲れているときには、俺にはその権利があるとさえ思うようになった。その気持は、イヤシイものである。私が卑しいのではなく、年齢というものが卑しい。

四、五年前に、高橋義孝先生と一緒に電車に乗っていて、坐っていて、前に立っている婦人の荷物を持ってあげましょうと言って、ひどく叱られたことがある。そんなことを言うくらいなら、お前が立て、と先生はおっしゃった。全く先生の言うことが正しい。私は立って席を譲った。自分で自分の顔が赧《あか》くなるのがわかった。先生の言われたのは、中途半端な親切はやめろということだったと思う。

私の母は、私が三十四歳のときに死んだ。母は、私が酒を飲むことを好まなかった。母は酒飲みがきらいだった。

母は、お前さんは、ふだんは無口なのに、酒を飲むとおしゃべりになって面白くなると言った。面白くなるのが厭らしいと言った。

私は、時に、大酒を飲んだ。それは、たいていは、高橋義孝先生の奢《おご》りだった。母が私に大酒を禁止する時に、お前さんは、まだ一人前ではないからだと言った。高橋さんは一人前であるけれど、お前さんは一人前ではないと言った。

四十五歳になった私は、いまでも酒を飲むし、時に大酒を飲む。ところが、こんどは、私の内心において、私の酒を禁止する声がある。そんなことをしていていいのか。体はいいのか。明日が大変だぞ。

私が、なんら気が咎めることなくして大酒が飲めた期間は、いまから考えると、非常に短かったようだ。すなわち、私の「一人前の時」は、きわめて短かった。

## いい酒場とは

いい酒場が減ってきた。いまも減りつつあるというのは、どうやら事実であるようだ。

いい酒場とは、どういう店か。ひとくちにはいえないので、いくつかの条件をあげてみよう。

まず第一に、いい酒を飲ませる店でないといけない。そういうと不思議に思われる方がおられるかもしれない。角瓶はどこへ行っても角瓶で、味は同じだと思うかもしれない。

しかし、酒の味は店によって違うのである。A店のハイボールとB店のハイボールは味が違う。それのわからないひとは、酒飲みとしては失格だと思う。カクテルになると、それがいっそう明らかになる。マルチニなどは、オリーブの選び方でも酒の味が変ってくる。従って、ハイボールを飲みたいときはA店へ、マルチニならB店という客がでてくるのである。

だから、いいバーテンダーのいる店がいい店ということになるのである。マスターが年季のはいったバーテンダーだったという店がいい。むろん、そういうマスターが現在でもバーテンダーを勤めているというのが理想である。

第二に、店の雰囲気が、打てば響くという感じであるのがよい。客がどういう状態でいるか、何を欲しているかを即座に察するようでないといけない。酒を売る店なのだから、客の健康に敏感でないといけない。

話をしたがっているか、だまって静かに飲みたいのか、その日によって客の気持は異るのである。飲みたいのか、すこし腹に何かをいれたいのかがわかっていなければ商売にならない。

もちろん、客のいい話相手にならないといけない。つまり、ここでも、いいマスター、いいバーテンダー、いい女主人が必要になってくる。

いい酒場であるための条件は、この二点でよい。

だから、自然に店の大きさもきまってくる。どんなに大きくても十坪である。経営者、従業員の性格、店の感じもなんとなく想像がつくと思う。

こういういい酒場がどうして減ってきているのか。

それは、客が悪いからである。客の質が落ちてきたのである。

酒を飲みに行くのではなくて、女のいるところへ遊びに行くという感じになってしまった。

もうひとつは税金制度のためである。社用で接待するには、名を知られた大きな店でないといけない。そういう店には女が多勢いる。その感じに馴れてしまう。接待される側も、どうせ奢られるなら女のいる店ということになる。そんなふうに、かたよってしまって、いい酒場の経営がむずかしくなってくる。

また、いっぽう、経営者のほうにも迷いが生ずる。

酒の味は同じであるが、ホステスは一人一人が違っている。いい女を置けば、客が来る。女で勝負だと考えるようになる。ホステスの契約金だとか日給だとかが上昇して、勘定が高くなる。客の質の低下、税制がこれに拍車をかけることになる。

酒の味は同じだと考えるのが、そもそも根本の誤りであることを知らなければいけない。

いい酒場が減ってくるのは、酒飲みにとっては、いちばん悲しいことだ。なんとかしてこれを育てないといけない。

酒を飲むひとにお願いがある。まず第一に、いい酒飲みになっていただきたい。女と遊ぶためだったら、喫茶店へでも、ピクニックへでも行ったらいいだろう。つぎに、酒場に借りをつくってはいけないということ。お勘定をしっかり払ってもらいたい。

いい酒場が栄えることは、奥さまがたにとってもいいことだということがわかると思う。その点からも、ぜひ、ご協力をお願いしたいと思う。

## クラス会

十一月十六日に麻布中学のクラス会が行われた。正しく言えば、昭和十九年卒業の同期会である。

私は幹事の一人であるから、打ちあわせ会にも参加した。いつでも問題になるのは会場と会費である。出席予定の五十人が入れるところとなると、どうしても会場が限られてくる。五十代の半ばになると、いろいろうるさくなってくる。ナミの宴会場では物足りない。そうかといって一流の料亭では会費が二万円ぐらいになってしまう。この三年間ぐらい、一万円でやってきたのだ。

一昨年は柳橋の『亀清楼』を奮発した。もっとも、奮発したのは『亀清楼』のほうであって、そのあと、クラス会の申し込みが殺到して困ったと内儀は言っていた。会費一万円ということは、諸経費に二千円ぐらいはかかるので、一人当り七千円か八千円ぐらいしか支払っていなかったはずである。招待した先生の御車代なんかも考慮しなければならない。かりに先生が五人も出席すると、たちまち破算してしまう。七千円で『亀清楼』のお座敷で遊ぶというんだから図々しいもんだ。

このときは出席率がよかった。このように、会場を工夫しないといけない。今年はどこそこだというので出てくる人がいる。毎年おなじ場所では飽きられてしまう。

今年は最初に会費を一万二千円に決めた。つまり、一万円でやってくれるところを探せばいいのである。『亀清楼』のときは、内儀がバンケットの女性を三人サービスしてくれて、とても助かった。三人いるだけで、ずいぶんと和やかになる。女の力は偉大である。そのことも考えなければいけない。

幹事会は、いつでも、銀座の『そば処よしだ』の二階で行われるのであるが、ここではどうか、ということになった。私は毎年それを提案していて却下されてきた。主人を呼んで相談すると、なんとかなるでしょうという力強い解答が得られた。銀座の『天地堂』の尾関進が主催者の形になっているが、彼は慎重派であり心配性のところもあって、『よしだ』では人数がふえると小部屋に廻される男がでてくるおそれがあると言い続けてきた。それと、ソバ屋の二階で一万二千円というのは高い感じになるとも考えたようだ。

＊

この頃は、結婚式に出ても私が最年長ということが多くなった。結婚式は老人の出番だと思っていたのに、いつのまにか私が老人の部になってしまっている。そこで祝辞やら乾盃の音頭やらが廻ってくることが多い。

クラス会は同年齢の集まりだから、その点は気が楽なのだけれど、名前が知られる商売なので、乾盃の音頭をやらされる怖れがある。なにしろ荒っぽい連中なので、あらかじめ依頼の連絡があるというようなことはない。

ずっとホテルで仕事を続けているが、家にいるときのように熟睡が得られるということはない。そこで、睡眠薬がわりに、クラス会の前夜は、ベッドのなかで挨拶《あいさつ》の文句を考えることにした。

「ええ、先月の初めに、このソバ屋で幹事の打合せ会が開かれまして、そのときに、だいたい月の半ばがヒマだろうということで、十一月十五日、つまり昨日に決まったんです。

ええ、十一月十五日でなくてよかったと思っています。昨日は、ブレジネフ書記長の葬儀、上越新幹線の開通で、もしクラス会が昨日であったなら、出席者は半分に減ったと思います。（ここで笑ってくれるといいな）

それは冗談です。本当の理由を申しあげます。十一月十五日ですと、孫の七五三にぶつかるのではないかと心配したんです。（ここで爆笑になってくれないかな）

ええ、乾盃の音頭をやらせていただきます。私は、乾盃！とか、スコール！とかというのが嫌いで、どこでも、おめでとうございます、でやらせてもらっています。盃の用意はよろしいでしょうか。

私は、今月の三日が誕生日でありまして、五十六歳になりました。五十五歳以上を高齢者と言うんだそうですが、私も諸君も高齢者になったわけです。

なぜ、乾盃！が嫌いかと言いますと、競馬ではカンパイというのはスタートのやり直しという意味なんです。（わかるかな）カンバックが訛《なま》ったものだそうです。

ええ、五十六歳になりまして、私、実は、スタートのやり直しをしたいという気持になっています。諸君のなかには、定年で新会社に移られた方もおられるでしょう。どうですか、一緒にスタートからやり直そうじゃありませんか。

今日は乾盃でやります。どうか、大きな声で、乾盃ッ！　と叫んでください。では、いいですか。（間）カンパーイ！」

だいたい、このへんでいいのではないかと思った。

＊

はたして、突然、乾盃の音頭取りの指名があった。私は、総裁予備選でお忙しい方ばかりなのに多数ご出席くださいまして、というのをつけくわえた。これは盗作である。柴田錬三郎さんの一周忌のときに、発起人の遠藤周作さんが、今日は東京サミットでお忙しい方ばかり、と挨拶したのを思いだしたからである。ところが、文壇と東京サミットは無関係であるのが面白かったのに、クラス会の出席者の顔ぶれを見ると総裁予備選とまったく無関係ではなく、むしろ、つきすぎていて失敗だったことに気づいた。

「孫が七五三にぶつかった人は手をあげてください」

と言った。誰も手をあげない。

「子供が七五三っていうのがいるんじゃないか。再婚かなんかで」

と発言する男がいた。

「バカヤロウ！　そういう不届きな男はどうでもいいんだ」

ついつい私も呶鳴《どな》ってしまう。上気しているのだ。それにしても、席の中央でバカヤロウと呶鳴れる会はクラス会以外にはない。

＊

　そのうちに、

「おい尾関、こっちへ来い」

「おい増岡、老けたなあ。先生と変らないじゃないか」

「おい春山、お前の娘はまだ三歳にもなっていないのか」

　という声が飛びかうようになる。この、おい××と呼べる席も、ここしかない。一時、サンづけで呼ぶようになってきたが、ここへきて、また、おい××が復活した。高齢者になった証拠だろう。老人になると、おくに訛りが復活するのと似ている。

『よしだ』は、とてもよくサービスしてくれた。鴨鍋のウドンがうまい。

　笠信太郎の息子の笠大炊が近づいてきた。

「ぼくが、銀座で最初にオヤジに食べさせてもらったのが、『よしだ』だった。鴨鍋だった。うまかったなあ。それから、毎年、家中で『よしだ』で忘年会をやるようになったんだ」

　私は、笠信太郎先生が愛好されていたと聞いて嬉しくなった。小泉信三先生が『鉢巻岡田』を愛好されたのと似ている。似ているようで少し筋が違うというのも面白い。ずいぶん変ってしまったが、やっぱり、東京者にとっては銀座は嬉しい盛り場だなあという気がした。

銀座の女性が八人来てくれて、くちぐちに楽しかったという。男っぽい集りというのが珍しいようだ。麻布って男子校なのねという人もいた。

出席者は三十九人。女性八人とあわせて、どうも、ソバ屋の二階の会合は四十七人になるようだ。

## 新入社員に関する十二章

新入社員諸君。今月から君たちは私の仲間だ。

まだ講習をうけている人もいるだろう。正式に配属されるのは五月の半ばという会社もあるだろう。工場実習なんかがあると遅くなるからね。また、もう部署についてはたらいている人もいる。いずれにしても忙しいでしょう。はじめは特に疲れるからね。

まあ、なんとか閑をつくって私の文章を読んでください。私の言うことをきいてください。きっと役に立つことがあると思う。

私の文章を読んで、保守反動の言とうけとる人がいるかもしれない。古臭いと思う人がいるかもしれない。私自身、自分にそういう気配のあることを認め、反省し、自戒している。新しい時代に、若い人たちについていけないのではないかと弱気になることがある。

しかし、以下の十二項目のうちどれかは必ず役に立つ。そういう自信はある。あるいは十二項目全体から何かを汲みとっていただいても結構だ。いま分らなくても五年経ったら、なるほどと納得のゆく事項もあるはずだ。

私は三十八歳である。すくなくとも、中堅社員が新入社員に対して、何を考え、何を期待しているかを承知することだけでも損ではあるまいと思う。時代が変っても、変らぬ人生の知恵がある。十二項目について、積極的にこれを実行してみようという人がいるならば、こんなに嬉しいことはない。きっといい会社員に、いい人間になれると思う。ややお説教くさくなっているが、それはガマンしてください。

一、社会を甘くみるな　勉強を怠るな

私たち中堅社員にとって、もっとも手に負えない、もっともガマンできないのは、次のような新入社員の態度である。

学校と社会とは別ものである。学校は勉強するところであり、社会は仕事をして月給をもらうところである。社会に出たら勉強しなくていい。社会というのは不潔なところである。学校には青春があり、理想があり、学問があった。会社勤めは世を忍ぶ仮の姿である。

こんな気持で入社してきたらヒドイ目にあう。第一に、その考えは誤っているのだ。私たちがもっとも嫌うタイプは〝学生臭さを売りものにする奴〟である。学生時代に読書し、勉強するのは当りまえのことだ。そうやって得たものをどう活かし、どうやって積みかさね、発展させてゆくかという場が社会であり、会社であると思っていただきたい。会社へはいったら、自分の学問のテーマをきめていただきたい。それが本当の勉強であるはずである。会社へはいったら勉強しなくていいと考えるならば、とんでもない思い違いである。そんなに社会は甘くない。

同様の意味において、社会ずれをしないでいただきたい。要領よくやればなんとかなると思ったら甘っちょろい。社会生活はもうちょっとオッカナイところだと承知してほしい。要領だけで切りぬけられる、泳いでいけると思ったら大間違いだ。あくまでも〝素朴な気持〟〝初一念〟を失わないでほしい。目さきのききすぎる奴、はしっこい奴は軽蔑され、結局は蹴落されるのだ。新聞社へはいったら、すぐに新聞記者臭い言葉をつかい、新聞記者風の服装をする奴がいる。要するに臭い奴は馬鹿にされるだけだ。

勉強について、もうひとついうと、自分の会社、自分の職場を利用せよということがある。貿易会社に勤めると語学が必要になる。銀行・保険会社・証券会社に勤めれば経済機構についての知識が必要になる。ああ厭だ、と思いなさんな。しめた、と思ってください。そういう会社には、そういう勉強をするための設備・資料があるはずだ。こいつを利用してやれ、と思うことだ。これは必ず将来の役に立つ。

どんな会社でも、今後は世界を相手の商売になることを忘れないでほしい。私のよわいところだが、国際感覚を身につける努力を失ってはいけない。世界情勢から目をそらしてはいけない。

二、学者になるな　芸術家になるな

勉強はつづけてほしい。しかし、学者になってはいけない。会社はあなたを学者にするために月給をはらっているのではないのだ。会社の戦力となるために学問をつづけるわけだ。この意味を誤解しないでほしい。

会社にはいれば、私の言う意味をすぐに理解してくれると思う。会社には何人かの〝学者〟がいる。困った学者たちをすぐに発見できると思う。彼らは一家言をもっている。しかし、決して実行をしないのである。考えてもみたまえ、会社員の半分が学者・評論家になってしまったら、会社は動かなくなってしまう。ワケシリになるな。ワケシリは他人のやったことを批評することはできるが、自分でプランをたて、それを実行することができないのだ。会社員の任務は、いつでも白紙の態度で調査し、取材し、プランをたて、そいつを実行することにあるのだ。

芸術家にもなるな。特に宣伝部に配属された人にそう言いたい。デザイナー、コピー・ライター、カメラマンには商品を売るという共同の目的があるのだ。そのためには自分を殺さなくてはいけない場合がある。芸術は自分の時間でやったらいいのだ。

How to ものといえばすでにご存じだろう。立身出世やマネージメントなどに関する書物である。こういうものを読むな、とあえて言いたい。まあ参考のため、話題のために一冊ぐらい読むのはいい。それ以上に深入りする必要はない。会社とはこういうものだという先入観をもって入社してこられては迷惑する。そんなに簡単に企業が理解できるものなら、みんなが社長になればいいのだ。

むしろ、一見、仕事に関係のないように思われる書物を乱読することをおすすめする。そうやって社会を知り、人間を知り、人生を知ることのほうが、はるかに仕事にとって有益なのである。

その意味で、何かひとつは趣味をもってほしいと思う。学問一筋でも困る。考古学が好きなら、どんどん穴掘りに出かけ、旅行を趣味とするというふうでありたい。長いサラリーマン生活ではスランプにおちいることもあるし、ノイローゼになることもある。そうでない人がノイローゼになるとてっとり早く救ってくれるのは何かの趣味である。そうでない人がノイローゼになると救いようがない。好きな道なら、なんでもよい。

趣味をもて、しかし、ゴルフはするな。いまのゴルフは趣味ではない。あれは社用である。老人用である。社用のための趣味をもつようなねじくれた青年になるな。ゴルフをするのは、二十年後でよい。車のこともある。運転の免許をとるのはよいことだが、みんなが車を買うから俺も買うという自主性のないことでは困る。まだ当分は経済的にも無理だと思ってほしい。

三、無意味に見える仕事も厭がるな

君は新入社員なのだから、その仕事が無意味であるかどうかを判断する力がないのだ。そう思ってほしい。とにかくやってみることだ。いまの会社が、難しい試験問題をつくって厳密な身許調査をして入社させた社員に、意味のない仕事をさせるわけがない。何かの意味があるはずである。仮に全く無意味な仕事だとわかったとしても、仕事の改革を提案するのは何年か先のことにしたらよい。

また、つまらないことはする必要がない。仕事がないからといって、課長の灰皿を洗ってくるようなことはしなくてよい。それは仕事ではない。堂々と机の上で本を読んでいたらよい。許可を得て展覧会を見にいったり、家庭用品のメーカーならデパートの売り場を歩いてくるとよい。遠慮することはない。

はじめの三年間は仕事のうえの目標をたてないほうがよいと思う。命令されたことを確実に実行するという態度がのぞましい。なぜならば、会社には転勤も異動もあるのだ。はじめに狭い目標をたてないほうがよい。

残業をいやがってはいけない。残業をいやがるのは自分を侮辱することだ。私たちは時間で飼われているのではない。質的によい仕事をするため、仕事にきっぱりしたケジメをつけるために、規定の時間をオーバーして残業になるのである。自分の仕事を立派に完成するために時間外勤務の必要が生じたのである。

仕事に誇りを持とう。

私の同僚で、屋外看板・野立看板を受け持った男がいる。宣伝でいえば、ぱっとしない部署だ。田圃のなかの看板を修理したり、田舎の茶店に交渉に行ったりする。彼は、五年間、この仕事を立派にやってのけた。一度も文句を言わなかった。すくない予算を巧みにつかって、うまいプランをたて、処理と報告にも間違いがなかった。当然、彼の評判は高まったが急には部署が変わらず、出世もしなかった。

もう一人の男。彼は突然、地方都市の出張所に転勤を命ぜられた。優秀な社員であることがわかっていたから、いつでもそのことが話題になった。一年に一度、全体会議で上京してくるが、彼は楽しそうにしていた。

五年経って大異動があったときに、この二人の男は、小さな会社なら常務に当るような、実質的な権限をあたえられる地位に、一挙に栄転した。もし、不満をいだいてグチをこぼし、仕事を怠っていたら、彼の今日の位置はどうなっていただろうか。小さな仕事でも誰かがやらなくてはいけない。そういう仕事をあたえられることは、逆にチャンスでもあるわけだ。

今度のゴールデン・ウィークは、四月三十日と五月二日、四日に休暇をとり、メーデーをさぼれば一週間続けて休みになる。サラリーマンなら誰しもそう考えるだろう。しかし、七日間も休業できる会社はまずあるまい。誰かが出勤しないといけない。ここがカンジンである。三年未満の新人で、こいつを利用しようと考える社員がいたら私は馬鹿だと思う。解説は不用だろう。

四、出入りの商人に威張るな

これは十二項目のなかで、あるいは立身出世に直接つながるものかと思われる。その志のある人は熟読玩味せられたい。

会社に勤めると、むこうから頭をさげてくる人と、こちらが頭をさげなければいけない人とがあることがわかるだろう。

出来あがった製品をおさめる場合、問屋筋・小売店・消費者に対してはこちらが頭をさげる。しかし、製品となるまえの部品を売りにくる業者は、むこうから頭をさげてくるのである。こういった関係はすぐに理解できることと思う。

メーカーに限ったことではなく、どんな会社に勤めても、自分が高姿勢で応対できる立場の相手がいるのである。

こういう人たちに、決して威張ってはいけない。なぜだろうか。

出入りの商人の一言が致命的となるばあいがある。おたくの会社の方はいい人ばかりですが、Aさんにだけはどうも泣かされます、と課長や重役に訴えられたらおしまいである。悪口を言えない立場の人が悪く言うときは、響きが強いのである。

立場をかえよう。きみが問屋さんに行って誰かに親切にされ、また仕事のこともテキパキと気持よく処理してくれたとしたら、帰社してから上役にそれを報告するだろう。相手の名が噂話にも出るだろう。それは廻り廻って相手の会社の重役の耳にも達するはずである。他社でウケのよい社員を幹部は大事にし、自慢するのである。

威張れる立場の人に決して威張るな。これを忘れないでほしい。反対に頭をさげるときもペコペコすることはない。取引きだから、堂々とやってください。新入社員にも部下がいる。高校卒の女子事務補助員であり受付嬢であり、給仕さんである。こういう人たちを可愛がってほしい。

立身出世につながるということで、これは卑屈な行為だろうか。そうではない。威張れる相手を可愛がるのは、見た目にも美しく、情にも理にもかなっている。こうやって出世するのが自然である。出世を厭らしく考えることはない。より大きな仕事のできる場をあたえられることと理解してほしい。

五、仕事の手順は自分で考えろ

私は長い間、出版社の編集部員だった。プランをたて、原稿を依頼し、受け取りに行き、雑誌にあてはまるようにレイアウトし、伝票その他の雑件を処理する。こういう仕事は学問ではない。学校では教えてくれなかった。ということは、私たちの先輩が自分できりひらいた道であった。先輩はそういう仕事の手順を教えてはくれない。なぜなら、ある程度までは先輩も自己流なのだから、それを押しつけようとはしないのである。これを冷たい態度だと思ってはいけない。自分で問題に当面し、体でおぼえるのである。自分でやってみて、行き詰ったら先輩に相談するとよい。そうなってはじめて先輩は自分の体験から割りだした手順を教えてくれるはずである。まず自分でやってみることだ。

考える社員、考えて仕事をする社員、自分の方法を発見しようとする社員は、ある時期はノロマに見えるかもしれないが、時いたれば飛躍的に伸びるのである。教えてくださいの一点張りでは、いつまでたっても成長しない。だいいち、簡単に教えられる仕事ばかりなら優秀な新人を大勢採用する必要がない。

六、重役は馬鹿ではないし敵でもない

学校を出てすぐ会社の重役に接すると、滑稽にみえたり、馬鹿にみえたりすることがある。サラリーマン小説や企業小説で読んだ先入観で甘くみては困る。重役はサルトルを知らないかもしれない。しかし、馬鹿じゃない。

重役は愛社精神の権化であると心得られたし。つまり一生を勤めた会社を大事にしようとしている。したがって、そのために社員をよく観察しているのである。こういう人にゴマスリやスタンド・プレーが通用するわけがない。私たちのことを実によく研究しているのである。ゴマスリが通ずるのは仕事のよくできない逃げ腰の課長、または出世をあきらめた係長までと思ってよい。こういう人にかかわっては自分が損をする。

同様に重役は敵ではない。最大の味方である。重役をおそれてはいけない。自然な機会をとらえて話しかけるべきである。

学生時代、全学連で活躍していたためか、重役をこわがる社員がいた。重役室へ行ってくれというと顔色が蒼くなってしまう。ところが重役のほうは、全学連はハシカのようなものだとしか考えていない。いまの会社重役は、新入社員の一部が考えているような馬鹿ではないのである。

ビクビクするな、クヨクヨするな、失敗をおそれるな、安心して仕事をせよ、と言いたい。君たちは新兵なのだ。むしろ失敗するほうが当り前のことなのである。宝塚の歌みたいに〝大将となるにも、はじめは二等兵〟と歌って気楽にやったらよい。

社史・社内報を熟読せよ。そこから、きっと何かをつかむことができる。会社の歴史を知らなければ、そとへ出てゆくことができないではないか。他社の人のほうがわが社の事情にくわしかったら、恥ではないか。重役は生きた社史である。おそれずに接近せよ。

七、金をつくるな　友人をつくれ

給料分だけはたらけばいいだろうと考える奴にロクな者はいない。給料の一割は貯金しよう、こいつが複利で十年先にはいくらになるという計算ばかりしている奴も駄目な社員である。二十三歳で入社して、三十歳までにいくら貯金ができると思うか。いまの給料では、せいぜい百万円だろう。そんなハシタ銭《がね》に目をくれるな。お金というものは、はいるときには自然にはいってくると考えて間違いはない。それは、五十歳ちかくなってからのことである。そのときは、体力の限界がきている。金はつかうものだ。誰のために？　自分のためにだ。

会社員にとっては仕事が生命である。むしろ、借金をおそれるなと言いたい。損して得とれと言いたい。もっとも有利な投資は自分に金をかけることだ。

サラリーマンの有利な点は、病気をしても二、三年は会社が面倒をみてくれることだ。これは有難いことだ。ほかの商売ではそうはいかない。会社が面倒をみるのは、よくはたらいた社員に対してだけである。だから、安心して仕事にうちこみ、あまり金のことは考えないほうがよい。金をつくるよりは友人をつくれ。五年間に五人の友人ができたらしめたものである。十年間に十人の友人を得たら、天下無敵である。

家庭を大事にすべきである。仕事に対して理解のある家庭を育てることが先決だ。家がゴタゴタして、それが仕事にひびくというのが、最悪の事態である。

健康が大切である。風邪をひいたと思ったら、すぐに会社を休みなさい。長患いをしないこと、それが会社のためであり、自分のためである。しかし、あまりたびたび風邪をひくな。

八、新人殺しに気をつけよ

自分にだけ親切にしてくれる社員がいたら、はてな、これはおかしいぞと思うくらいの知恵を持ってほしい。特にこれは先輩の女子社員に多いのである。

はてな、おかしいぞ。疑問を感ずるか、ウヒヒヒと笑ってしまうかで運命がわかれる。先輩である彼女は、何かの理由で社内では誰からも相手にされないのである。鼻ッツマミなのである。毎年、新入社員がはいってくるのを待ちかまえている。

そのなかから、さらに君が選ばれてしまったわけだ。選ばれた不名誉である。即刻逃げだすべきだ。彼女が鼻ッツマミになるまでには、幾多の事件があったのである。そうやって見放されたのである。変な俠気《おとこぎ》を出さないほうがいい。時間の無駄だ。男の社員でもこういうのが一人か二人はいるから、警戒すべきである。

当分は会社の女性にモテようと思うな、むこうのほうが上手《うわて》だと思って間違いはない。結婚をめざして入社してくるのだから。親切そうにみえても、それは単に試されているだけである。三年間は会社の女に惚れるな。手を出すな。気が散って仕事にさしつかえる。君は新兵なのである。

九、正しい文字を書き　正しい言葉をつかえ

入社したら、まず自分の金で、専用の小型国語辞典を買っていただきたい。それを机の中にいれておくこと。辞書は新しいほど値うちがあるのである。学生時代の古ぼけた奴は家に置いておけばよい。こんなに安いものはないということに、何年か経ったら気づくだろう。

正確な文字を書け。人に字をきくな。辞書を見よ。

日本語は会社員生活をしているあいだは、ずっとつきまとう。社内日記・稟議書・企画書・報告書から、黒板に書く行先の記入にいたるまですべてに関係してくる。間違った文字を書くと事務が円滑に運ばれないし、当人が信用を失ってしまう。一生の大事であるが、辞書をひくという習慣を身につけさえすれば、それでこと足りるのだ。

変な英語、略語、専門用語をふりまわすな。仕事のことがわからないから言葉で逃げ

ているとと思われるだけだ。

言葉というのは主として電話のことだ。これも一生つきまとう。日本語には敬語という便利なものがある。早くこれをマスターすべきである。言葉づかいを知らないために電話をこわがるということも、仕事に支障をきたす。こんなことこそ先輩にきくべきだ。両親でも叔母さんでもよい。一時間あればできることではないか。

年賀状を書いたために失敗した新入社員がいる。金をかけて凝ったものをつくり、全社員に出した。昨年中は一方ならぬお世話になり、といった文面である。これが失敗だった。

彼はこう言われたのである。

「こんなものに時間をかけるくらいなら、もっと会社の仕事をしたらよい。むだづかいである。文面にセンスがない。わしのところへ来たのは宛名書きに誤字があった」

彼は重役連中の信用を回復するのに何年もかかった。

十、グチを言うまい　こぼすまい
自分の会社の悪口は、どんなことがあっても言うな。自分の会社の上役・同僚の悪口を他社の人に言うな。たとえ厭な奴という定評があっても、かばってもらいたい。

なぜならば、自分が損をするからである。悪口を聞いた人は、なんだ、そんなつまらない会社で、そんなつまらない上役につかえているのか、馬鹿だな、お前は、と思うだけである。何かの事情で退社しても、もとの会社の悪口を言ってはいけない。あいつは退《や》めたら悪口を言いだした。節操のない奴だと思われるだけだ。この反対のときに、私などは、見所ありと評価する。

噂話をするな。井戸端会議じゃあるまいし、酒を飲んでグチをこぼすな。言いたいことがあったら、正気のときに面とむかって当人に言ったらよい。酒で溜飲をさげるような社員は駄目だと思ってよい。

もし、誰かの給料が自分より多いことを知ったら、これもやはりシメタと思うべきである。課長のボーナスが自分の五倍だと知ったら、嘆くよりは、いい会社へはいったなと思うほうが健全である。そこに目標があるのだから。

いまのサラリーマンの給料はずいぶんよくなったが、まだまだ安い、まあ、三年間はだまってはたらくべきである。文句をいうのは仕事が一人前にできるようになってからでも遅くない。

コソコソするな。ぶうぶう言うな。陰でグチをこぼすだけで、会議になるとうつむいてしまって、一言も発言できない人の数もかなり多いのである。そういう会社員になってもらいたくない。

協調精神を身につけてほしい。ユーモアを理解してほしい。それが教養というものだと思う。

十一、思想を持て　ヴィジョンを描け

さて、このようにして三年経ったら、こんどは、自分の思想を持つべきである。仕事に対して、会社に対して自分としてのヴィジョン、イメージをもつべきである。

全社をひとりでひきうけてみようという心構えを持ちなさい。半分は社長になったような気分でいなさい。これのない社員も駄目な奴だと思う。

自分ならこの会社をこういう方向へ持っていきたい。そういう考えを持ってもらいたい。ヴィジョンなくしてなんのサラリーマンかな、と思う。それでは単なる雇われ月給取りにすぎない。

自分のイメージ、自分の型、自分の信念を身につけてほしい。囲碁・将棋・麻雀の強い人は、自分の型をもっている。信念をもっている。仕事についてもそうであってほしいと思う。

優秀なサラリーマンは、どこかに変り者の要素をもっている。そう見えるのである。よく話しあってみれば、彼が仕事に対する型をもっていることがわかるだろう。気骨があるのである。

己を通すためにはある種のやせがまん、気むずかしさもまたこれはやむをえない。八方美人になるな。個性的な社員になれ、会社はオーケストラである。みんなが同じ楽器を持っていたのでは交響楽にならない。

一年後には、二年後には、会社がどうなるか。どういう方向がのぞましいか。五年後には、十年後には、というイメージがなければ、有効な発言ができないはずである。そうでなければ全社的な考えができない。

せせこましい自分の部署だけを守ろうとするミミッチイ社員になってしまう。常に向上心を持て。大きくなれ。

十二、節を屈するな　男の意地をまげるな

だまって三年間は勤めなさい。それがエチケットというものである。たとえ、将来は小説家になろうと思っている人でも。

一所懸命に勤めれば、必ずや何かを獲得できるはずである。そうでなければ人間を知ることができないだろう。小説家になるにしても、人間を知らなければ書けないはずである。

新入社員をいれるために、会社は厖大な費用をつかっているのである。どんなことがあっても三年はつとめて、そういう金の借りはきれいにしておく必要がある。

義理・人情を大切にせよ。進歩派の人でも、前衛芸術家でも、ドライに見える人でも、ともかく立派な人たちは義理・人情を大切にしている。そうでなくてはいい仕事ができないはずだ、と私は考えている。自分に適切な忠告をあたえてくれる人、よき先輩・友人を大切にすべきである。

最後に。

このようにして三年間を勤めたとしても、どうにも納得のいかない職場もあると思う。自分の資質にふさわしくないと思われる会社もあると思う。あるいは不当に自分を迫害する上役・重役のいる会社も存在するかもしれない。社内事情が複雑で不愉快な会社もあるだろう。

こういうときに、男の意地をまげてまで頭をさげる必要はない。節を屈してまで勤めることはない。直属の長に相談してみよう。それで納得のいかないときは、自分の立場をはっきり説明して、断固、退社すべきである。

生活のために、妻子のために、といっても限度がある。そういうことで一生を棒にふるのは馬鹿げている。厭ならば、ひとつの企業にだけしがみつく必要はない。社会は広いのである。男の意地を通してください。君はもうどこへ行っても通用する、立派な会社員になっているはずだ。

# 2 昭和の迷宮——漂泊する自画像

## 元祖「マジメ人間」大いに怒る

昭和二十九年のはじめから約三年間、私は神田界隈に勤めをもっていた。午前八時四十五分。国電お茶の水駅から、どっと人があふれてくる。わんさかわんさか出てくる。土地柄で、学生や教職員や出版社の人が多い。その中に、一人の美少女がいた。

美少女は中団よりもやや後方から階段をあがってくる。まっすぐに前方を見ている。ちょっと上気している。そこへ朝の光が差す。美少女は女としては足が早いほうだ。陸橋のうえに本郷方面にむかうバスの停留所がある。彼女はその列につらなる。九時始業の会社が多いのだから、バスに乗っても二駅か三駅で降りるのだろう。バスの列が長いときは、順天堂医大のほうにむかって歩きだすことがあった。

私はぼんやりと駅の前に立って、美少女の乗ったバスが動きだすのを見とどけてから出社したのである。

美少女と書いたが、彼女の年齢はさだかではない。ひょっとすると二十二、三歳になっているのかもしれない。顔がちいさくて、髪が短く切ってあって、動作がぽきぽきとしていて、全体の印象が女学生っぽいのである。白いブラウスがよく似合った。いつも怒ったような顔をしているが、知人にあえば、いい笑顔をつくるに違いない。

私はいつもそうやって彼女を見ていた。毎朝、すこしばかり昂奮した。それは非常にわずかな時間だった。彼女が駅からバスの停留所へ行くために車道を横断するときは、いつもはらはらした。意外にも勇敢なところがあるのである。

こういうふうに書くと、女のひとは「あら、わたし、あんたってひと、もうわかっちゃったわ」というが、まだ先がある。

私は、その美少女が、朝と夕方に空気を押しわけて過《よぎ》ってゆく空間に思いをひそめた。美少女は、やがて次第にひとつの点になった。その点は、もっとも女を象徴するところの部分である。腰の高さにある点は、お茶の水駅から本郷方面にむかって朝と夕方に軌道を描く。毎日のことだから、駅から車道を横断するところまでは、軌道が重なって一本の太い強い綱のようになってしまう。バス停のあたりでは、ジグザグになって濃くよどんでいる。そこからは点の位置は頭の高さになって続いている。

美少女は、ときどき歩いて通勤するが、そのときの軌道は細くて淡い。駿河台下の書店へ行ったり、コーヒーを喫《の》んだりすることもあるらしいから、そこにも薄い、かぼそい軌道が生じている。

だから、私は用事があって、お茶の水の陸橋を渡るときは、ブッとこの太い綱をぶっちぎるような感じがしたのである。

はじめにこれを書いたのは、私はこういう妄想を抱く人間であることを知っておいていただきたかったからである。

また、女に対してこの程度の妄想しか抱けない男であることも承知しておいていただきたい。三十歳前後のことであるが、結婚していて子供がいた。情けない。もっとも、現在はこんなことはない。

やはりその頃、ある先輩の雑誌編集者に、きみはエロ小説が書けるはずだと言われたことがある。きみがエロ小説を書いたらきっといいものができると言われてびっくりした。いま考えると、どうも、その先輩は私の妄想を看《み》破っていたらしい。

去年のいま頃、某広告代理店の方から、私がはじめて書いた長いものをＴＶで劇化したいという申しいれがあった。それは新聞小説で、いかにもＴＶ連続劇にむいていると自分でもそう思っていた。そのとき、その方は、ほとんど同時に出版された『マジメ人間』という短篇のほうもやりたがっている演出家がいると言われた。

これには本当に驚いた。なぜなら「マジメ人間」は七十四枚という短篇であるばかりでなく、たいへんに渋い私小説だったからなんです。金銭に関して卑しいところのある私は、しめしめ、ツイテイル、とも思った。

半信半疑であった「マジメ人間」のTV化が実現した。去年の九月一日から、今年の五月末まで続いたのだから、内容的にも視聴率の点でも、まあまあというところへいっていたのだろう。いまでも半信半疑である。七十四枚の書きものが、三十九回、十九時間半のドラマになるなんて信じられるだろうか。

はじめの反響は、こんなふうにしてやってきた。昼頃、目をさますと、外を歩く小学生の話し声がきこえてくる。

「自分で自分のことをマジメだなんて言うのおかしいよねえ」

「そうだよ、ずるいよ」

「だから、馬鹿なんだよ、あいつは。馬鹿人間なんだよ」

もちろん原作者の家の前なんて知っているわけがない。

これを要するに、小学生にとっては、マジメが最高の美徳なのだろう。それを汚されたと思ったのに違いない。マジメ＝いいひと＝勉強の出来るひと、というようになるのだろう。原作では正反対である。女房にマジメ人間と言われた男の悲しさみたいなものが主題であるが、小学生にそんなことを言ったって仕方がない。申しわけなし。

次が「あのひとは本来はマジメ人間であるのに」という言い方である。「マジメだからいけない」ということになる。これは主として犯罪につかわれた。マジメ課長、マジメ教師、マジメ医師の類である。

正月に娘さんの晴着にいたずらしたのがマジメ課長。東大卒で、細君を虐待し、次々に追いだし、家庭裁判所に訴え出たのを殺害に及んだのがマジメ教師。千葉大でチフス菌をばら撒《ま》いた鈴木某がマジメ医師。従って、マジメだったからいけないということになる。

その次に、あいつはマジメを売りものにする奴という言われ方がある。自分がマジメであるのはかまわないが、マジメを売りものにするのがいかんという。問題はここにある。マジメの内容に問題がある。

TVドラマがうけたのは、サラリーマンの女房たちに人気があったからだという。その原因は、主人公であるマジメ人間が、ずいぶんあぶない目にもあうが、決して浮気をしない点にあるという。副主人公にスケベ人間がいて、それが強調される仕組みになっている。

私の友人たちの間で、こんな小話が流行しているという。

私が死ぬときに、

「ああ、せめて一度だけでも浮気をしておけばよかった」

と叫ぶんだそうである。

問題はここにある。しかし、友人たちが悪いわけではない。私が悪い。イッケツという渾名《あだな》をつけられた。女房以外の女を知らない哀れな一穴主義者という意味である。

ずいぶんいろんなことを言われたが、軽石とかミシンとか人間国宝とか言われた。軽石とは「カカトスルバカリ」という意味である。ミシンとは「ヒトツアナヲツック」の意である。週刊誌に戯文を連載していて、種につまってそんなことを書いた私が悪い。

ここで、ことわっておくが「マジメ人間」という言葉は私の創案ではない。三年ぐらい前に、これも友人の一人である村島健一さんが「作家との一時間」という企画で、藤原審爾さんにインタビューを試みたときに、藤原さんが、好きな言葉として「バカ人間」というのをあげておられた。「ダメ人間」であったかもしれない。

その後、藤原さんにお目にかかったときに、あれは小説の題になりますねと申しあげた記憶がある。

また、実際に、女房が私のことをマジメ人間だといって罵《ののし》ったのである。その意味は四角四面で融通がきかず、被害妄想で馬鹿正直の厳格主義者といったところだろう。

私は一億総サラリーマン時代という考えをもっているが、三十代、四十代のサラリーマンにとって、今年にはいってもっともショックを受けた事件は、飛行機の墜落でも地震でもベトナムでもなく、鷹司平通《たかつかさとしみち》氏の事故死であった。

戦中派の一人はこう言う。

「天皇さまがお気の毒でならない。あんなに苦労されて、いまやっといい時代になったのに、それがまた、こんなことで……」

ある種の人々にとって、これは実感だろう。

「鷹司さんは我々サラリーマンの尖兵だ。よし、出るぞ、と叫んで塹壕《ざんごう》を真っ先に飛びだしていって、すぐに戦死されたんだ。後に続こうじゃないか」

もう一人の友人はそう言って涙ぐむ。この考えをどう受けとるか。民主教育の成果だかなんだか知らないが、この年代のサラリーマンは身動きがつかなくなってしまった。どこでも組織化・画一化・平均化が進んでいる。

塹壕の向うには「女」が対峙している。ロマンがいる。こいつにむかって突撃を敢行するのは死を意味している。これもひとつの見方であろう。

「やっぱりそうだったのか」

ぼそっと呟くひともいる。

しかり。現代のサラリーマンにとっての最大の関心事は「浮気」にあるのである。天下泰平の証左ともいえようが、そこにしかスリルがないのである。(昔からそうだった。男は本質的にそうであるという意見もあろう)

出張に「下駄を履く」のが常識のようになっている。前後一日ずつをごまかし、潜行してイイコトをするのである。ある人は、七日間の架空の出張をつくり、女のアパートにころがりこんだ。

愛し愛されて痴態のかぎりをつくしたのはいいが、二日間で厭《あ》きてしまったという。滑稽な話であるが、彼が金盥《かなだらい》を持って銭湯へ行く姿が目に浮ぶようだ。

あとの五日間をどうやって過したのだろうか。そうまでしても脱出したかったかと思うと哀れが増す。巨大な公団住宅がますます発達するだろう。籠の鳥からの脱出も流行すると思う。

「ちょっと、ちょっと……」

同年輩のサラリーマンが、あたりをうかがってから私をよびとめる。

「あんた、ほんとうに女に興味がないの」

「そんなことはありません。非常に興味があります」

「ほんとに奥さん以外にやったことないの」

「モテナイから」

「そんなことないでしょう」

つまり、なんのために小説家になったのかと言いたいのだ。なんのためにサラリーマンを脱出したのか。彼にとっては、それが不思議でたまらないのである。

現代では、小説家は割のいい商売である。十五年前までとの比較でいうなら、それを認めよう。はいってきた金は、ぱっぱと費《つか》っていいような感じのする金である。それもまあ認めることにしよう。本当はこれは読者に還元すべき性質のものである。すなわち、金と時間をかけて次作を準備すべきである。私は原則的には文学者の寄付行為は一円たりとも反対である。そう思っているが、ここでは彼の意見を呑《の》もう。

次に小説家というものは、浮気をしても叱られない商売である。否、書くためにはそれが必要である。

だから、金がはいってきて、個人業だから自分で閑をつくれるし、取材と称していくらでも旅行ができるし、そのうえブンガクのためにという大義名分まであるのに、なぜ遊ばないのかということになる。

もう一人の人がいう。

「むこうから仕掛けてくることがあるでしょう」

「据膳《すえぜん》ですか？　ありますよ」

「なぜやらない？」

「若いひとだと、わるいと思う」

「なぜ？　先方が希望しているのに、どうして悪いの？（と、きびしく迫る）」

「むこうは思慮が浅いから」

「きみがやらなくても誰かがやるよ」

「その点、私は男らしくないのかもしれませんね。しかし、私は卑しい家の出身だから、親類なんかでもひどい貧乏をしているのがたくさんいる。子供ばっかり多くってね。娘はほとんど働きにでている。そういう娘がどこの馬の骨かわからない奴に変なことをされたとしたら、非常に腹がたつ。たとえば小説家なんかが妙な特権意識で犯したとすれば余計に腹がたつ」

「それはそうだ。じゃあ、こんなのは。女は酔っている。きみも酔っぱらっている。女はそのことが大好きなんだ」

「大好き？（笑う）」

「笑うな！　それで、もうまともな結婚生活にはいる気持をもっていない。さんざんやってきた女なんだ。きみよりも万事につけて思慮ぶかい。その女が一丁どうかと申しこんだとしたら？」

「さあ。（困惑する）じゃあ、こういうケースは考えられない？　田舎へ行くと大金持がいるでしょう、何億円と持ってるの。絶対に困らない人なんだな。その人と話をしているうちに意気投合しちゃうんだな。むこうが百万円くれるというんだ。きみのゲエジュツのために何にでもつかってくれというの。勉強してくれっていうんだね。その金、貰うかね。私なら貰わない。それと同じじゃないですか」

「わからん奴だな。金と女とは違うよ。それでは、これはどうだ。女は千差万別だ」

「はあ、はあ」

「それは俺が証明する。それを究《きわ》めようとしないのかね。怠慢ではないか」

「しかし、中学生のときに、平凡社の百科事典で見たことがありますがね。あれと大差ないんじゃないですか」

「ぷっ。（吹きだして逃げる）」

「要するに、あんまり好きじゃないのね」

どうも、こんなことを書いていると聖人君子の偽善者になったようで厭になる。やっぱり私は大きくいって人間の器量において劣っているのだろう。

私は二十二歳で結婚したが、まず最初に、いかに神経質で怒りっぽくって傷つきやすい男であるかを女房にわからせようと思った。そう思っているうちに女房が発作を起して倒れてしまった。神経質なんていうもんじゃない。全身が硬直して痙攣《けいれん》するのである。それは怖ろしいことだった。

女の神経病はすべてヒステリーだと信じているから、そこでまずこっちがしびれてしまった。

いまでも女房は一人歩きができない。どこへ行くにも女房と一緒だ。ずいぶん仲のいい夫婦に見えるだろうが、実情は大いに違う。電車に乗れない。自動車なら、かなり遠いところまで行くことができる。女房のために弁明するならば、それは贅沢ではない。発作を起したときに、すぐに医者のところへ行けるという安心感がこの病気には重要なのである。ビタミン注射一本で治ってしまうのだから。

かくて、先手必勝のチャンスを逸して、重たいものを背負うことになる。これが私にとって致命的だったのではないか。浮気がばれたら、もっとひどい発作をおこすだろう、という気持があって、それに狎《な》れてしまった。

それから、私たちは赤線をまたいでしまった世代であるともいえよう。それを必要としたときに金がなく、いくらか余裕ができたときに、それは消えてしまっていた。

世間一般でいうと税金のことがある。浮気をするための金は納税期にみんなばれてしまう。電話の発達も困るだろう。

さあ、もうこのへんで、ひらきなおってもいいだろう。

「マジメ人間」に限ったことではないが、私の主題は次の如きものである。

私は、人間は「鴨《かも》にする人間」と「鴨にされる人間」の二種類に分類される、と考えている。「鴨にされる人間」とは何か。うまい譬《たと》えが思いうかばないが、競馬でいうと、本命ばかり買っている人種である。配当のうちの二割五分を天引されるのだから、こんなふうにやっていたら損をするにきまっている。しかし◎がべたべたにくっついていると、買わずにはいられなくなってくる型である。

この「鴨にされる人間」を徹頭徹尾、擁護したいというのが私の立場である。もともとの意味は知らないが、つい最近まで、エリートというのは、いやな響きをもつ言葉であった。エリート意識にいたっては、もっとも唾棄すべき言葉であった。すくなくとも私はそうであったし、現在でも同様である。ところが、エリートは愛さるべき商品名にまでつかわれるようになった。

「わたしはエリート意識が強いの」

と嬉しそうに言う女性がいる。こういう事態は、とうてい考えられないことだった。私は、エリートもエリート意識も必要だと考えている。ただし、こいつが大きらいなのだ。それが私の立場である。

世の中には、マラソンの第一集団に属する人たちがいる。むろん、こういう人たちは必要なのである。必要であるばかりでなく、こういう頭のいい人たちにリードしてもらわなくてはならない。

私は中学のときに、五十七人のクラスで席次が五十七番になったことがある。しょせん馬格が下位なのである。アラブの未勝利たることを免れない。あるいはスタートで大きく出遅れたというべきか。ただし、こういう馬もいなければレースが成立しないことを第一集団の人たちに知らしめねばならぬ。

「鴨にされる人間」の側から言わせてもらうならば、エリートや第一集団をたえず監視し、牽制《けんせい》球を投げる必要があると思うのである。あいつらは指導者であって、これに従わなければならないが、ときに、とんでもない暴走をすることを体で知っているのだから。

ある時期の私は喧嘩ばかりして過した。私の喧嘩のテーマは、言論の自由と徴兵忌避のふたつに限られた。そこに触れられると、私はエリート達に嚙みついたのである。

徴兵忌避でいうと、家に金があったために国外へ逃れた人がいる。頭がよくて、語学が非常によく出来たりして、ある部署について兵役をのがれた人がいる。また、なかには醬油を一升飲んで駈けだして心臓を狂わせて徴兵検査に見事不合格という男がいる。

もし、私もその立場にあったなら、そうしたに違いない。(ただし、醬油はいやだ。心臓よりは最前線に賭けたほうが率がいいと思う) それはいい。しかし、それは、私にかぎらず他人のまえでいわないでほしいと言ったのだ。こういうことを、とくとくとひけらかすように語りたがった連中のいる時期があった。それでもって軍隊に抵抗を試みたように言う奴がいた。たいてい喧嘩になったたな。私のこころは全ての戦中派の心情であったにちがいない。

エリートという言葉が愛される言葉になったのと同じような意味において、世に出るために無理をする人間がふえてきた。くどいようだが、私はこの種の「無理」も必要だと思っているのである。嫌悪するだけだ。従って、一方において、百姓や職人や職工になろうとする人間も減少しているのである。オプ・アートとは、ありゃなんだい。

私は小説家になろうと思ったことはないし、いまでもなろうとは思っていない。そういうことを繰りかえし書いたり言ったりしたので、いろいろと顰蹙《ひんしゆく》を買い、マスコミの人に御迷惑をかけた。しかし、本心はちっとも変っていない。ただ、短篇小説をひとつだけ世に残したいとねがっているだけだ。それはまだ果していない。

戦争中に育ったために、と書くと、あいつはまた戦中派を売りものにすると言われそうだが、私の同世代の多くが死んでいるのであり、従って果せなかった多くの願いや義務を背負っているように思う。誠に恥ずかしくてブルブル震えながらこれを書くが、私は色恋に関しては、あのひとたちに申しわけないという思いがつきまとって離れぬのである。これはホントウだ。

ということを書いたのが「マジメ人間」という小説である。そのつもりだった。

諸君。どうして無けなしの銭をはたいて晴着を買って嬉々としている娘さんに悪戯《いたずら》をする男がマジメ人間でありましょうや。東京大学を卒業したエリートのくせに細君を打《ちよう》擲《ちゃく》して次々に取っかえひっかえした男が、なんでマジメ人間でありましょうや。世に出るために「鴨にされる人間」を実験台にしようとしてチフス菌を撒きちらした男が、いかなる理由で私の「マジメ人間」という名を冠せられたのでありますか。涙ながらに申しあげる。マジメ人間は、こいつらの反対の側に立つ男なんです。

さて、一穴主義にもどろう。

どうか、冒頭に出てきた美少女のことを思いだしていただきたい。この美少女を犯す奴があらわれたら、私は許さぬ。

女を口説くには押しの一手であるという。あるいは、囁《ささや》くに蜜語をもってし、時に暴力もこれを辞せずという。女の「駄目よ《ノー》」は「いいわ《イエス》」に通ずるなんか言う。どうして人間の弱点ばかり突こうとするのだろうか。

私が美少女に惚れたのは、美貌のためばかりではない。慎ましくて、しかも生き生きとしていたからである。すなわち「鴨にされる人間」の側の女神である。

日本をささえているのは、エリートではなくてこういう女である。どうして、この美少女が「いいわ」と言ったからといって、妻子ある身が一瞬の快楽のためにこれを犯すことができるだろうか。また、惚れてしまった以上は一穴主義を守らないといけない。海賊版の百科事典を買うわけにもいかぬ。

ああ、正義の味方「マジメ人間」は今日も街を往く。いまに見ていろ僕だって、世間の禁忌に挑戦して凄いエロ小説を書いてやるぞと心に念じながら。

青島幸男さんの「マジメ人間」主題歌の最終節にいわく。

「ぼくみたいなのが一人ぐらいいてもいいでしょう。ネエ、いさせてよ」

## ある戦中派

太平洋戦争の始る昭和十六年十二月八日から終戦の日までというのは私の年齢でいうと十五歳から十八歳までであって、昔、心理学の本を見ていたら、それが心理学上の思春期であることがわかった。そこで、勝手に、戦中派というのは、戦争と思春期が合致している世代と定義づけている。

私は、中学に入学した頃から、自分の人生は二十歳までだと思うようになった。太平洋戦争によって、それは決定的になる。ずいぶん運が悪いが、巡り合わせなんだから仕方がねえやと思った。それでどうしたかというと、どうせ死ぬんなら恰好よく死んでやれ、もっと言えば粋な死に方をしたいと思っていた。戦地へ行ってドンパチになったら、真先きに塹壕《ざんごう》を飛びだして、真先きに撃《う》たれてやろうと本気で真剣に決意していた。それはお国の為ではなかった。私には愛国心なんかこれっぽっちもなかった。だから、人生八十年と言われる平成四年現在の私は、どこかで夢を見ているような心持で生きている気配がある。

向田邦子が台湾で遭難したとき森繁久彌は、私に「爆死? ああいうのは空中で爆死するって言うんでしょうか」と言った。私は彼女の悲報に接したとき、最初に「畜生! やりやがったな」と思った。粋な死に方だと言うのはいかにも不謹慎だが、名作力作を次々に発表し、評判もよく本も売れ、山本夏彦のような怖いおじさんにも「ほとんど名人」と絶讃されて、いわば日の出の勢いのときに、こんなときにパッと死ねたらどうなるだろう、と、彼女がチラッとでも思わなかったかどうか。夢を見ているような心持でいるときに死にたいと思ったか思わなかったか。向田邦子は昭和四年十一月生まれで私より三歳若い。

向田邦子の爆死のとき、小さな酒場で色川武大に会った。彼は血走った目で私に「こんなにツキまくってるときにオンボロ飛行機に乗る莫迦《ばか》がいるかよ」と、憤《おこ》るように言った。人生九勝六敗説もしくは八勝七敗説を唱える彼は、幸と不幸は綯《ない》交ぜになっていると信じていた。彼は昭和六十三年、生涯の最高傑作である『狂人日記』(読売文学賞)を書き終り、翌年、まだ寒さの厳しい東北の一都市に移住しようとして急死する。『狂人日記』を書いて、もうこれでいいやと思ったかどうか私は知らない。色川武大も昭和四年十月の生まれであって私より三歳若い。私の定義から少しずれるが、二人とも怖しい位に早熟であったので、心情は戦中派であったに違いないと思っている。

## 軍隊で会った人たち

昭和二十年の七月五日から九月の十日まで、軍隊にいた。約二カ月間である。そのうちの前半が戦時中で、後半が戦後になる。私は、はじめ、山梨の連隊に入り、後に岡山の山中に移動し、さらに米子《よなご》に移動した。

甲府市の連隊にいたときに、たしか七月十日だったと思うけれど、大空襲があり、他の部隊の初年兵が二人、焼夷弾の直撃を受けて死んだ（やはり戦死と言った）。その補充として、所属部隊が変ったので、そんなことになった。その部隊は、移動部隊だった。

私は、軍隊での、もう三十年も昔になる、連隊名も部隊名も、上官や戦友の名も、ほとんど、すっかり忘れてしまった。そういうことを実に正確に憶えている人がいるので驚く。もとより、これは、私のほうがおかしいのであって、驚くようなことではない。私は極端に記憶力がわるい。

甲府市にいたのは、一週間ばかりであるから、人の名を憶える間もなかった。

移動部隊では、どういうわけか、東京の人間が多かった。そのなかでは五人の名を記憶している。

岡山の山中にいたとき、演習があり、それも山のなかの池の畔で小休止していたとき、他の部隊の小隊長が私に声をかけた。大学を出たばかりという感じの若い小柄な男だった。

「どうかね」

と、彼は言った。どうやら、彼は、私の顔つきから何かを感じとったらしい。私も、彼が私に感じたような、ある種の匂いを嗅ぎつけた。

「どうかね、お前、楽しいか」

やさしい声であるけれど、軍隊のなかの声だった。

私は、だまっていた。楽しいかと言われても答えようがない。彼は、それを承知で言っているのである。

「なにか、不自由しているものはないか」

私は、煙草が足りなくて困ると言った。中学五年ぐらいのとき、私は、すでにヘヴィ・スモーカーだった。

「よし」

と言って、彼は、煙草をくれた。それは「ひかり」だった。ばらで、二十本ばかりくれた。私は「ひかり」が好きだったけれど、そのときは、たちまち、頭がくらくらした。私は「ほまれ」しか貰えなかったから。

その煙草を、セルロイドの石鹼箱《せっけん》にいれた。ところが、その石鹼箱に石鹼の匂いが残っていて、まるで吸えないものになってしまった。私は、石鹼とかローソクの匂いが嫌いだ。香水も駄目だ。酒場で、扉をあけた途端に香水の匂ってくるような店は敬遠するようになる。

彼は文学の話をした。内容は忘れたが、それならこっちの分野だと思った。私は、太宰治は無理だとしても、保田與重郎の名はだしてもいいのではないかと思ったが、終始、だまっていた。

あのときの彼は、多分、懐疑的な青年だったのだろうと思う。もっと親身になって話を聞いてあげればよかったと思う。しかし、それは、いま思うことであって、小隊長と初年兵が、対等に話をすることなど、出来るわけがない。

私が、そのときの彼の声や体つきを憶えているのは、つまり、軍隊では、たとえ束の間のことであっても、ホッとするような時間がまるで無かったためだろう。

＊

雨宮という男がいた。甲府には雨宮姓が多いので実名でもかまわないだろう。

彼は、なにか事件があると、ガタガタ言うなというのが癖になっていた。ガタガタ言うな。それが、アタアタ言うなになる。それでいて、常にいちばんあわてているのが彼だった。軍隊では、食器がひとつ紛失しても事件になる。

気のちいさい男だった。かなり低級な人間だと思った。もとより私は軍隊で死ぬつもりだったのだが、こんな奴と一緒に死ぬのは厭だなと思った。

軍隊では、泥棒をする人間は咎《とが》められずに、盗まれた男が罰を課せられる。

略帽を盗まれた男がいた。彼は、罰として、営庭でも演習でも、行軍のときも鉄帽（テッカブト、ヘルメット）をかぶらされた。暑い最中だから、昼間の行軍のときは、堪《たま》らなかったと思う。実に気の毒だった。それでいて、一人だけ鉄帽というのは、見ていて、私のように彼に同情する者でも、ときに吹きだしてしまいそうになるくらいに滑稽だった。

彼は、色の白い、おとなしい兵隊だった。自分の運命を甘受するようなところがあって、不平を言ったり、ぐちをこぼしたりすることはなかった。また、不平の言える場所でもなかった。

彼の渾名《あだな》は鉄帽になった。「おい、鉄帽」と呼ばれる。その感じが、まことに陰惨だった。軍隊では、略帽などはあり余っているのであるが、彼に略帽を支給する上官はいなかった。また、彼に略帽を支給するように歎願する兵隊もいなかった。私もその一人だった。一緒に死んでゆく仲間であるのに。

Yという兵隊がいた。どうにも困った男だった。演習には何だかんだと言って出てこない。脱柵《だつさく》して女子青年団員を犯す。その模様を、他の兵隊と二人で実演してみせる。炊事室へ行って絶えず盗み喰いをする。そのために、いつでも下痢をしていて、唇の端にデキモノができている。初年兵であるのに、どうしてそんなことができたか、どうしてワガモノ顔にふるまえたか、私には、いまだに分らない。相撲になれるような大男だった。なんとも狡猾な男だった。

浅草のミルクホールの主人がいた。四十歳を過ぎていて上等兵だった。私は、この男は、戦争がうまいだろうと思った。山でマムシを掴まえてきて喰ったり、マムシ酒にしたりしていた。彼も、赧《あか》ら顔の大男だった。彼は小話がうまかった。いまでいう艶笑コントである。私は、この男は、人生を達者に生きていると思った。しかし、彼は、中支に何度か転戦した兵隊だった。

もう一人の上等兵は、本当のヤクザ者だった。イカサマ師である。私は彼と花札をひいて勝ったことがない。オイチョカブでもコイコイでも勝てない。彼は、別れるときに種あかしをしてくれた。私は彼には肌でなじむことができた。

もっともダラシのない、弱々しい男が、浅草のヤクザの大親分の長男であることがわかったときも驚いた。この男と喧嘩になったら、私でも勝てる。彼は、しかし、自分の家には、若い者が二十人ぐらいゴロゴロしていると言った。

もう一人、別の班の上等兵は、田舎まるだしの厭な男だった。小ぶとりの、軍隊の水に馴れきった感じの男だった。いつでも、わずかに笑っていた。それにつられて笑ったりしたら、大変なことになる。私は彼に何度も私刑にちかい罰を受けてきた。私は戦死者のかわりに移動部隊に編入されたのであるが、なぜか、編上靴《へんじょうか》だけは上等なものが支給されていた。

その松本という上等兵が、私の靴を狙った。私から靴をとりあげるときの巧妙な手口を忘れることができない。彼は、まず、私の靴をはいて、それが自分にピッタリとあうことを確かめ、それを私に示した。

「おい、山口よ、初年兵さんよ。初年兵が上等兵よりいい靴をはいていていいもんかね」

彼は笑っていた。私は、かなわぬまでも、できるかぎり抵抗しようと思った。私は無言でいた。

「そういうことってあるかね。お前はそれでいいと思うかね。どう思う?」

笑っていて、静かに言う。私は、このドン百姓めと思う。とうとう、彼は、一時間ぐらい後に、私に、上等兵殿の編上靴とかえさせていただきますと言わせてしまった。

Yという兵隊が、何人かと共謀して、暗闇で私を襲う話をしていると知らせてくれたのは、阿部という初年兵だった。

「お前、殺されるぜ」と、阿部が言った。「だけど、俺は、そのことをお前に知らせるだけだぜ。いざとなったら俺も知らんぜ」

私は怖いとは思わなかった。どうせ死ににきたんだからと思っていた。私は、いまのような時代でも偏屈者と見られているのだから、軍隊では、かなり目ざわりな存在だったのだろう。それも、いまになってそう思う。

「武器は銃剣だ。風呂へ行く帰りを狙うと言っていた」

復員して、私の家を訪ねてきたのは阿部だけである。そのとき、私は、鎌倉の松方公爵の別荘に住んでいた。大きな家なので、阿部は驚いたろう。私たちはあまり話をしなかった。あれも、ずいぶん変なものだった。私の家が崩壊寸前であったことを彼は知らない。

岡山での部隊は、小学校の教室に寝泊りしていたので、民家に風呂をもらいに行っていた。

私の行く家は、主人が出征中で、若い妻と乳呑児がいるだけだった。親切な人で、大豆を煎《い》って出してくれたりした。夏の夜の、そのときだけは、いい気持だった。Ｙに憎まれたのは、そのせいかもしれない。いま思いだしたが、その家に行くのは、私と阿部の二人だった。阿部が私に知らせてくれたわけがわかった。いざとなったら、俺は逃げるぜと言ったのだ。

その若夫人は、部隊が移動になるときに、駅まで見送りにきてくれた。

＊

つい先日、ある会合で、私より十歳ばかり年長の男が、軍歌を歌った。彼は中支で戦った男であり、大学を出ているのに、二等兵のままで帰ってきた。

「俺たちが本当の反戦論者なんだ」

歌ったあとで彼が言った。その言葉は私の胸に沁みた。

## 東京土着民

昭和十四年四月に麻布中学に入学したときに、同学年に奥野健男がいた。この中学は、毎年、クラスの編成替えがあったので、奥野と同級になったのは二度ぐらいであり、入学したその年は同級ではなかったと思うが、奥野のことは、はっきりと記憶している。彼は、どう説明したらいいかわからないが、目立つ生徒だった。

奥野の、いまにいたるまで変らない性情のひとつは、ヒトナツコサということである。いや、このヒトナツコサということが、奥野健男という人間の全体をあらわしているように思われる。彼は無類の淋しがり屋である。多分、これは想像で書くよりほかにないが、彼が軽井沢の別荘にいるとき、誰かに手紙を書いたり電話を掛けたりすることなしには一日も過ごせないのではないかと思う。これが軽井沢だからいいようなものの、彼は東京以外の土地には住めない男である。軽井沢は、彼にとっては、東京の文壇がそのまま移行してしまったような土地なのだろう。

奥野は善良な男である。また、東京の山の手に育った男に共通する意気地なしの面を持っているのではあるまいか。意気地なしと言ってはミもフタもないが、泣き虫であり、感激屋であり、正義漢であるという一面の説明が、私にはうまく言えない。言うまでもなく、人は外面から彼をどう見るか知らないが、奥野は大変な恥ずかしがり屋である。傷つくことの多い男である。そうして、自分を傷つけた男を憎めないのではあるまいか。いつだったか、二十年以上も前のことであるが、私は、健男という名前はマスラオと訓《よ》むのかとカラカッタことがあるが、そのとき、彼は、真赤になって、本気で怒った。彼は、マスラオ的なるものを、このように全身で拒否していることをそのとき知った。そこに彼のマスラオぶりがあると私は思っているのであるが……。

文壇の会で彼を見かけると、私は、言いようのない懐かしさと嬉しさを感ずる。そうして、同時に、そこにいくらかの鬱陶しさが混ずるのは、自分の投影を見るような気がするからである。これは、おおげさに言えば近親憎悪にちかいのではないかと思うことがある。

奥野ぐらい面倒見のいい男はいない。中学のときからそうだった。友人思いであり、その友人にわけへだてをすることがなかった。そのところが私とは違う。奥野の世話になったことのある男は、三十人や四十人ではきかないだろう。親分になりたがるというのでもない。奥野が東京工大や東芝を捨てて、文芸評論の道を選んだのは、このようなヒトナツコサに由来すると私は考えている。

奥野の文芸評論の真骨頂は、彼には『二刀流文明論』という著書があるのであるが、むしろ、私は、一刀両断の潔さにあると思っている。本質を衝くことのうまさや正確さにおいて彼は最右翼だと思っている。モタモタしない。どうも、ちかごろの評論家や若手の小説家は、モタモタすることに没入し、それを楽しんでいるような気配があるが、奥野にはそんなところがない。また、従ってと言うべきだろうが、奥野のようにキャッチ・フレーズのうまい評論家は、奥野以後、出てこない。

「……純文学と大衆小説とは、目的も性質も全く別なものと考える。前者は芸術（文学）であり、後者は娯楽（読物）である。この両者は、目ざすところが違うのであるから、どちらがすぐれている、おとっているとか比較することはできない。すぐれた娯楽が、そのまま芸術になることはなく、あくまでもすぐれた娯楽である。ましてくだらない文学（芸術）が、娯楽としてすぐれているというようなことは絶対にありえない。つまり世の中にはすぐれた文学と愚劣な文学、すぐれた娯楽と愚劣な娯楽があるだけなのだ。」(『純文学と大衆文学』)

このように奥野は一刀両断に斬ってしまうが、私は彼の意見に賛成である。賛成であるばかりでなく、奥野の純文学に対する熱愛ぶりと大衆小説を読むときの息づかいまでを感じてしまう。つまり、私にとって、奥野は信頼できる文芸評論家ということになる。

奥野健男の親炙《しんしゃ》する作家は、太宰治、坂口安吾、伊藤整、檀一雄、島尾敏雄などだと思うが、不思議なことに(あるいは当然だといってもいいが)東京人はいない。私は、伊藤整という人は、慎しい学究肌ではなく、なかなかの冒険家だと思っているし、島尾敏雄も南国の図書館長というイメージとはかけはなれた人だと思っているが、ここにある人は、すべて奔放不羈《ほんぽうふき》の作家である。私には、奥野が彼等にいかれてしまうのがよくわかる。

私は、私一人ではないと思うけれど、奥野に小説を書くように何度もすすめた。結局、彼が小説を書かなかったのは奔放不羈になれなかったためだと思う。私は、そのことで彼を意気地なしだと言うつもりはない。彼は、あまりにも善良で、頭がよく、正義漢でありすぎたのだと思う。恥ずかしがりの東京土着民の典型をそこに見てしまう。そのことにも言いようのない懐かしさを感じてしまう。

## 卑怯者の弁（一）

「国家には色々な側面があり、従って、色々な解釈が可能である。しかし、国家というものをギリギリの本質まで煮つめれば、どうしても軍事力ということになる。ところが、その軍事力の保持が、日本の徹底的弱体化を目指して、アメリカが日本に課した「日本国憲法」第九条によって禁じられて来たのである。日本は「国家」であってはならなかった」

と、清水幾太郎先生は「節操と無節操」という論文（『諸君！』昭和五十五年十月号）のなかで書いておられる。これは、論としては、まことに単純明快、その通りである。そうは思っても、私などは、どうしても、ひっかかるものがある。いや、国家＝軍事力というところに、理窟ではないところの生理的な反撥が生じてくる。

清水先生は、こうも書いておられる。

「しかし、私は思うのだが、「古い戦後」から「新しい戦後」への苦しい転換のエネルギーは、戦後に生れた諸君自身から出て来なければならない。「古い戦後」の甘い空気を吸って育った諸君、「日本国憲法」の無邪気な受益者である諸君の中に求めるほかはない。私のような明治生れの単純な戦前派や、大正及び昭和初期に生れ、複雑に屈折した感情を持つ戦中派は、もう転換の主役ではない。主役であってはならない。主役は戦後派で、戦前派や戦中派は、必要に応じて、彼らの役に立てばよいのである」

あるパーティーで、突然、スピーチを指名されたことがあったが、そのとき、高名な評論家である司会者は、私のことを「戦中派コムプレックスの権化」と紹介した。世間の見る目はそういうものかと思い、ちょっと驚いたが、つまり、清水先生は、お前なんかは相手にしていないと言っているのである。たしかに、私なんかが「転換の主役」になれるわけがないし、なろうとは思わない。しかし「複雑に屈折した感情を持つ戦中派」を抹殺し、その感情にアイロンを掛けてしまう方向を考えるとゾッとしてくる。私は、国家=軍事力という問題は、実際に太平洋戦争に参加した戦中派に任せたいと言ってもらいたいと思っているのであるが。あるいは、中国や南の島で戦った兵隊の一人一人の胸に訊いてもらいたい。

この清水先生の文章は、なかなかに律動感があって美しいし、あんたが主役だと言われた戦後派の若い人たちは、快感をおぼえるかもしれない。しかし、戦中派コムプレックスの権化であるところの私は、この文章に、ある種の臭いを感ずるのである。これは聞いたことのある言葉だぞと思う。戦中派の諸君！　そう思わないか。私には、どうしても、次の言葉がダブって聞こえてくるのである。

「ナンジラ青少年学徒ノ双肩ニアリ」

実を言えば、私なんかは、当時、ちょっといい気分にさせられたほうの一人である。大人は駄目だ、オヤジの世代はもう駄目なんだ。ちょっぴりとそう思った。

清水先生の「節操と無節操」は『日本よ国家たれ――核の選択』（文藝春秋刊）という書物の「あとがき」として書かれたものである。そこで、行きつけの近くの書店へ買いにいったのであるが、まだ入荷していないということだった。

『日本よ国家たれ』は、最初は清水先生が自費出版され、それが『諸君！』に転載されたものであるので、『諸君！』七月号の「話題の爆弾論文」というキャッチ・フレーズのついている「核の選択――日本よ国家たれ」のほうを読むことにした。この号は「忽ち《たちま》売切れた」そうであるが、私は、読者のすべてが清水先生の論旨を熱烈に支持したとは思っていない。

私は清水先生の論文に対する反論を書こうとは思っていない。むしろ、おっしゃることはその通りだと思っている。また、清水先生が無節操であるかどうかを論ずる気持はない。正直に言えば、そんなことはどうでもいい。さらに、日本国憲法が無効であるかどうかを考えようとは思わない。成立の過程なんかどうだっていいじゃないかと思う。結果がよければいい。

「しかし、国際政治の戦国時代を生き延びるためには、如何に辛くても、核の問題をリアリストの眼で見なければいけない、アイディアリズムやセンチメンタリズムは、どんなに悲壮でも、現実の役には立たない」（「節操と無節操」）

これもその通りである。私は、センチメンタリズムでしかものを書けない。しかし、清水先生の話題の爆弾的論文を読んで私の得た感触は、清水先生のおっしゃるように行動しても結果は決して良くはならないということである。日本のためにも世界のためにも良くはならない。

＊

昭和二十年八月十五日に、私は日本陸軍の兵隊であって、米子附近の山中の小学校にいた。そこが兵舎である。終戦を知って号泣する兵隊がいた。また、反対に、躍りあがって喜んでいる兵隊もいたのである。彼は、これからは英語も話せるしダンスも出来る、おおっぴらに女も抱ける、俺の時代が来たと言って喜んだのである。

私はどうかというと、そのどちらでもなかった。戦争のない世の中というものがどういうものかわからないというのが本音だった。当時、一部で、日本の女性は、米軍によって、すべて凌辱《りょうじょく》されるという噂《うわさ》があった。この噂があったということは事実である。また、日本の男は去勢（断種）されるという噂もあった。このへんになると、私の記憶はアイマイになってくる。

っていた。

私は、日本は戦争に負けたのだから、兵隊である私は殺されても仕方がないのだと思

これは後のことになるのだけれど、私の卒業した中学では陸軍士官学校や海軍兵学校へ進んだ学生が多かったのだが、彼等は、クラス会で会うと、彼等同士でひとかたまりになってしまっていて、そっちへ行くと、俺たち、もう一度ヤルゾと囁《ささや》きかけてくるようなことがあった。私には彼等の歌う軍歌は、ちょっと異質の感じがあって、まことに力強いものがあった。私には彼等の気持が理解できなかった。いったい、どの国と、なんのために、誰のために戦うのか、まるでわからない。

私には、日本の兵隊としてアメリカに対して復讐《ふくしゅう》をちかうという気持は、ぜんぜん無かった。戦争はまっぴらごめんだった。そもそも、日本の国を守ろうとする気持がない。どうなったっていいと思っていた。忠誠心は皆無だった。

ここからは奇妙なことになるが、しかし、日本の愛する女性たちは守りたいと思った。私は十八歳だったのだけれど、漠然と、日本の愛する女性たちが蹂躪《じゅうりん》されるのだけは我慢できないと思った。日本の愛する女性と言ったって、具体的なイメージがあったのではない。だいたい、私は、女を知らない少年だったのである。ここから、さらに脈絡のないことになるのであるが、日本の愛する女性を守るためには去勢されてもいい、仕方がないと考えるようになった。まったくナンセンスなのであるが、かなり本気で、そん

なことを思っていた。

私は睾丸のない男になってしまった。戦後の私には宦官《かんがん》という言葉が一番ぴったりくるように思われた。戦後という時代は、私には宦官の時代であるように思われるのである。アメリカが旦那であって日本国はその妾《めかけ》であり、日本の男たちは宦官であって、妾の廻りをウロウロしていて妾を飾りたてることだけを考えている存在であるように思われた。

戦争に負けるというのは、そういうことなのではあるまいか。あのとき、命を助けてやったのは誰なのかと言われれば、私には一言もない。

## 卑怯者の弁（二）

清水幾太郎先生の書かれた『諸君！』七月号の「核の選択」という論文は、発売当時にザッと目を通すという程度には読んでいた。また、その号がよく売れたということも聞いていた。これは、いわゆる「戦後」の日本人に対する挑戦状のようなものであるから、私にも感慨がなかったわけではない。しかし、大勢の人がキナ臭イと言いだすと本当にキナ臭クなる怖《おそ》れがあると思ったので何も書かなかった。その手には乗るまいと考えた。

ところが、「核の選択」批判に答えるという『諸君!』十月号の清水先生の「節操と無節操」という論文を読んでいるときに、我慢がならなくなってきた。特に「大正及び昭和初期に生れ、複雑に屈折した感情を持つ戦中派は、もう転換の主役ではない。主役であってはならない」というところでカッとなった。戦争の直接の被害者（こういう言い方は好まないが）は戦中世代である。また、高度成長を含むところの経済復興を担ったのも戦中世代である。変なことを言うようであるが、月給なんかでも常に暗い谷間を歩かせられた。初任給が七千円から一万円というあたりで就職し、私たちの後を追いかけるように追いかけるようにして世の中の経済は良くなっていったのである。労働組合の大会などで、若い社員が景気のいい発言をすると、お前等、誰のおかげでそんなことが言えるのかと思ったものである。日教組の講師団の一人であった清水先生が「全国〇〇万人の教員を収容できる刑務所は日本にはない」というアジ演説をぶったことをかすかに記憶している。そんなふうに戦中派は常に不安な道を歩かせられた。そうして、いま、もうお前等は相手にしないと言われると、これじゃあ立つ瀬がないという気がしてくる。相手にされなくても結構だし、主役になろうとする気持はこれっぽっちもないのであるが、戦中世代の一人の言いぶんを聞いてもらいたいと思うようになってきた。これを書いている現在でも、挑発に乗せられているのではないかという疑いが大きくなっ

てきているのであるが。(『諸君!』編集部諸君! あまり挑発しないでくれたまえ)

＊

物騒なことを言うようであるが、私は、戦争というものが、それほど嫌いでも厭でもなかった。これを戦争ゴッコとか、運動会の騎馬戦に近いものに考える場合のことであるが――。私も軍国少年だった。と言うより、軍国少年たらざるをえない状況だった。もとより死は覚悟していた。当時、二十歳以上の自分の姿を想像することができなかった。私たちの相言葉は、太宰治の短篇小説集のタイトルであった「晩年」だった。死は、いまよりもずっと近いところにあった。「もっとも美しく生きることは、もっとも美しく死ぬことである」という臨終の際の神父の御説教みたいな言葉で洗脳されてしまっていた。私にとって困るのは、私が死ねば母が歎き悲しむということだけだった。家の近くに住む長唄の師匠が、ポマードで固めていた頭を坊主刈りにされてしまって、襷《たすき》を掛けて出ていったまま帰らぬことだった。フィリピンで戦死した彼の母と道で会うことだった。私に妻子がいたら、もっと事情は変ってくると思うが、母が泣くだろうと思うと、それだけが辛《つら》かった。

私は勇敢に戦い、塹壕《ざんごう》から真先きに飛びだして戦死してやろうと思っていた。

軍隊の任務は戦争をすることであり、戦争に勝つことを目的としていて、そういう仕事に従事しているためにわずかながら月給も貰えるのだと思っていたが、入隊してみると、まるで違っていた。軍隊で、私は戦争の話をしたことがなく、また聞かされたこともなかった。軍隊にいるより家にいたほうが、ずっと戦争について知る機会が多かった。軍隊に入れば、敵の狙《ねら》いがどうであって、我が軍の兵力がこんなふうで、こうやって戦うんだという解説があったりするのではないかという期待があったが、そういうことは一切なかった。軍隊というのは、自分たちの仕事である戦争について触れてはいけないところだった。考えてみれば当然のことかもしれないが、私は面白くなかった。死ぬつもりで来たのに、どうやって死んでいいのかわからない。

またまた妙なことを言うが、私は、軍隊も、それほど嫌いではなかったし厭でもなかった。学科は易しいし、演習は健康にいい。三度三度のメシは喰わせてくれるし、時には、民間では手に入らないフルーツや甘味品が支給される。軍旗祭では演芸会があり酒も出る。想像していたよりは、ずっと気楽なところだった。第一に、家族の心配をしないですむというのが有難い。私は、実際に、東北出身の古年次兵に、こんなにいいところはないと告白されたことがあった。

しかし、どうにも我慢がならないのは、内務班のことであり、そのおそるべき瑣末《さまつ》主義にあった。そのことを考えると、いまでも体が慄《ふる》えてくる。

軍靴の裏には鋲《びょう》が打ってあり、その鋲の数を訊かれて答えられないときは、軍靴の裏を舐《な》めさせられるのである。あるいは営内靴（スリッパ）でもって殴られるのである。

る。

悲惨な私刑については多くの人が知っていると思う。およそ戦争とは無関係な場所である。

私は、員数とか要領ということが嫌いだった。私の中学の教練の教師は、

「なにごとも要領じゃ」

と言うのが口癖になっていた。彼の体には軍隊が染みついているように思われた。航空自衛隊を卒業して広告会社に勤めている知人に聞いたら、いまでも物干場《ぶっかんば》では盗みがおおっぴらに行われているそうである。それが要領であり、やはり「員数をつける」という言葉が使われているそうだ。とにかく、泥棒が賞讃され、被害者は屈辱的なリンチを受けることになる。要領というのは狡猾《こうかつ》ということである。少年であった私は、これが我慢できなかった。大人になりきれない私は、いまでも、これが駄目だ。軍隊では、狡猾な男が褒められ、偉くなるのだった。

連合赤軍が、彼等の目的のために、どういう「仕事」をしたかを私は知らない。しかし、彼等が仲間同士で啀《いが》みあい、凄惨《せいさん》な私刑を行い、ついには殺しあったことを誰もが知っている。日本人が軍隊組織を持つと、ああなってしまうのだ。戦争も軍隊も、それほど嫌いではないけれど、軍隊組織は厭だというのは、そのあたりのことである。

戦争が終ってからのことであるが、分隊に軍靴が新しく支給されることになり、どういうわけか、私に上等な靴が当ってしまった。ちょっと赤っぽいのが気になったが、皮

がなめらかで、やわらかく、何よりも有難かったのは、私の足にぴったりと合うことだった。これで靴ずれとマメとから解放されると思った。この編上靴を、隣の班の上等兵がどうやって取りあげたかということの委細は、もう記憶していない。

「おい、山口よう、お前さん、いい靴を持っているじゃないか」

最初は、そう言って近づいてきた。狡猾と諂《へつら》いを剝《む》きだしにした、なんとも陰惨な笑顔だった。私としては、かなり抵抗したのである。第一に、上等兵の言いぶんは、理不尽だった。第二に、もう戦争は終っているのであって、その編上靴は登山靴に適しているると思われた。第三に、狡猾と諂いに屈するのが厭だった。率直に交換してくれと頼まれれば話は別だ。

あるとき、私は、上等兵に廊下へ呼びだされ、自分の銃を持たされた。

「捧《ささ》げ銃《つつ》！　半ば膝《ひざ》曲げ！」

私にそういう姿勢をとらせて、彼はどこかへ行ってしまった。

## 卑怯者の弁　㈢

その上等兵は、私に、捧げ銃、半ば膝曲げ、という命令を下して、どこかへ行ってしまった。私は、ピンクレディーの『ペッパー警部』で猥褻《わいせつ》だというので問題になった姿勢を取らされていた。およそ二十分ぐらい、そうやっていると、膝頭のところがぶるぶると震えてくる。自然に尻《しり》が突き出てきて、いよいよ滑稽な恰好になってくる。当然、廊下を通りかかる兵隊は、私に屈辱的な揶揄《やゆ》をあびせかけることになる。銃が重くなる。そういう姿勢で銃を持つと、信じられないくらいに重いものなのだ。手も足も震えてくる。

まったく馬鹿馬鹿しい。戦争はもう終っているのである。しかも、その上等兵は、よその班の兵隊である。私に落度があったのではない。彼は、ただただ、私の編上靴が欲しかったのである。私は、自分としては、忠勇無双の兵士として、死に場所をもとめて軍隊にやってきたと思っていたのに——。

軍隊とはそういうところである。およそ、戦争とは無関係なところである。日本人の、いや人間の醜悪な性格が無限に拡大され、あるいは凝縮される場所である。私の友人で、軍隊に郷愁を感じ、去年亡くなるまで、それだけを生き甲斐《がい》にしていた男がいるが、その彼でさえ、ある上官が演習で事故死したとき、思わずバンザイと叫んでしまったと話してくれたことがある。私の経験などは微々たるものであって、もっと悲惨な思いをかみしめている男が、数限りなくいるのである。

清水幾太郎先生は「すべての国家が、もはや戦争することの出来ない国家、国家でない国家になるのではないか」（『日本よ国家たれ』）と心配されておられるが、戦争することの出来る国家だけが国家であるならば、もう国家であることはゴメンだ。

＊

私が入隊したのは甲府の部隊であったが、入隊してすぐに空襲に会った。甲府の市内がすべて焼き払われるような大空襲であったが、二日か三日経《た》ったとき、営庭に、七、八人の人間が泣き叫びながら入ってくるということがあった。お婆《ばあ》さん、母親、子供たちという一団であって、幼児もいた。彼等は一人残らず顔から血を流していて、お互いに罵《のの》りあっていた。空は晴れあがっていて、泣き叫ぶ声は兵舎に谺《こだま》していた。これは地獄の光景だと思った。

聞いてみると、そのなかの男の子が不発弾をいじっていて、みんなが輪になってのぞきこんだときに爆発したのだという。市内の医者を探すことができなくて、軍隊へ行けば軍医に手当してもらえると思ってやってきたのだと、母親が泣きながら語った。

そのときの印象はまことに強烈であって、ずっと長い間、その光景が私の瞼《まぶた》の裏から去ることがなかった。その後、私は爆発物というものを異常に怖《おそ》れるようになって、それだけが原因ではないのだけれど、いまだに台所のガス、風呂場のガスに点火することができない。これは戦争の後遺症だろう。

この場合も、もっと悲惨な光景を目撃した人が数限りなくいるのであるが、戦争というもの、戦争の際の銃後というものを煮つめれば、こういうことになってくる。

私は、戦争というものは、すなわち「母の歎き」であると思っている。戦争となると、不思議なことに、死ぬことは怖くなくなってくる。しかし、私が死んだら母が歎き悲しむだろうと思うと辛《つら》くなってくる。それは本当に辛い。「君死に給うことなかれ」と母親や愛人に言わせることが辛いのである。

＊

私が戦後に読んだ書物で、もっとも感動したのは大岡昇平さんの『俘虜記』である。なかでも、戦場で大岡さんが米兵に遭遇する場面が圧倒的だった。

「谷の向うの高みで一つの声がした。それに答えて別の声が、比島人らしいアクセントで「イエス、云々《うんぬん》」というのが聞えた。声は澄んだ林の声を震わせて響いた。この我々が長らく遠く対峙《たいじ》していた暴力との最初の接触には、奇怪な新鮮さがあった。私はむっくり身をもたげた。

声はそれきりしなかった。ただ叢《くさむら》を分けて歩く音だけが、がさがさと鳴った。私はうながされるように前を見た。そこには果して一人の米兵が現われていた。

私は果して射つ気がしなかった。

それは二十歳くらいの丈の高い若い米兵で、深い鉄兜の下で頬が赤かった。彼は銃を斜めに前方に支え、全身で立って、大股《おおまた》にゆっくりと、登山者の足取りで近づいて来た。

私はその不要慎に呆《あき》れてしまった。彼はその前方に一人の日本兵の潜む可能性につき、些《いささ》かの懸念も持たないように見えた。谷の向うの兵士が何か叫んだ。こっちの兵士が短く答えた。「そっちはどうだい」「異常なし」とでも話し合ったのであろう。兵士はなおもゆっくり近づいて来た。

私は異様な息苦しさを覚えた。私も兵士である。私は敏捷《びんしよう》ではなかったけれど、射撃は学生の時実弾射撃で良い成績を取って以来、妙に自信を持っていた。いかに力を消耗しているとはいえ、私はこの私が先に発見し、全身を露出した敵を逸することはない。私の右手は自然に動いて銃の安全装置を外していた。

兵士は最初我々を隔てた距離の半分を越した。その時不意に右手山上の陣地で機銃の音が起った。」

結局、大岡さんである「私」は米兵を撃たない。その心理を以下延々と反省をこめて、論理的に倫理的に分析する。「私」の行為は、味方に対する裏切行為でもあった。私は、こんなふうに分析することのできる兵隊がいたことに感動した。

「私がこの米兵の若さを認めた時の心の動きが、私が親となって以来、時として他人の子、或いは成長した子供の年頃の青年に対して感じる或る種の感動と同じであり、そのため彼を射つことに禁忌を感じたとすることは、多分牽強附会《けんきようふかい》にすぎるであろう。

しかしこの仮定は彼が私の視野から消えた時私に浮んだ感想が、アメリカの母親の感謝に関するものであったことをよく説明する。」

初めて読んだとき、そうだと思い、いまでも私はその通りだと思う。戦場で殺しあうときには罪悪感は失われてしまっている。「私」の行為は裏切行為であるかもしれないが、一人のアメリカの母親を救ったという事実は動かしがたい。辛いのはそこのところだ。

核戦争となれば予測のつかない悲惨なことになるのは明らかであるが、ヴェトナム戦争でもイラン・イラクの戦闘状況を見ても、戦争というものを窮極的に絞って考えると、一人の男と一人の男が対峙する姿が浮かんでくる。そのときに射つか射たないかである。

戦争が終ったとき、私は、どうしていいかわからなかった。前に書いたように、これからは宦官《かんがん》の時代になり、私は宦官になるのだと思った。

大岡さんの『俘虜記』を雑誌で最初に読んだのは、まだ終戦直後といっていい時代だったのであり、私はその文章力と、人間を正確にみつめようとする目に感動したのであるが、それとは別の一種の爽快感を味わった。それは、今後の自分の進む道がはっきりしたということである。

多分、私は、大岡さんと同じ状況に置かれたならば敵を撃たないだろうと思った。そこから進んで、私は、撃たれる側に立とうと思うようになった。

これは不戦の誓いというような勇ましいものではなく、私はその種の運動に参加したことはない。しかし、撃つよりは撃たれる側に廻ろう、命をかけるとすればそこのところだと思うようになったのは事実である。具体的に言えば、徴兵制度に反対するという立場である。

## 卑怯者の弁（四）

私は宦官になってしまった。しかし、神州清潔ノ民の気概が少しは残っていたので、命をかけるとすれば、再軍備反対の方向だと思った。私たちの年代の者は、すぐに「命をかけるとすれば」という考え方をする。当時、私の家は鎌倉にあって何人もの米兵が遊びにきていたのであるが、母は何かというと「降るアメリカに袖《そで》は濡《ぬ》らさじ」と言うのが口癖になっていた。すなわち、和気藹々《あいあい》と見えて、その裏は一触即発という感があった。まだ、死はごく身近なものであって、隣あわせで暮していたような気がする。

政治にはかかわりたくない、かかわってはいけないと思っていたが、再軍備とか徴兵制度復活ということになれば、そこだけは話が別だと思っていた。命を捨てるとすればそこのところだ。

『俘虜記』が先か新憲法の公布が先か、もうわからなくなっている。それに接したのは、ともに昭和二十三年のことである。麻雀をやっていて凄く良い配牌のときに「夢ではないか」と叫ぶ人がいるが、憲法第九条を知ったとき、私は「夢ではないか」と思ったものである。こんな幸運があっていいのだろうか。命をかけなくていいだけでなく、日本国が私の命を守ってくれると約束したのである。

私は、職を失って、まったくの失意の状態であったときにサントリーの宣伝部に就職することができたし、父の借金を返すために書いた雑文が小説として評価され、いきなり文学賞を受けるなど、およそ信じられないくらいの幸運にめぐまれた男なのであるけれど、わが生涯の幸運は、戦争に負けたことと憲法第九条に尽きると思っている。

「私には三つの幸運があった。敗戦と憲法第九条と、いまの女房にめぐりあったことだ」という冗談を、酒席で何度くりかえしたことか。

＊

『日本よ国家たれ』と清水幾太郎先生は言う。国を守れと言う。

その場合の国家、日本国とは何であろうか。国家を代表するものは日本国政府である。日本国政府とは、すなわち自由民主党である。自由民主党を操る者は田中角栄である。田中角栄のために命を捨てろと言われても、私は厭だ。私は従わない。

日本人を守れと言う。しからば日本人とは何であろうか。

＊

最近のニュースで美談が報ぜられたことがあるだろうか。死にかかった老婦人が一億円を施設に寄附するという類のことは美談ではない。当人の自己満足であり、どうせ相続税で持っていかれる金である。およそ、日本人の毅然《きぜん》たる態度、毅然たる行為が報ぜられたことがあるだろうか。

裁判官が、自分の担当する女性被告人の肉体を要求する。彼女は金を貰ってこれを許す。警察官がスーパーで万引する。自衛隊の隊員の不祥事などは、これを聞くこと初中終《しょっちゅう》である。

団体を組んで、朝鮮、台湾、東南アジア諸国へ女を買いに行く男たち。

医者の資格のない男が、女性患者にあらゆる猥褻《わいせつ》な行為を行う。あげくは、大金を取って、悪くもない子宮や卵巣を摘出する。資格のない男は、摘出したものをイカの塩辛の瓶に貯蔵して「子宮コレクター」と称する。その男から献金を受ける市長、市会議員、国会議員、厚生大臣。

国を売るという破廉恥な罪に問われている刑事被告人であるモトの宰相を、連続最高点で当選させる県民たち。そのモトの宰相にキンタマを握られている国会議員たち。

ムハマド・アリがアントニオ猪木に格闘技を挑んで、これは演出上のことであるけれど「醜い日本人《ジャップ》」と叫び、罵詈雑言《ばりぞうごん》を喚《わめ》き散らしたとき、私は、そうだ、その通りだ、もっと言えと思ったものである。

「マッチ擦るつかのま海に霧深し身捨つるほどの祖国はありや」

これは寺山修司の絶唱であり、記憶で書いているので字句の正確を期しがたいが、たぶん間違いはないと思う。これは寺山さんの初期の作品で、少年時代のものと思われるが、詩人の烈々たる祖国愛に同感することを禁じ得ない。

こんな日本国を、こんな日本人たちを、どうやって、なんのために、命をかけて守る必要があるのだろうか。卑怯者である私は、ひそかに、そう呟《つぶや》くのである。

＊

余談になるが、富士見産婦人科病院の事件について、友人である弁護士が、こう言った。

「お前なあ、医者の資格のない男が女性患者の陰毛を剃《そ》るなんてことは、たいしたことじゃないんだよ。怖いのはね、陰毛を剃ることぐらいしか出来ない、資格のある医者が何万人もいるっていうことなんだよ。

考えてごらんよ。何千万円だかの金を出して、金だけで医科大学を卒業した、ボンクラでどうしようもない医者がいっぱいいるんだよ。無資格の男は罰せられるから、まだマシなんだよ。ボンクラ医者はね、手術なんて、とんでもない。何も出来やしない。富士見病院にはね、まだしも、手術のできる医者がいたっていうことなんだよ。氷山の一角っていうのはこのことだね。

それからね、もっと怖いのは、病院経営が儲《もう》かるってことを日本全国に知らせちゃったことだね。資格なんてなくたっていい。女医と結婚して病院を建てて、悪くもない女のお腹《なか》を切って、ハイ四十万円、ハイ五十万円って、これは儲りますよ。もともと健康なんだから死にっこないしね」

被害者同盟の人たちは、富士見産婦人科病院の関係者は、すべて八つ裂きにしたいぐらいの気持でいるだろうが、事務局長に対する迫り方、攻撃の仕方は、どうも感心しない。いや、日本人的でありすぎるように思われる。厭なことだろうけれど、こうなれば金で解決するより他にない。かりに子宮一箇の値段が一億円ということにでもなれば、全国の産婦人科医は慎重にならざるをえないだろう。子宮を返せとか、手術した女医の子宮や卵巣を取ってやれと言うのでは問題は解決しない。

事務局長に対して、だんだんに、お前も可哀相だけれどと言ったりするのを見ると悲しくなってくる。事務局長が土下座して涙を流して、額を床にすりつけて、額から血を流して謝罪すれば、いったんは気が済むのではないかとさえ思われてくる。これは軍隊における私刑と似てきてしまうように思われた。

＊

再軍備ということになれば、こういう日本人たちで軍隊が形成されることになるのである。私の軍隊経験は、わずか二カ月であったにすぎないが、それでも経験のない人にはわからないかもしれない。こういう日本人たちに、お国のためという大義名分があたえられるとどういうことになるのか。私には、もう想像がつかない。国家のためとは言うけれど、国家が、いったい私たちに何をしてくれたかと言ったのは花森安治さんである。

「古今東西、国家間に、鍔《つば》ぜり合いとでもいうような緊張した均衡があって、それで平和が可能になっているのが通例である。無気味な兵器の整備と配置、死を覚悟した多くの人間の組織と活動、それが二つ以上の国家のそれぞれに存在するというのが平和の裏面である。真実である。明るいソフトな表面は、暗いハードな裏面と一体のもので、裏面が崩れれば、一夜にして、表面は何処かに消えてしまう」（『日本よ国家たれ』）

卑怯者である私は、「ハードな裏面を持ちましょう」という提案に与《くみ》することはできないし、怖気《おじけ》づいてしまう。それに、第一に、これ、金がかかる。

## 卑怯者の弁（五）

「憲法改正は、衆参両院で三分の二以上の賛成が得られ、更に、国民投票で過半数が得られなければ、これを行うことが出来ない、というのであるから、改正は殆ど不可能である」(『日本よ国家たれ』)

殆ど不可能ということが私にはよくわからない。美濃部さんの「橋の哲学」とは違って三分の二以上であり過半数である。これは清水幾太郎先生の頭のなかに、国民の平和を願う気持を打ち崩すのはとうてい無理だという前提があるからだろう。ご自分にも、戦争も再軍備も良くないという考えがあるからだろう。

それならば、皆の厭がることを強行しようとする考えはどこからきているのだろうか。私にはまったくわからない。

「すでに、(清水幾太郎の)「スポットライトを浴びたがる」といった評は固定化している」(朝日新聞、六月十八日付)という類のことなのだろうか。

ただし、私は、憲法改正についての論議は、その成立過程とは無関係に、なされてしかるべきだと考えている。

＊

「日本という経済大国は、資源、エネルギー、食糧を遠隔の地から輸入し、製品を同じく遠隔の地へ輸出するところに成り立っている。これは、一般に考えられているよりも大きな意味を持っていると思う。一方、資源やエネルギーが欠けていながら、しかも今日の地位に到達したというのは、ただ一つ、日本人の能力及び勤勉によるものである。日本には、日本人という資源しかないのである。私たちは、この人間的資源という宝を世界に誇ってよい。しかし、他方、万一にも長い海上輸送路の安全が脅かされれば、経済大国は瞬時にして崩壊する。それなのに、日本は、日本自身の軍事力によって、海上輸送の安全を確保しているのではない。それを漠然と他に頼っている。この点を考えれば、誰にしろ、経済大国と言いかけた途端に、口元が醜く歪《ゆが》むであろう」(同)

私には床屋政談しかできないが、これも床屋政談の域を出ていないのではないか。これは、制海権、制空権を持てという意見であるが、そうなったときのことを考えるとゾッとする。軍事力のない現在でも、日本は経済的圧迫を加えられているのである。ABCDラインの経済的圧迫によって大東亜戦争が勃発《ぼっぱつ》したというのが定説になっているが、日本が制空権を持つような軍事大国になるならば、間違いなく「この道はいつか来た道」になるだろう。

私は、制空権も制海権も持たずに経済大国になったのを誇りに思うことはあっても「口元が醜く歪む」ようなことはない。

＊

「フランスの権威ある大辞典は、平和という言葉を定義して、「国家が戦争をしていない状態」と素気なく言っているが、「国家が戦争をしていない状態」は、多くの場合、国家間──或いは、国家群間──に軍事力のバランスが保たれていることによって可能なものである。古今東西、国家間に、鍔《つば》ぜり合いとでもいうような緊張した均衡があって、それで平和が可能になっているのが通例である。無気味な兵器の整備と配置、死を覚悟した多くの人間の組織と活動、それが二つ以上の国家のそれぞれに存在するというのが平和の裏面である」(同)

大使館を占領し、職員五十数名を人質にとるというのは宣戦布告と同じなのではなかろうか。アメリカの強大な軍事力をもってしても、こんなことになってくる。まして、タテマエ論者の多い日本人が軍事力を持つとすれば、こんな事態を黙って見ていることができるだろうか。

＊

不思議な経験をした。

私は、しばしば、所沢の西武球場へ野球を見に行くのであるが、この西武球場では、試合前に国歌が演奏され、選手はグラウンドで整列し、脱帽して直立不動の姿勢をとる。観客も起立して脱帽する。

私は、性来、単純な人間であって、国家には国歌があったほうがいいと思うし、大勢の人間が同じ行動をするというときの一種の快さを好んでいたので、必ず起立して脱帽していた。それどころか、一緒に行った友人に「立とうじゃないか」と起立を促すことさえあったのである。

ところが、清水先生の「話題の爆弾論文」を読んでからは、国歌が演奏されても起立することができなくなってしまった。金縛りにあったようだった。

そうして、背中に、何とも言えない不快な痛みを感じた。いきなり背中を棒で突かれるのではないかという恐怖を感じた。そういう時代が来るのではないか。いや、絶対に来させてはいけない。目の前の人工芝のグラウンドが学徒出陣の場になるのではないか。いや、そいつだけは御免だ。命を捨てるとすれば、そこのところだ。そういう思いが去来して体が慄《ふる》えてくるのである。

ある人は、すでに自衛隊というものがあるではないか、再軍備反対と言うのはナンセンスだと言うかもしれない。しかし、私からすれば、志願と徴兵、就職と徴用とでは天地の開きがあるのである。

「何れにしろ、国家というものを煎じつめれば、軍事力になり、軍事力としての人間は、忠誠心という人間性に徹した存在でなければならぬ。自分を超えたものの存立及び発展のために自分を献げ、それによって深い満足を得るという傾向、それは万人の内部に潜む人間性であるが、この傾向を純粋化したところに、軍事力としての人間が実現される」（同）

忠誠心と言うけれど、いったい、何のための、誰のための忠誠心なのだろうか。「自分を超えたものの存立」とは、いったい、何のことなのだろうか。私にはわからない。わからないものに「自分を献げ」ることはできない。「それは万人の内部に潜む人間性」であるとおっしゃるが、そうすると、私は人間ではなくなってしまう。私は、まったく理解に苦しむのであるが、こういう声は、三十五年前、四十年前に、さんざん聞かされ、教育されてきたあの声とよく似ているということだけはわかるのである。背中が痛み体が慄えてくるのはそのためである。

「しかし、日本が侵略されるというのは、ただ国土が敵軍によって占領されることではない。国民が気高く死んで行くことでもない。敵兵によって掠奪《りやくだつ》が行われ、男たちが虐殺され、妻や娘が暴行されるということである」（同）

ああ、聞いた聞いた、これも聞いた。これも、あの時の声とそっくり同じである。社会学の大先生に向って、こういうことを言うのはどうかと思われるが、私の乏しい知識と貧しい頭脳からすると、こういうのがデマゴギーということになる。

＊

何か、ずっと、わかりきったこと、当りまえのことばかり書き続けているようで、気恥ずかしくなってくる。それに較《くら》べれば、清水先生の論文は、まことに勇気ある発言だと思わざるをえない。げんに、利口な人たちは、清水論文について何も言わない。それが当然だろう。

しかし、マッチ一本火事のもとということもあるじゃないか。戦中派コムプレックスの権化としては黙っていることができなかった。私は小心者であり憶病者であり卑怯者である。戦場で、何の関係もない何の恨みもない一人の男と対峙《たいじ》したとき、いきなりこれを鉄砲で撃ち殺すというようなことは、とうてい出来ない。

「それによって深い満足を得る」ことは出来ない。卑怯者としては、むしろ、撃たれる側に命をかけたいと念じているのである。

# 3 われらサラリーマン——運・競争・会社人間

## いやぁなサラリーマン――どこにでもいるバカな上役、下役、ご同役

### 薄汚い新入社員とは

どこの会社にも武勇伝がつたわっている。

たとえばA課長。

彼は仕事はよく出来るが、いまでも依然として服装には無頓着である。昼間っから会社をぬけだして一杯ひっかけてくる。机の上に足をのっけて昼寝する。賞与をもらうと、それがなくなるまで赤線から通勤したという話がつたわっている。はじめての社員旅行のとき、酔っぱらって女子社員の部屋に押しかけていってオールド・ミスに接吻してしまったという。

こういう話が、おもしろおかしく粉飾され、英雄視され、ときには美談のように語りつがれる。

「おもしろいやっちゃ」

ということになっている。どこにでもある話だ。酒場での話題としては恰好のテーマ

である。

ここまではいい。

ところが、これを早速、真似ようとする新入社員があらわれるから困る。叱ると、なぜいけないのかと反論してくる。言葉にはださないが、A課長には許されて、なぜ自分には許されないのかといった顔つきで唇をとんがらす。

つまり、それがいけないのだ。

真似をしようという精神がよろしくない。それと、あの人には許されて自分には許されないというヒガミ根性がよくない。いちばんいけないのは、どこまでが許されるかをためしてみようというような野放図である。思いあがりと甘ったれと無智である。何をしても許されるはずだと思いこんでいる。

この程度のことでは、いまでは馘首にならない。組合ががんばっているから。そういう計算ずくの甘ったれが実にうすぎたないと思うのだ。

A課長の場合。彼がオールド・ミスに接吻したのは、それなりの根拠があったと見るべきである。

オールド・ミスは社長の遠縁にあたり、気位だけが高くて仕事はまるっきり駄目で、電話が鳴っても受話器をとろうとせず、昼寝に出ると帰ってくるのは二時過ぎだし、たえず同僚を喫茶店に誘いだそうとする。私用で長電話をかける。

彼女はむしろいないほうがよっぽど部のためにはいいのだが、一人分に数えられていて、人手不足なのに増員できない。よくはたらく連中はむしゃくしゃしている。このオールド・ミスがいきいきとするのは、宴会と社員旅行のときだけだ。真似をする新入社員は、こういった状況を全く知らされていないで、武勇伝だけをきかされている。形だけを真似ようとする。

比率はよくはわからないが、会社では、その人がいなくては会社が成立しない、ほんとうに役立つ、よくはたらく、といった社員が二十パーセント。いなくてもいいとはいわないが、まあ、他の誰かを持ってきてもまにあうという社員が六十パーセント。残りの二十パーセントは、いないほうがよっぽどマシという構成になっている。

残りの二十パーセントに問題があろうが、とかく党派をつくりたがる、結束ではなくて攪乱を事とする、要するに、マイナス面にのみはたらく、といったら思い当ることがあるだろう。

接吻されたオールド・ミスは、このマイナス組の最たる者であった。彼女は血相をかえて社長・重役のいる部屋に駈けこんだ。ところが全く相手にされない。そこではじめて自分の立場を知らされて、以後おとなしくなってしまった。

そういう状況を知らないで、A課長の態度だけを真似ようとするのである。

これを臭い社員という。

A課長のやったことをちっともいいことだとは思わないが、ともかく彼は職を賭したのである。体を張ったのである。だから武勇伝であるわけだ。机の上に足をあげて昼寝する。A課長は、もっと大きな仕事、もっと困難な仕事をくれというデモンストレーションをかけているのだ。そういう型の社員である。困難な仕事をもらうと俄然真骨頂を発揮する。それを知っているから、みんなが許しているのである。

サラリーマンは自分の型をもっている。新入社員がいきなりそれを真似ようとするのは滑稽である。型が身につくのは何年か先きのことだ。実際に、入社してすぐに『事件記者』の相沢キャップの型で電話をかけるのがいるのである。

会社にはいるとすぐにゴールデン・ウィークがくる。そうこうするうちに夏がくる。入社してすぐに、思いっきり遊んでやろうという計画をたてる。大学ではろくすっぽ勉強もしなかっただろうと思うのに、会社へはいったら月給があるからそのぶんだけ大いに遊ぼうと考える。遊びの計画は綿密であり、そのことに熱心である。それはまあそんなに悪いことではない。困るのは次の事態だ。

たとえば、清涼飲料の会社であったとして、突然、七月、八月をめざして販売拡張計画が発表されたとする。彼等の計画はオジャンになる。

ここでまた唇をとんがらかして喰いさがってくる。理論闘争になる。そうなると、悲しいかな、こっちが負けるのである。彼等は労働基準法をタテにとってくるから、合法的である。

サラリーマンをやったことのない評論家の書いたもの、小説家のいわゆる青春小説、前むきの大学教授の御説を、読んだり聞いたりして会社へはいってくるから、元気潑溂、意気軒昂たるものがある。

しかし、それでは商売にならないから、彼等の「青春を犠牲」にしてもらって強引に押しきってしまう。彼等はとたんにしょんぼりする。

どんなふうにしょんぼりするかというと、彼等は「資本主義に負けた」と思うらしい。それが非常に辛いらしい。純粋なる魂が、私などが代表する中年男の汚れた常識に敗れたと思うらしい。それから、権力に負けたと思って挫折感を味わうらしい。

なんでもないことなのに。自分たちが生活するために一部の予定が変更になっただけなのだ。最近は、こういう傾向が非常に強い。

純粋なんかであるものか。会社を背負って立とうとする気概がなくて、法的に許された自分の遊びを優先しようとするほうが、私にはよっぽど薄ぎたないと思われる。

組合を利用するやつ

あるとき、組合の幹部のBという社員と長時間にわたって話しこんだ。彼は社内外の情勢を的確に分析してみせた。酸いも甘いもかみわけたようなところがあり、実に話術がうまい。笑わせるところ泣かせどころを心得ている。永年組合の執行委員をやっていると、こんなふうになる。社会正義をおしつつんでいるところがこころよい、と思った。最後に健康保険のことに及んだ。

Bは何度も舌打ちしながら、うらめしそうに言った。

「俺なんか、損だな。病気をしたことがないんだものな。いっぺんも病院へ行ったことがない。ずいぶん損をしている」

私は以後、Bを信用しないことにした。彼が見てきた炭鉱労働者の話なんかは凄い迫力があったのだけれど。

要するにBは、自分さえよければいいと思っているのではないか。ほんとのところはそうなのではないか。自分が病気をしないでよかった。その結果、何人かの人を助けることが出来て嬉しい。そう考えるのが普通だろう。Bの社会正義は嘘っぱちではないか。私はBと口をきかないようになり、組合に対する信頼がうすらいでしまった。

組合の幹部は、社長・重役と接触する機会が多い。弁舌がさわやかであり、指導力と粘着力があると認められると、一挙にして出世することがある。それは当然だろう。私の友人でも何人かがそうやって認められ、大きなポストについた。

「お前はむかしアカだったのに」

などとからかってやる。

この傾向が、最近はひどくなり悪質になってきている。あからさまに組合を利用して出世しようとする。誇らかな労働組合はどっかへいってしまった。

執行委員長をやれば課長になれるというのが通り相場になった。課長になると組合員からはずされる。しかも人事課長・労務課長にして労働運動対策に当らせるのだからひどい。会社もわるいが、これに抵抗しないサラリーマンなどは下の下である。敵の手の内はすっかりわかっているのである。従って仕事はやりやすい。また、そういう人に限って、とたんに手ごわい右派に転向してしまう。転向ではなくて、はじめから計画的なのである。

態度は慇懃無礼であって、目の底に陰惨な光りがある。これ以上に厭なサラリーマンはいないと思う。

とにかく、敵と味方がひとつの部屋で仕事をしているという感じはたまらなくいやだ。いつ頃からかそんなふうになってしまった。

## 憲兵のような

　私たち戦時中に育った者は、意地のわるい学校教練の教師、軍隊の下士官、疎開先きの因業な商人・百姓はどこへ行ったのか、いま何をしているかと話しあうことがある。国鉄の職員、米の配給所の人間も、威張っていて愛想がわるかった。

　あれは、しかし、いまでもちゃんと生きている。たとえば、八百屋が、店の一角で煙草も売っていたとする。ホウレン草一把を買ってもペコペコするくせに、ピース一箱というとたんに突慳貪になる。あれが不思議で仕方がないが、官庁の代行をしているような気分でいるのだろう。それはいいけれど、オカミの代行となると無愛想になるのがどうにも不愉快である。戦時中だったら、この八百屋のおやじはいい下士官になっているだろうなと思う。

　サラリーマンも例外ではない。

　規則一点張りというのがいる。また会社はこういうのを総務部などに廻したがるのである。

　外出先きから帰ってきて、一階の便所へはいる。そこで総務課長とはちあわせする。外とたんにちょっと来いとやられる。なぜ御仕着せの紺の背広を着ていないかと言う。外出するのにへなへなの御仕着せではみっともないから、自分の洋服で出て、帰ったら着かえるつもりだというと、着かえてから便所へ行けと言う。
こういうひとと議論をすると負けるにきまっている。テキは規則でくるし、規則のむこうがわにオカミがいるのだから。

私はよく上役に叱られた。こっちが悪いのだから叱られても平気だった。始末書も何度か書かされた。

しかし、叱られるのはかまわないが、いやなのは「叱りおく」という形でやられることだった。ここには大きな差異があるように感ぜられた。

かりに、私の出勤状態がわるくて叱られたとする。叱った上役は、私を叱ったことで責任が生ずるのである。上役は自分の出勤もきちんとやらねばならないことになる。

「叱りおく」というのは、この逆であって、責任のがれである。

たとえば、夏、ネクタイをしめないでスポーツ・シャツで出社したとする。これは規則に反するので注意される。「叱りおく」のである。上役のもっと上の人から文句が出た場合に、

「いや、あの男にはかねがね注意しとったのだが……」

というような予防線をはっておくような叱り方である。

うまい例ではないのでピンとこないかもしれないが、もし、スポーツ・シャツについ

て激しく叱っておいて、なおかつ私が規則を守らなかったとすれば自分の責任になる。微温的な叱られ方はかなわない気がする。

たとえば、私が絵をかいていて展覧会に入選したとする。それが新聞に出る。そういうときに、一応「叱りおく」のである。なぜならば、私が仕事を怠けていて、それが問題になったときに、

「絵をかいていることについて、一応の注意はあたえておいたのだが」

と答えたがる上司が実際にいるのである。

それでは、なぜ強く叱らないかというと、責任回避である。極端な例でいうと、その絵が国際的コンクールで賞をもらわないものともかぎらないからだ。そうなると会社の名誉になることがある。

そのときは、

「一応の注意はあたえておいたが、才能ありと見て、じっと見守っとった。いやあ、わがことのように嬉しくて涙が出る」

ということになる。

組合を利用して労務課長になる男、規則をたてにとって威張る総務課長、叱りおくばかりの上役は、一旦緩急あれば、憲兵のような存在になると思う。戦争中のわるい下士官はサラリーマン生活のなかにもちゃんと生きている。

東京に本社はあるけれども、山奥のような町を本拠としている大会社があった。

私はその会社を見学することになって、東海道線のある駅におりた。そこからまた車に乗って一時間ばかりかかる。

駅までむかえにきてくれた宣伝課の社員は、車のなかの一時間で、ブツブツ文句ばかり言っていた。

こういう仕事は、本来、総務でやるべきところなのだが、どうも仕事の区分がはっきりしないので、しようがないので自分がむかえにきた、宣伝でやるとすれば、PR担当の者がやるべきなのだが、押しつけられてしまった、といったことをグチっぽくささやくのである。そんなことを私に言ったって仕方がないと思うのに、総務と宣伝と仲がわるくて困るという。

全く私のような見学者を案内するのはいやな仕事だと思うし、こっちは小さくなっていたのだが、しまいには腹がたってきた。

「やっぱり、田舎の会社だな」

と思う。メーカーとしては一流なのだが、そういう印象をまぬがれ難かった。消費者としての私は、その会社の製品を買うまいと、工場へ着くまえにそう思ってしまった。

社内事情を私に言っても言わなくても、その人の仕事の量は同じことである。言ったために、大きなマイナスをつくってしまう。こういうのもいやなサラリーマンである。そのときに、どんなことがあっても自分の会社の悪口を言うまいと決心したし、新人にはまず最初にそういう教育をした。社内事情でグチをこぼすのはいかにも聞きぐるしい。

私は、社員十人の会社、三十人の会社、二百人の会社、二千五百人の会社というふうに渡りあるいたから、大きな会社にはいったときに、ちょっと戸惑うことがあった。大きな会社にはいったら、会社が小さく見えるようなことをすべきではない。そこのところの呼吸がのみこめなかった。

たとえば、会社の製品をほめられたり、悪口をいわれたりするときは、ゆったりとかまえて、相手の言うことをきくようにしないといけない。

はじめは、いわれのない悪口をいわれるとカッとなって、顔色や態度に出たらしい。恥ずかしいことだ。

電車のなかで、ナニ部のナニ課のナニガシという名札をつけて乗っているのがいる。あるいは社用の封筒を見せびらかすようにしているのである。あれは自分の会社は小さいと宣伝しているようなものだ。

愛社精神はいいのだけれど、忠誠心の過剰というのも困ったものだ。だいたいにおいて、やすっぽい、田舎臭い印象をうける。さっきの例のように製品まで憎らしく思ってしまうことがある。

女子社員は職場の花

最後に女子社員のことであるが、私にとっては、女はすべていやな社員である。美人で、心根が優しければ、それでよい。職場の花はそうでなければいけない。まず、女子社員で、ずうっと古くまでいて仕事のこともよくわかるという人は、一種の雰囲気をもっている。さあ、何といったらよいか表現に迷うが、ひとつの部屋のみんなの共通のお内儀《かみ》さんという感じになる。あるいは北条政子、淀君となって権勢を恣《ほしいまま》にする。まず、例外なくそうだから不思議だ。

女というのは、ただただ競争心が強いのである。女は、男に比較して博奕を好まないのは、勝負事がいやだと思っているのではない。負けるのがいやなのである。嘘だと思ったら身近の女性にきいてごらんなさい。同期のひとの月給が五百円ふえていたら血相を変えてどなりこんでくる。信賞必罰が行われない。だから、最低のところでおさえられてしまうのである。会社のほうもそのほうが無難だと思っているからだ。

仕事もよく出来て、サバサバした女子社員が全くいないこともない。私はこれを女としての一種の片輪だと思って可愛がっている。

## ミナト・ヨコハマ　ぺとろーる　日本石油の巻

### ――産業の花形石油は、合理的で巨大な不夜城に君臨する！

#### 怪談・原油タンク

原油タンクに登ってみたいと私が言いだして、そちらのほうの係りの方と、工場案内で東京本社から来られた方と、三人で登ってみることになった。はじめからそうなるだろうと予期していたのだが、果たして、いや全く予期以上に、登りつめたときに私の恐怖は絶頂に達した。

「こわいですね、やっぱり。本当に恐いですね」

その声がすでにかすれていた。笑おうとしたが頰と顔全体がこわばっていた。強い風で私の言葉はお二人にきこえなかったかもしれない。

私個人の性格、性癖、当日の心的状況について、はじめに書くことを許していただきたい。そうでないと今回のことが何だか訳がわからなくなってしまう。私の妄想が充分に伝わらないことになる。

私は爆発物というものが怖いのである。極端にこわい。私は道をあるいていて、吸っている煙草をひょいと捨てるということができない。何かの爆発物がありはしないかと考える。水のなかに捨てることも出来ない。そこにガソリンが浮いていて……というふうに考えてしまう。マッチをつけるときも四囲の警戒をおこたらない。

港区芝田村町の日石本館および川崎の中央技術研究所へ出かける前日まで、どうしてもはずすことのできない会合や結婚式や宴会が続いた。そうなると心がけのわるい私はついお酒を飲みすぎてしまう。会社の仕事と原稿がたまって不眠が続く。

日石本館で待ちあわせる時間は、朝のそんなに早くない時刻なのに一時間も遅れてしまった。はじめてのことである。

それに石油に関する知識がない。のっけに「日石というと巨人の藤田、大洋の佐々木のことしか知らないのですが」

と言って笑われた。

そういう頭では、中央技術研究所へうかがっても石油化学の化学記号やらカメノコをつかった説明が理解できるわけがない。御迷惑をかけたし、私も一日で疲れはててしまった。

## 私の決心

新しくできた横浜の根岸製油所の見学はその翌日である。家へかえってまた出直すのは体力的に不可能だと思ったので、一人で根岸の山のうえにあるホテルに泊ることにした。

ちょっと寝て、すぐ起こされた。蚊である。蚊に弱い。

しばらく起きていてやろう。そう思って海に面した側の窓のカーテンをひいた。

不思議なものを見た。昔は大きなキャバレーの広告なんかに「砂漠の不夜城」という形容があった。そういうものが横浜港の根岸の海に浮いているのである。

中央付近に高い塔がある。そのあたりの灯がまたたいている。そこから広大な地域にわたってあかあかと電燈が光っている。満艦飾という言葉がある。お祭りかなにかで軍艦全体を電燈で飾ることをいうのだろう。そういう軍艦を何隻もならべたようなものだ。

これは、根岸という横浜でも高級住宅街に属する高台のホテルから眺めた光景である。これを景色とよぶことができるだろうか。これが海だろうか。これが夜だろうか。なんとも形容のできない新しい事態がそこにあるように思われた。

一匹の蚊のために、とぎれとぎれの夜があり、そのたびに起きあがって窓を見た。何度目かのカーテンをあけたとき朝になっていた。一番手前の巨大な円筒形に大きくはっきりとコウモリのマークが認められた。不夜城は日石の根岸製油所であった。製油所が常に終夜作業であることとさえ知らなかった。

根岸製油所にはいってみて、なんだか私の来るべきところではないような気がした。もの書きでいうならばSF作家にふさわしいように思われた。

敷地は百三十二万平方メートルである。四十万坪である。地下六十メートルの埋立地である。そこへ五十五メートルの原油常圧蒸溜装置の塔が立っている。これは一日に一万七千五百キロリットルの原油を処理するのである。工場内のパイプを一本にして伸ばしてゆくと名古屋までとどいてしまうという。

十五万トンのタンカーを横づけできる桟橋がある。この桟橋については、ちょっとしたエピソードがある。三光汽船という会社で七万九千トンの星光丸という船が完成した。この船のオヒロメのために十五万トン桟橋を貸してほしいという。三光汽船の首脳部の期待したことと全く逆の結果があらわれた。美しい新しい大きな桟橋に、美しい新しい大きな船。ところが桟橋のほうが大きすぎて折角の星光丸が小さく見えてしまったのである。

直径七十四メートル、高さ十五メートルの原油タンクが八基ある。七十四メートルというと軟式野球が出来るのである。

桟橋の巨大なパイプから原油タンクへ、そして蒸溜精製を経て製品タンクへはこぼれ

る。これがそのまま、あるいはブレンドされて製品積出用の桟橋、または根岸線の専用引込線のホームへはこばれ

いうまでもないことだが、工場内の事務所を一歩出ると、どこでも火気厳禁である。私はこわいのでタバコとマッチを事務所へ置いてから工場内を歩くことにした。どこかに爆発物があるというのではなく、確実に爆発物のなかを歩いているのである。ここは埋立地であって、今年の四月一日に操業を開始したばかりの新工場だから「自然」と呼ばれるようなものは何ひとつない。巨大なタンクと無数のパイプによって成り立っている。

私の心にひっかかる爪あとがまるでないのだ。私は決意した。これではレポートが書けない。自分の心臓にグサリと何かを刺してやろう。そう思って、私は係りの人に原油タンクに登りたいと申しでたのだ。

「おっかないですよ」

とその人は言った。

「平気ですよ。私は高所恐怖症があるんですが、実際にそこへ登っているときは怖くなくて、あとで夢でみたりするとこわいんです。だから、いまは平気です」

軟式球場ができる広さ、ということにもひっかかりがあった。本当にそうか。

「登るときはまだいいのですが、おりるときがねえ……」

現場の人でもめったに登らないところだそうだ。

標語のない工場

天辺《てっぺん》で私はひとつのことを思いだした。この工場には標語というものがまるでないのである。「安全第一」とか「笑顔で渡す次工程」とかがない。「整理整頓」さえなかった。そのことを言ってみた。

「そうですねえ、そういえば何もありませんね。「火気厳禁」は標語じゃないですから」

係りの人もあらためて気づいたようであった。

つぎに、事務所の屋上にオイナリさんがなかったことを思いだした。お稲荷さんと見えたのは晴雨計だった。そのことについては重役間で議論がたたかわされたそうである。

私も、置かないほうに賛成である。ここまできたら、と私は思う。ここまできたら、何もないほうがよい。それだけではない。私は受付の女性もロボットにしたらどうかと思う。それは充分に可能なことだろう。皮肉をいっているのではない。そのほうがサバサバしてよい。人間臭いものは一切とりはずしたほうがよい。

私はその位置から原油タンクの縁をぐるっと一廻りしてみることにした。そういう気持になったことを自分でも説明することができない。とにかく歩きだした。

それは原油タンクにへばりついているようなラセン階段よりも怖いのである。何故か。ラセン階段はともかくも人間が登るためのものである。周囲にめぐらした通路の如きものは、人間が歩くことができるが本来の目的は通路ではない。原油タンクの鉢巻きなのである。タンクがいっぱいになっているときはよいが、空にちかづくと上部がへこんでグラグラしてくるのである。それを防ぐために鉄製の鉢巻きがめぐらしてあるのだ。

怖いと思うのは、自分が怖いのであって、幅一メートルの鉄製の板の上を歩いているのだから、いくら高い所にあるからといって、すこしぐらい揺れたとしても、いくら風が強くても、落ちる心配はまずない。足をふみはずしても転んでも、この鉢巻きを支えているどれかの鉄棒にしがみつくことができるだろう。怖いのは己自身である。

タバコもマッチも事務所に置いてきたが、ポケットにライターが残っていることを思いだした。自分が突如ライターをとりだして点火するのではないか、ということになると自信がないのである。壮絶なる自殺となるであろう。ライターがあるということが怖いのである。また、いつ自分が手をはなし、足を外へ出し、そうして体ごと飛び出してしまうのではないか、ということになると自信がない。それが怖いのである。

私は立ちどまって、うしろをふりかえった。驚いたことにまだ三十メートルも歩いていないのである。こわごわ歩いているせいもあったろう。私の脳裏にひらめいたのは

74メートル×3.1416

という計算だった。なんとまだ二百メートルちかく歩かねばならないのである。立ちどまって根岸の山を眺めた。あの奥に競馬場があるのだろう。ここで一服。いや、それはできないのである。

横浜は日本全国の戦災都市のなかでももっとも復興が遅れたのではないか。第一に戦災といっても街全体を完膚なきまでに焼きつくされたのである。そのうえに接収が広大な地域にわたって最近まで行われた。人口がすくなければ、どうしても復興がおくれる。そこで、埋立てによる工場誘致という策がとられるようになった。日本石油のある根岸町の海岸をはじめとして、西武鉄道、東芝、石川島播磨、日清製油、昭和電工、東京瓦斯、東京電力、新潟鉄工などの埋立工場地帯があらわれることになった。埋立ては、いまや太平洋沿岸には全国的に行われているが、横浜は大都会であって背後に高級住宅街を控えているところに特色がある。公害ということがある。そうして根岸の海岸という美しい土地をくずしてはならぬということがある。いやそれはもう不可能であろう。むしろ積極的に新しい工場の美しさでもって別の眺めをつくりだすよりほかはない。

公害については、まず騒音と振動がある。工場排水の問題がある。煤煙、悪臭、有害ガスによる大気汚染のことがある。ここでは消音器、音響遮断板、廃水処理装置等に日石が莫大な設備投資を行っているというにとどめておこう。タンクはすべてアイボリー・ホワイトで塗装されている。本当は反射ということになると銀色がいいのだそうである。しかし、眼の疲労、照りかえしの暑さ、といった点も考慮しなくてはならない。市街地に近接した工場の景観ということもある。

多分、私は、原油タンクの周囲でいうと半ばぐらいに達していたと思う。どうも私の神経はその日は特に異常であったらしい。以下は私の妄想による独り言である。これは日石の責任ではない。私は次のようなことを呟いていた。

「やっぱり文学というものは必要だな。三好達治や室生犀星というものは必要だな。長唄や一中節や小唄なんかも必要だな。長火鉢も八ツ手の裏庭なんかも必要だな。それから銀座裏の小さなバーで油虫やネズミなんかが出て、はげちょろけたボックスがあって、いかにも頭のわるいホステスのいる酒場なんかも必要なんだな。そういえば、ここの図書室にはSF小説は一冊もなかったな。それはなんだかわかるような気がする。テレビのくだらないドラマなんかも必要だな。あれは実に頭が休まるな。安心できるね。ここの従業員はあの団地アパート式の社宅に住んでいるといったな。二十四時間操業が二年単位で続くといっていたな。だから近いほうがいいのだろう。しかしあの社宅からだと工場が見えてしまう。それでいいのかな。根岸線が大船までゆくようになったら鎌倉あたりから通ったほうがいいんじゃないかな。そうして家では盆栽なんかやったり金魚を飼ったり、軒忍《のきしのぶ》なんか吊すような生活をしたほうが健康にいいのではないかな。日石本館も立派すぎるな。地下食堂にクレセントの支店があるのは高級すぎはしないか。そうだ、立派な計算室があったな。全国からのデータを集計してスタンド・プレイによる立身出世や昇給はできない仕組みになっているといってたな。そうすると社長はいらないのかな。それがアメリカ方式というのかな。この埋立ては本牧町から山下公園のほうにまでのびてゆくといっていたな。そうすると山本周五郎さんなんかはどうなるんだろう。海をごらんになるとそこにタンクと煙突があるという具合いになってしまう。青べかが書けなくなる。うわあ、それは困るな、円周率は3.14でよかったのかな。でもまだここはすぐに根岸の山が見えるからいいな。テキサスの石油工場なんかはどうなんだろう。見渡すかぎり精製装置と砂漠なんだろうな。そうして暑いだろう。カサカサだろう。そういうところでどうやって暮すんだろう。うわあ、早く家へ帰って猿股一枚でビールを飲みたいな。枝豆がたべたいな。うわあ、うわあ」

不思議なことに、おりるときのラセン階段はちっとも怖くなかった。掌が両方とも真黒に汚れていた。それは重油のせいではない。恐怖のあまり私が手摺《てすり》を握りしめて歩いていたせいである。私は多勢の人が日石の根岸製油所を訪れることをのぞんでいる。特に小説を書く人なんかはそれが必要だと思う。カメラマンにとっても面白い被写体がたくさんある。ともかく、新しい日本がここにあるように思われる。私のような変な男でなく正常な人にもっと見てもらいたいと思う。

（現社名はＪＸＴＧエネルギー株式会社）

## トップ経営者語録ベスト5

経営者がモノを書き、それを出版することが流行している。十年ぐらい前からそれがはじまって、一種のブームのようになっている。いまでは、一流会社の社長で著書のない人のほうが珍しいくらいだ。

では、これらの書物を、とくに若い社員が読むべきかどうかということが当然問題になってくる。

私は、もちろん、読むべきであると思う。自分の会社の社長や専務の書いたものは、ぜったいに読んでおいたほうがいい。特殊な人をのぞいて、せいぜい二冊か三冊だから、休日を一日つぶせば、それですんでしまう。

そうして、感想文を書くべきだ。それも、ハガキ一枚に書けるような短い内容であったほうがいい。自分の心に残った一行を引用する程度がのぞましい。先方はいそがしい人なのだから、そのほうがエチケットにかなっている。

本を書いた人は、誰でも、その本を読んでもらいたいのだ。たしかに読んでくれたという証拠がほしいのである。

感想文を読むことによって、自分の気づかぬ長所短所を知ることがある。本を出した人の最大のよろこびは、そこにある。社長とても同様である。

機会があったら、書物の扉にサインをしてもらうといい。それによって、自分の名を知ってもらうことができる。それは必要なことなのだ。新入社員が二百人を越すような大会社では、社長が名前と顔を憶えるのに苦労する。先方も、それをのぞんでいるのだ。

私は、経営者が書物を出版することの、ひとつの効用はそれだと思っている。

では、他社の経営者の書物を読むべきか。

それも読むべきである。とくに、同業他社、関連産業の経営者の書いたものには目を通したほうがいい。

そうでないと「わが社」のことだけしかわからない社員になってしまう。

## 自慢話をそのまま聞くな

それでは、どういう態度で読んだらいいか。

そのまえに、なぜ、こんなに経営者の書いた書物が氾濫するのかを考えてみるといい。

第一に、出版社側からするならば、こんなに安全度の高い商売はないのである。社員が三千人いるとすれば、そこで三千部売れるという計算が成りたつ。寄贈本も多いだろう。書物の経済単価を五千部とするならば、だいたいにおいてそれは確保されることになる。雑誌・週刊誌を持っている出版社なら、広告をもらえるという含みもあるだろう。売れ残ったらひきとってもらえるかもしれない。著者は高額所得者だから、ふつうは一割の印税を五分にしたり、無料にしたりすることができる。つまり、出版社にとってワリのいい商売である。

ということは、かなり、まやかしものもまざっているということになる。書物の選択には充分に注意してもらいたい。

これは、かなり意地のわるい見方であって、実情は、経営学ブームと表裏をなしているのだと思う。学者・評論家の書いたものではなく、現場のナマの声をききたいという要望があったのだと思われる。

また、識見の高い社長もいるし、実際に、このひとたちが現代の日本をになっているという事実がある。

それならば、ほんとうに、これらの書物からナマの声がきかれるだろうか。

まず、社長や重役は愛社精神の権化であることを心得てもらいたい。

書物を書く社長の大多数は、一代で会社をおこし、財をなし、名をあげた人たちである。一種の成功物語である。そうでなくては書物にならない。

社長にとっては、事務室も工場も自分の家であり、敷地は庭であり、製品は自分の子供であるだろう。

こういう人たちが、自分にとって都合のわるいことを書くだろうか。本当のことをいうだろうか。このへんのところが微妙であって、ナマの声といったって、割引して考えなければいけない。むしろ、この種の書物を読むときは隠された事実を読みとろうとするのがコツなのではあるまいか。

社長は、表面はどんなことを言ったって、自分の会社と社員が可愛いのである。それが当然であって、いいことなのであるが、そういう心持ちを読みとらないとヒドイめにあう。

早い話が、A社の社長の書物に感激して、A社にあこがれたり、転職したいと思ったとしても、それは単に自慢話であるのかもしれない。見通しがよくて成功したのではなくて、運がよかっただけなのかもしれない。

B社の社長は、会社の附属の病院や寮や食堂や、その他の厚生施設を自慢するかもしれない。

しかし、ソニーの盛田昭夫氏によれば、厚生施設はコテンパンにやっつけられることになる。

「どの会社へ行ってみても、実に厚生施設がよく整っている。立派な食堂で、安くておいしいものが食べられる。休み時間には、バレーボールやテニスやピンポンができる。ちょっと大きな会社になると、プールまで用意されている。それに音楽会はある、ブラスバンドの道具も揃っている。実に楽しいのである。私は今年の年頭の部長会合でも、会社は楽しいところではない、根本的なところを間違わないでもらいたい、ということを言った。

会社というのは働きに来るところだ。働いてお金をもうけて、それで楽しく会社外で暮してもらいたいのである。会社が楽しいところである必要は毛頭ないのだ。（中略）

仕事に精いっぱい打ち込めるところであるべきなのだが、なんだか、日本の気分でゆくと、楽しい職場というと遊園地のような意味になり、非常に立派な施設がないと楽しい職場ではないかのようなことになってしまうフシがある。」（盛田昭夫著『学歴無用論』文藝春秋刊）

活字にゴマカされるな！

ところが、会社は楽しいところである必要があると説く社長も実に多いのだ。

B社の社長にしたって、立派な病院があるというのは、実際はPR活動の一環であって、製品にいいイメージをあたえる素材と考えているのかもしれない。厚生施設は工員を誘致する手段であると考えているかもしれない。

立地条件や、工場のある場所の土地柄ということもあるだろう。B社の幹部は、陰で舌を出しているかもしれない。会社というものは「働いてお金をもうけ」るところという考えは、B社の社長も、盛田氏も同じであると思う。

ドチラを選ぶかは自由であるが、私は盛田氏の考えに賛成である。ということは、ドチラの会社を選ぶかというときに、盛田氏のところで働きたいと答えるという意味である。ソニーの景気がいいからではない。その意味は、もうすこしあとではっきりさせたいと思う。

C社の社員であるあなたが、競合会社であるD社の社長に、新製品のことや今後の経営方針をたずねたとする。D社の社長は、あたりさわりなく答えたとしても、決して肝腎なポイントにはふれないはずである。むしろ、C社にとって不利益になる言葉が出るかもしれない。そこを警戒しなくてはいけない。まず疑ってみる必要がある。

どんな書物を読むにしても、はたして著者の言うことは本当だろうかと疑ってみる必要がある。それは、ひとつには活字の魔術というものがあるからだ。活字になると、権威があるような、あるいは既成事実であるような錯覚におちいってしまう。

とくに経営者の書いたものは、裏を読まないといけない。愛社精神というものは、ときに怖しい誤りをおかすことがあるからだ。

「ざっくばらん」と「なぜ」

私も、経営者の書いた本を何冊か読んでみた。読んでみて、ほんとうに、何度か涙が出そうになった。会社もたいへんなら、その会社に、一生を託するサラリーマンもたいへんだなあというのが偽わらないところの実感である。

サラリーマンとして、停年までをツツガナク勤めあげるというのは大事業であるというのが私の持論であるが、ふたたびその感を強くしたように思った。

なかには、こんなに頭のわるい社長の下で働くのはかなわないと思われるような書物もあった。また、ひとつの企業の盛衰にかかわる運・不運というものを考えさせられた。それはまことに小説的でさえあった。さらに、よく言われるように、日本の経済の底の浅いこと、その特殊性をも考えさせられた。その意味でも、ぜひ、若い社員は、こういう書物を読んでおくべきだと思う。

ひとつの会社が何かの製品で当ったとする。すると、必ずこれを潰しにかかる会社があらわれる。あるいは模倣する会社が出てくる。外国のことは知らないけれど、まったく情ない現状である。がいしていえば、追随する会社は失敗する。一度成功しても、あとが伸びない。

妙なタトエであるが、巨人軍は、去年、三点先行された試合が十九試合あって、それを逆転したゲームは皆無であるという話をきいた。巨人を負かすには、巨人のやりかたを模倣するのではなくて、先取点をとる工夫をすることだ。新戦法をあみだすべきである。中日が巨人に強いのは、一番から四番まで三割打者をならべ、過去にとらわれずに江藤を三番にして先取点を狙ったことにある。

E社が、強大なF社と肩をならべ、これを追いぬくには、F社の真似をするのではなくて、新しい何ものかを生みだす以外にはない。勝敗のことを言っているのではなくて、そういう工夫が日本経済の発展につながると思われるのである。

いまの若いサラリーマンは、給与その他の条件で会社を選択し、綿密に、退職までの生活設計を考えるという。私も実際に何人かの若い社員から彼等の設計案をきいたことがあるし、そういうことを肌で感ずる機会があった。

しかし、経営者の書いたものを読むと、慄然とする。つまり会社とは、そういうものである。ずいぶん、おっかない橋を渡っているのである。若い社員は、早く、そのことを体で感ずるようにならなければいけない。会社はイキモノであって、傷つくこともあるし、思いがけない落し穴に落ちることもあるし、そのために死ぬこともある。そう思ったら、のんびりと生活の設計なんかを考えていられないはずである。

私が読んだなかでは、前記の盛田氏の書物と、松下幸之助氏の『なぜ』（文藝春秋刊）と、本田宗一郎氏の『ざっくばらん』（自動車ウイークリー社刊）『スピードに生きる』（実業之日本社刊）がすぐれていると思った。

いい小説とは何かということを考えるときに、そこに人間が描かれているかどうか、登場人物がイキイキと個性的に動いているかどうかということがひとつのメドになると思うが、経営者の本でも、まったく事情は同じであることがわかった。

人間的という表現はおかしいかもしれないが、ここでは、経営者も従業員も躍動している感がある。人間的な配慮がある。会社がイキモノとして把えられている。かなり本当のところを言っている。ということは自信があるからである。

三氏に共通しているところは、初代であって、技術者出身であるか、技術に理解のある経営者であるかということである。従って、製品に愛情が生じてくる。自信は、そこから生ずるのだと思われる。

ここで、いい会社の条件を考えてみよう。

第一に、会社に若さがあるということである。若々しさということである。

「上り馬買うべし」という競馬の鉄則があるが、上昇中には思いがけない力を発揮する。だから社員としてもウマミがある。従って仕事にも熱がはいってくる。

経営者が陽性であること。

社長の家庭がゴタゴタしていたり、同族会社で、社員が余計な神経をつかわせられたり、経営者同士が対立していて、重役室が陰鬱であったりしては社業が発展するわけがない。

技術畑の経営者であれば営業に関心があり、営業出身なら技術に興味があること。会社が銀行管理になったり、官庁からの天下り人事で、金融面や労務対策の重役が入社してくるとうまくいかないのはそのためだと思われる。彼等には製品に対する愛情が稀薄なのである。経営者に国際的な知識と感覚があるかどうか。すなわち、世界のなかの日本という把え方ができるかどうかという点である。

以上は、三氏の会社にも著書にも共通したすぐれた面であると思う。

## 社長はバクチを打つべし

そのほかに、私は、その経営者が、何か新しいものに賭けているかどうかという点をあげたい。言葉はわるいけれど、博奕を打っているかどうかということである。奇異に思われるかもしれないけれど、三氏の会社は、製品でも、組織の面でも、常に新しいものに賭けているという印象をうける。それが若々しさにつながっている。

「人生は見たり、聞いたり、試したりの三つの知恵でまとまっているが、その中で一番大切なのは試したりであると僕は思う。ところが世の中の技術屋というもの、見たり、聞いたりが多くて、試したりがほとんどない。僕は見たり聞いたりするが、それ以上に試すことをやっている。その代り失敗も多い。ありふれたことだけど、失敗と成功はうらはらになっている。

喜びと悲しみが同居しているように、成功と失敗は同居している。それだけに、失敗の回数に比例して、成功しているということもいえる。みんな失敗をいとうもんだから成功のチャンスも少ない。本田が伸びた伸びたって、最近みんなが不思議がるが、タネを明かせばこれ以外にない」

「本田技研が、十年前に東京に出てオートバイを月に三百台造るといったら誰も信用しなかった。ガソリンの割当が欲しいからそんなことをいうんだろうと冷やかすものもいた。ところが十年たった現在では、月産二万台の会社になった。なぜここまで伸びたかといえば、本田技研には伝統がなかったということがいえると思う。過去がないから未来しかない。それだけに古い過去のひっかかりにわずらわされずにのびのびとやれた。だから僕は、よその会社のように、やれ五十年とか三十年の歴史と伝統を自慢するような伝統はもたせたくない。強いて伝統という言葉を使うならば、伝統のない伝統、「日に新た」という伝統を残したい」

「そこで、モデルチェンジすればよいということになるが、これまた生易しいものではない。いままで十何年間もモデルチェンジしていない工場が、モデルチェンジするのだから、うちにも出来るだろうなんて軽い気持でやったら飛んでもないことになる。うちみたいに設計変更やモデルチェンジの好きなところでも、一回のモデルチェンジに社運を賭けているのだから想像に余りある」

これは本田宗一郎氏の言葉（『ざっくばらん』昭和三十五年刊）であるが、この若々しさ、この陽性、この自信が会社を伸ばしているのだと思う。賭けているという感じもわかると思う。

失敗することがあっても、常に賭けていなければ、会社は潰れてしまうということが言えそうだ。

ひとつの賭けに、全社員がぶつかるのでなければ賭けに成功しない。

## 敗軍の将が兵をかたる時

人間が長生きする秘訣は、仕事の種類を減らすことだということを聞いた。その減らした仕事に情熱と生き甲斐を見出すのがいいらしい。会社も同じことだと思う。

これは、前のことと矛盾するようだが、決してそうではない。本田技研は、オートバイの会社というイメージが鮮明である。四輪車もつくっているけれども、もっと限定すれば、スピード・メーカーという方針が一貫しているように思われる。この点も、松下氏、盛田氏と共通している。

B社よりも盛田さんのところで働きたいと書いたのは、この意味であって、厚生施設に金をかけすぎて失敗したというのでは、サラリーマンとして浮かばれないわけだ。

経営者の著書は本当のことを言っていないと書いたが、ここに一冊だけ、そうでない本がある。『敗軍の将、兵を語る』（光文社刊）がそれだ。

これは倒産したり、乗っ取られたり、更生会社になったりした会社の社長や、追いだされた重役の手記である。ここには「いまだから話そう」といった式の真実がある。

とりわけ、東京発動機（トーハツ）の前社長赤司大介氏の手記は、ホンダと争って敗れるわけで、本田氏の書物と併読すると小説的な興味がわいてくる。本田技研にスパイをいれ図面を盗ませるあたり、倒産した経営者でなければ書けないものだ。

モロゾフ酒造とチヨダシューズは、ともに大工場を建てて失敗する。これは私の素人考えだが、モロゾフ酒造のようなリキュールのメーカーは、山の中の小さな工場で手造りで酒を造っているというイメージのほうがアピールしたのではないかと思われる。チヨダシューズにしても、東洋一の靴の工場を建設するということは、あまり意味がなかったのではないかと思われる。

天才とは非凡な常識家だ

さて「フレッシュマン情報」ということになれば、何をどう読み、どう学び、いかに対処するかという問題が残るだろう。

私の読後感を率直に書くならば、もはや、サラリーマンはサラリーマンになってはいけないということである。無能な経営者の下ではたらくときは、なおさらそうであるし、成長を続ける会社でも事情は変らないだろう。

サラリーマンは経営者にならなければいけない。経営的な感覚をいつも身につけていなければならない。そうでなければ、身の危険ということになる。すくなくとも、経営者がそうであるように、総務や経理に配属されたひとは、営業と工場の感覚を肌に感じていなければいけない。その反対の場合も、金融面や国際情勢に関心がなければ、あぶなくって会社なんかに勤めていられないだろう。それは自分のためであり、同時に会社のためである。

私は、愛社精神という言葉は大きらいだし、その内容もほとんど無価値であるばかりでなく、むしろ危険なものだと思っている。自分が金を儲けたいために、自分が楽しみたいために働くのだといったほうがよっぽどいい。しかし、全社的にものを考えることは、ますます必要になってくると思う。

盛田氏も言うように、そういうことが正当に評価される会社でなければ、働いていたっておもしろくない。

創意工夫ということは昔から言われているけれど、新しいアイデアが次々に打ちだされるような会社でなければ、成長しないし、倒産する危険のほうが多いだろう。そのためには、アイデアの打ちだせる社員にならなければいけない。

経営者の本を読むときに、もっとも大切なのは、疑ってかかれということであるが、アイデアを生む力も、素朴な疑問から出発する。松下氏の書名にあるように「なぜ」である。

私は、天才というのは非凡な常識家だと考えているが、松下氏、盛田氏、本田氏の書物を読んだときにもそれを感じた。常識家だから、考え方が単純である。複雑に考えようとしない。従って明快で、にごったところがない。素直に、素朴に、なぜを連発し、それを自分に問い、社会に訴える。これがアイデアを生む原動力であると思う。

これが私の読後感であるが、正直に言って、戦後になって、これらの非凡な常識家で、陽気な自信家であるところの経営者を支えてきたのは私たち戦中世代（いまの四十代の社員）であると思う。

二十代の社員には、私たちのやれなかったもっと別な新しい道があると思う。それは、端的に言ってサラリーマンがサラリーマンにならないという方向だと思う。

フレッシュマン諸君！　それでもきみたちは、女房に奉仕し、サラリーマン太平記を謳歌し、退職金の計算に熱中しようとするのかね。

# 酒飲みの夜と朝

男がいる。

そいつが酒を飲む。

すると、どうなるか。

朝があって夜があるというぐあいにはならない。朝・昼・夜ではない。夜があって次に朝と昼がある。

長い夜があって、それにすぐ朝がつづく。まれには夜と朝がつながってしまう。

酔っぱらいは、あんがい、早起きである。私の考えでは、酒飲みというのは慢性下痢患者であって、朝になるとこみあげ突きあげてくる生理作用とそれにともなう一種の感情があって、それをうまく説明できないが、とても寝てはいられないのである。体質によってちがうだろうけれど、私のばあいはそうだ。早起きの酔っぱらいを何人も知っている。

朝、起きる。顔を洗う。御飯を軽く二杯いただく。ミソ汁が匂う。それを飲む。洋服に着かえて、さわやかに一声、「行ってまいります」。吐く息が白く、霜柱を踏む感触がこころよい、というぐあいにはならない。

朝、目をさます。すると、すぐに行かねばならぬ場所がある。そういう感情に突きあげられて直行するわけだ。

私のばあいは、だいたい、六時半に起きて、八時までのあいだに、三度か四度そこへ行かねばならぬ。そうしないと気持がすっきりとしない。必要があってそこへ行くというよりは、早くわるいものを出してしまおうという気分にちかい。

三度そこへ行くときは、昨夜の店を三軒思いだすというかたちになる。最初の小料理屋で日本酒、つぎにバーでウイスキー、三軒目がジンのオン・ザ・ロックスにレモンの厚切りだったな。そこで食べたものが、その順序で出てくるわけではないが、昨夜の行動をなぞっているような、なんとも悲しい気持になってくる。このかなしさは酒飲みでないとわからないだろう。こんな妙なかなしさを知る必要はない。

＊

私は旅行を好まないが、私にとって旅に出るということは朝食が食べられるということとである。

旅に出るとどんなに大酒を飲んでも下痢をしない。朝は一回ですむ。だいたいにおいて、よくねむれる。朝食をほとんど残さずに食べることができる。和食なら御飯を二杯半ぐらい食べられる。そのことは私にとって奇蹟のように思われる。なぜだろうか。これをこのまま踏襲するならば、私は一年中を全くの健康体で過すことができるはずなのだ。

旅館はホテルより日本旅館のほうがいい。八時には起しにきてくれる。フトンをあげてしまう。すぐ御飯にしますから、そのまえに早く風呂に入ってくださいとほとんど命令口調で言う。それが有難い。風呂から出ると女中さんがシャモジを持って待ちかまえている。どうしたって一度はおかわりをしなければ申しわけない。

ホテルではそうはならない。食堂へ出かけてゆかなくてはならない。ルーム・サービスで食べるとしても、朝食の選択を迫られる。朝の定食を食べようと思っても、オート・ミールかコーン・フレークスか、卵はスクランブルかオムレツかボイルド・エッグスか、その際は何分間ゆでるか、ハムかベーコンか、コーヒーか紅茶かというふうに迫ってくるから、もう食欲がなくなってしまう。なんでもいいからむりやり食べさせてくれればいいのに。

自宅では、朝のコーヒーの一杯がなかなか飲めない。そのまま出勤する。どうかすると昼食を食べるのを忘れてしまう。三時か四時に軽く何かを食べる。そのあたりから、なんとなく身体に充実感をおぼえる。そうして、長い夜がはじまるのである。

＊

これは友人の話である。この友人をかりに阿曾さんということにしておこう。彼は精密機械製作所の総務部次長である。酒も好きだが、宴会も多い。

阿曾さんの長い夜が終りかけていた。

その日は会社の忘年会だった。二次会、三次会があって、最後に一人になっていきつけの銀座のバーで飲んでいた。

彼の自宅は非常に遠い。東京都ではなく、都下ナニナニというあたりである。だから、銀座のバーではたらく女たちに狙われるのである。

銀座のバーではたらく女たちは、麻布、赤坂、四谷というあたりの近いところにアパートを借りているのが多い。そうなると、バーの終る十一時半から十二時すぎにかけてのラッシュ・アワーでは車がひろえなくなる。特に年末はひどい。

そこで阿曾さんのように遠いところへ帰る客がねらわれるのである。

阿曾さんの長い夜が終りかかっていた。三人の女性に狙われて、阿曾さんはそれを承諾した。それぞれのアパートへ送るのであるが、そんなには遠廻りにならない。前のシートに一人、うしろに三人というふうではなく、うしろに四人が坐った。従って一人は阿曾さんに半分乗りかかるという姿勢になった。これは一種のサービスであるかもしれない。

車が動きだしてすぐに阿曾さんは、こみあげ突きあげてくるものを感じた。彼は腹がはっているのだな、と思った。腹がはってきて、左右と上からとで圧迫され、振動がともなうときは、相当に辛い状況となる。阿曾さんは我慢できなくなった。ひそかに体内のガスを放出するのはいさぎよくない、と彼は考えた。卑劣である。この際は、むしろ陽気に爆発音をたてたほうがよいのではないか。四十歳をすこし過ぎた日本の男がそう考え、それを実行に移したとしてもそれほど不自然ではない。欧米諸国に於てもげっぷのほうが非礼とされているではないか。

阿曾さんはできるだけ豪快な陽気な爆発音を期待して、下腹に力をいれた。期待は裏ぎられた。音響は全くなく彼のパンツが濡れ、ズボン下が次第に薄じめりにしめってくるのがわかった。彼は急に無口になった。姿勢を変えることができなくなった。

彼が全くそのままの姿勢をくずさずに家に到着し、そろそろと車から這いでたのは、もう午前二時に近かった。

すぐに風呂場へ行った。

阿曾さんは、パンツの洗濯をはじめた。こういう種類のものを女房に洗わせてはいけない、と考えたのである。洗濯は思ったよりむずかしかった。さっと洗えば汚れが落ちるというふうにはいかなかった。かなり時間がかかった。彼はそのうちに馬鹿らしくなった。パンツは一枚百五十円程度のものである。銀座のブランデーはまあ一杯が五百円以上につくだろう。それを考えれば彼はパンツをどこかで捨ててきても不思議ではなかったのである。彼がそのことを思いつかなかったのは何故だろう。物資のとぼしい時代に育ったせいなのか。

しかし、まあとにかく阿曾さんはふるえながらその作業をやりとげた。

宴会つづきで胃腸が弱っている酒飲みのサラリーマンにも辛い夜があるのである。

# 『洋酒天国』の頃

昭和三十年代の初め、勤めていた出版社が倒産し、縁があってサントリー（当時は壽屋）の宣伝部に嘱託として入社することになった。

『洋酒天国』の編集長であった開高健さんが作家として売り出してしまって、ほとんど実務が出来なくなってしまったからである。もっとも開高さんは、編集長というより宣伝部のコピーライターのエースであって、そのほうの業務は立派に果たしていた。

私にとって『洋酒天国』の編集という仕事というのは、変な言い方になるかもしれないが、楽で楽で仕方がなく、体をもてあましてしまうという感じだった。

企画をたて、原稿を依頼し、受けとり、割りつけを行い、校正して本にするという仕事を、一人で一週間で片づけてしまった。『洋酒天国』は中綴じ六十四頁の小冊子であり、カメラマンもイラストレイターも社内にいるという好条件があってのことであったけれど……。

私は前の会社で心身ともに疲弊していた。疲労困憊の極にあった。その意味でもサントリーは有難かった。第一に金の心配をしなくてもよかった。『洋酒天国』は無料配布だから、評判が良くなりすぎても困るという性質のPR誌だった。

そうして、私は、出版社に勤めていたときに、いわゆる文化人の厭らしさをイヤというほどに知らされてしまっていた。出版社の激務のなかにいたとき、これからは、そろそろ書く側に廻る準備をしなくてはいけないと思いはじめていた。『洋酒天国』という社内原稿の多い雑誌は、その意味でも都合がよかった。私が無署名で書いた原稿を文藝春秋の専務だった池島信平さんが読んでくれて、仕事を廻してくれるようにもなった。だから、私の書くものは、その底に、終始一貫、文化人批判という姿勢が保たれているはずである。

私がサントリーの宣伝部に入社したことをどこで伝え聞いたのか、その、いわゆる文化人たちは追い討ちをかけてくるのである。いわく、箱根で学会を開くからウイスキーを寄贈してくれ、いわく、仲間うちでヨットの旅に出るのでビールを港まで持ってきてくれ、いわく、海外旅行に出るので金を出せ。これが『洋酒天国』の筆者として役に立つ人なら、私も、ふたつ返辞で引き受けたと思う。がいして言うならば、私の尊敬する執筆者たちは、決してそんなことを言ってこなかった。入社そうそうの嘱託の身分では、これが無理難題に思われた。便箋一枚でも無駄にするなという教育を受けてしまっている私は、いちいち腹を立てた。

しかし、いまにして考えると、その程度の要求は、すべて呑んでしまってもよかったのである。私は、もっと鷹揚に構えていればよかったのかもしれない。なにしろ大会社に勤めたことがなかったので考え方が窮屈になっているところがあった。

また、すべてを断ってしまったのではない。納得のゆくものは上司に願いでて応分の処置をとってもらった。

「いやあ、わかった、わかった。ありがとう。君の言う通り、南極で俺がビールを飲んでいる写真を撮って送るよ。宣伝に使えるぜ」

そういう種類の約束が果たされたことはなかったが……。

サントリーという会社は、経済的に恵まれない分野の文化人を援助したり、こちらから積極的に製品を寄贈するということも、ずいぶんやっていた。私は、次第にそういうおおらかな社風に馴染んでいった。

さて、『洋酒天国』の編集の仕事を一週間で片づけてしまうと、お節介な性分である私は、TVCF、新聞広告、雑誌広告にも口を出すようになった。当時、私がやらなかったのはラジオの広告だけになった。

さらに、あろうことか、新聞広告などは、自分で企画をたて、自分がモデルになって写真を撮ってもらい、コピーを書き、レイアウトも自分でするというふうになった。私には、自己主張の強いデザイナー諸氏のレイアウトには我慢がならなかった。

思うに、昭和三十年代の初期は、広告の仕事が、アートディレクター、エディター、デザイナー、コピーライター、イラストレイター、カメラマンというように細分化されつつあった時代であったようだ。私は異端であった。いや、デザイナーにとっては憎まれ者だったに違いない。

もし、そのまま推移するならば、サントリーの宣伝部の歴史に一大汚点を残すことになったろう。なんと言っても私は素人だった。冷静に考えて、その時代の私の手がけた広告は、よくなかった。私の愛社精神は空転していた。幸か不幸か、私は、突然、執筆者の側に立たざるをえなくなり、退社することになった。

私は、いわゆる文化人の一人になってしまった。この世界で厭らしくなく生きるのは大変なことだということもわかってきた。『洋酒天国』の編集者時代は、嘱託の身分で残業代も出ないのに、夜遅くまで会社で仕事をしていた。文化人と接触することが嫌いだったために、自分で原稿を書くことが多くなっていった。これが現在の私にとって一番有難かったことになるかもしれない。

# 4 夢を見る技術——歓びと哀しみと……

## 違いがわかるかな

一昨年の秋頃から、タクシーに乗ると、十人に一人という割合で、運転手から声をかけられるようになった。

「お客さん、どこかで見たことのある顔だね」

「そうかね」

「テレビに出ていない？」

「ううん、出ていないこともない」

運転手に、怪しい者ではないと知ってもらったほうが安全運転をしてくれるような気がする。

「大変だねえ、あんたたちも」

「ああ、大変だ」

私はサントリーの角瓶のＴＶＣＦに出演していた。私が将棋を指している。ぶつぶつ言っている。やっぱり角だねえと言う。角を打つ。そこへ角瓶の大撮し。やっぱり角だ、という式のものである。

だんだんにわかってきたのは、私が売れない役者、端役ばかりやっている役者であって、たまたまテレビのコマーシャルに出演したら好評であったという、まあ、落ち目のタレントに見られているということだった。運転手の言葉つきは、いい齢をして気の毒にという調子だった。

私は坊主頭（というと体裁がいいが、実際は禿頭）だから、どうしても目立つ。そこで、なるべく帽子をかぶるようにしているが、帽子をかぶる人も少ないので、オヤッという感じになるらしい。それに私は紳士だから自動車のなかでは帽子を取る。バックミラーで私の顔を見ている運転手は、また、オヤオヤということになる。

非番の運転手は、夜、テレビで野球を見る。私が小説を書く男であるとは思ってくれない。洋画を見る。サントリーはこういう番組の提供が多いからたまらない。

トリスの広告には、若宮大祐さんが出演している。「えっ、おい、どうする、どうなんだ」と言って若者を叱る頑固親爺である。若宮さんも禿頭で眼鏡をかけている。どうも、この人と混同されることもあるらしい（若宮さんを売れない役者と言うつもりはないが）。つい最近も、あなたは明治生まれですかと運転手に言われた。

この将棋のコマーシャルが、一昨年度の「フジサンケイ広告賞テレビ広告賞」を受賞した。私は大いに気をよくした。これは主演男優賞であると言い触らした。

私のよく行く九段下の寿司屋の『すし政』では、いまでも私のことを将棋指しだと思っている。お内儀《かみ》さんも職人もそう思っていて、成績はいかがですかなどと言う。CFの浸透力おそるべし。

一昨年の暮、青森の先の今別《いまべつ》という所へ行って、私が漁師から雁風呂《がんぶろ》の伝説を聞くという場面を撮影した。これも角瓶のコマーシャルである。昨年の春頃から、哀れな話だなあ、日本人って不思議だなあという、このCFのセリフが流行したから、当ったといっていいと思う。

これが、われわれ製作者仲間では、もっとも権威ありとされている、昨年度の「ACC賞CMフェスティバル・グランプリ」を受賞した。

二年続けて「主演男優賞」に輝く人、それは私です。私は、いまや「CM界の三船敏郎」を自称するにいたっている。

ところで、私は、広告製作社に勤めているので、このCFは私がつくったと思われがちであるが、将棋のほうは、株式会社サン・アドの亀井武彦、雁風呂のほうは、同じく東条忠義の作品である。私は単なる主演男優であるに過ぎない。

私は、サントリーの子会社であるところのサン・アドに勤務しているので、CF出演は社命によるものである。従って、もちろん、出演料は出ない。それどころか、撮影や録音が終れば、大勢のスタッフを連れて飲みに行くことになる。

このごろは「全国オデン屋連合会」とか「豆腐ナントカ組合」とかからの出演交渉が

絶えない。しかし、私はサントリー専属であるから他社出演は許されない。いくら、あなたにはオデンのほうが合っていると言われても、いくら大金を積まれても、それは出来ない。

文壇でも、クリープの柴田錬三郎さんとか、違いのわかる男の遠藤周作さん、北杜夫さんとか、TVCFに出演する人がいる。

この方たちの場合は、画面に名前が出る。あるいはナレーションで紹介される。言葉が悪いかもしれないが、有名人扱いである。知名度を利用して商品を売るという方法がとられている。

私のほうは名前が出ない。私は無名のタレントである。だから、要求されるのは、一にも二にもアイディアであり、次に主演男優の演技力であり、もしかしたら、その美貌であるかもしれない。

その違い、わかるかな。

## 物書きの端くれ

『週刊朝日』に「私の文章修業」という頁がある。その連載がはじまったばかりのころ、ある人に、もし、その原稿を頼まれたら、どう書くつもりですかとたずねられた。

ずいぶん変なことを訊く人だなと思ったが、とっさのことなので、いくらか慌て気味に、そうだなあ、森鷗外の影響について書くかなあ、と言ってしまった。

それから、しばらくのあいだ、そのことが頭にひっかかっていた。よくもまあ言ったもんだなと思った。鷗外のことなんか書けはしない。

しかし、鷗外の文章にシビレルという時期が長く続いたのだから、影響がなかったとも言いきれない。特に、鷗外の遺書には、すっかり、いかれてしまった。遺書を読んだのは戦後になってからであるけれど、まだまだ子供だった。そのとき、私は、なんという謙虚な人だろうと思い、同時に、なんという思いあがった男だろうと思った。鷗外の遺書は、鷗外の文章としては、ずいぶん乱れたものである。そこのところが哀切である。体が弱ってきて、とうとう本音をはいてしまったという趣きがある。そういう文章をめざしたいと思ったのも事実である。

＊

そこからして、自分の文章に影響をあたえたのは誰かと考えるようになった。当然、吉野秀雄先生と高橋義孝先生のことが、まっさきに頭に浮かんだ。

吉野先生は歌人であるけれど、歌集の後書を読んで唸ってしまうことが何度かあった。高橋先生の文章を読んで、思わず、ウメエモンダナアと感嘆してしまうことがある。

しかし、ここでは、もっと具体的なことについて、ふれてみたい。

十五年ほど前、『朝日新聞』に「季節風」という半匿名欄があって、私も筆者の一人だった。これは、PR雑誌、社内報、あるいは営業雑誌であっても一般の目にふれにくい専門誌などから、すぐれた記事をとりあげて紹介するという仕事だった。分量は六百字であったと思う。

当時の学芸部長であった扇谷正造さんは、この六百字を三ツにわけて書くようにと言った。つまり、六百字のなかに一行アキを二ツつくるのである。私は、はじめ、無茶な要求だと思ったが、だんだんにそれに馴れていって、そのほうが書きやすいと思うようになった。考えの整理がつくし、読むほうも読みやすく、わかりやすい。

その連載が終ったとき、筆者の一人であった渋沢秀雄さんが「正直、ホッとしました」と言ったのを憶えている。たしかに困難な仕事だったが、勉強にはなった。

＊

昭和二十五年、六年ごろ、私をもっともワクワクさせた文章は、将棋名人戦の観戦記だった。特に、三象子（加藤治郎八段）がよかった。

「木村「君も一度ぐらい挑戦者になったらどうだ」升田「ゴマ塩頭にいつまでも名人位におられてはこまる」これは陰口じゃない。互に堂々相手に向っていい放った言葉だ。前者は先年金沢で両人が激しく口論し合った時のタンカ。木村としては勢いだったろうが、升田には骨身にしみた一言。升田の宿願は名人戦での木村打倒。それを弟子大山の台頭と彼自身の病弱のため、一昨年、昨年と連続挑戦のチャンスを失った直後だからである。後者は最近NHKの対談で今年はじめて挑戦者となった升田の名人への初あいさつ。両者気合まさに十分。昨年の名人戦第一撃は飛で歩をとる横歩戦法、今年は角で歩をとる筋違い角戦法、相撲なら立ち上りに木村いきなり升田にハリ手をくらわしたようなものだ。」

これは、昭和二十六年、升田八段（当時）が初めて挑戦者になったときの第一局第一譜の観戦記の全文である。三百十七字。そのころは、これだけしかスペースがなかった。

将棋好きだからワクワクしたのであるが、決してそのためだけではなかったと思う。これは名文だと思っている。必要にして充分という文章であり、簡潔の見本になっている。しかも、文章自体にワクワクさせる力がある。また、カタカナ、ひらがな、漢字、ローマ字の配分が実にうまい。

どうも、『朝日新聞』ばかりでてくるので厭になるが、私は、斎藤信也さんの文章からも影響をうけた。夕刊の「素粒子」を、それこそ、ワクワクする思いで読んだし、「人物天気図」を愛読した。（葉）というペンネームにあこがれたものである。

これは、女には書けない文章だとも思った。ちょっと、万葉好きの新古今嫌いに似ていはしないだろうか。

私は、どうやら、文学者よりも、ジャーナリストの文章からの影響のほうが強いようだ。そのかわり、とうてい、長篇小説は書けないだろうと思った。

＊

『週刊朝日』三月十七日号の「私の文章修業」は武田百合子さんが書いておられるが、そのなかに「キライな言葉は使わないでいようと思っている」という一項目がある。私の文章上の心がけもそこに尽きるのである。

＊

ところが、最近、大失敗をやっていることを先輩に教えられた。

近著を送ったところ、先輩からの礼状のなかに、どうか、自分のことを物書きなどと書かないようにという一節があった。私の書いた田中角栄論のなかにそれがあったらしいのであるが、自分に腹が立って調べる気にもなれない。物書きという言葉は、それこそ私の大嫌いな言葉のひとつであるというのに……。先輩からの手紙を見たときに、冷汗、赤面を通り越して、体が慄えた。

それからは、特に注意がそこへ行ってしまうのであるけれど、まったく意外な人が、私がかねがね文章家として尊敬しているような人が、自分のことを物書きの端くれと書いているのにでくわして驚いてしまうことが、二度か三度あった。しかし、自分でもやっているのだから、他人のことは言えない。

＊

私は、紀行文を書くときは、内田百閒先生と井伏鱒二先生の文章のマネをしようと思って書く。ところが、いままでに一度もうまくいったことがない。あたりまえの話であるが、いつでも、文章上の正確さということで、とてもかなわないことに気づかされるのである。

木山捷平さんは、小説を書くときはヤケクソで書くと言っておられたことを思いだす。その気味あいはよくわかる。そうでなかったら、文章を書くという気恥ずかしい作業は、とてもやれたものではない。

それで、「正確」と「ヤケクソ」は、鷗外の遺書に見られるような「謙虚」と「思いあがり」に通ずるところがあるような気がしている。

## 美術の秋の　上野の森

何によって秋になったことを感ずるかは、人によってさまざまであると思う。美術の秋、読書の秋、味覚の秋、スポーツの秋、と、いろいろな言い方があり感じ方がある。

これは戦前の話になるが、私がもっとも強く秋を感じたのは、新響（日響→N響）の秋になっての最初の定期演奏会のロビーだった。つまり日比谷公会堂の廊下である。そのとき、私は新響の会員であったのだけれど、ロビーには東京の中流階級の上といったクラスの若い男女があふれていた。みんな避暑地から帰ってきたばかりで、日焼けした男もいるし、高原暮しで変に野性的な感じになってしまった女もいた。芸術に飢えているという感じは実際にあるのであって、いまのようなステレオ装置やFM放送があるのではなく、また、そうでなくてもナマの演奏の魅力は圧倒的だった。胸が躍るとはこのことかと、いまになって思う。

これは、やはり、古き良き日本であって、そこにひとつの社交界が形成されていた。少年であった私でも、去年見かけたあの女性がふっくらとしてきたなと感ずることがあり、そんなふうに、ひときわ目立つ少女もいたのである。あの白髪の老人は、旧軽井沢の喫茶店でコーヒーを飲んでいたなと思ったりする。また、あの上品な老婦人は六本木を歩いていたなと気づかされたりする。――ああそうか、あの二人は夫婦だったのか。

当時の六本木は、いまと違って閑静な高級住宅街であって、大使館が多いので外国人が大勢住んでいて、うまいパンを食べさせる店があった。むろん、少年であった私が喫茶店へ入るのは大冒険だった。この六本木と軽井沢と日比谷公会堂のロビーとは結びついていて、同じ空気が流れているように思われた。軽井沢で会った人に六本木で会うということがよくあった。ともかく、日比谷公会堂のロビーは、私にとって、東京の秋だった。

そのうちに、あの、ひときわ目立つ少女の婚約者が戦死したという噂を聞くようになり、新響の楽団員がゲートルを巻いて舞台に立つようになり、空襲で演奏が中止されるということにもなっていった。

東京の社交界のもうひとつは、長唄研精会の廊下だった。長唄の吉住流は、東京の上流階級の子女に喰いこんでいたので、温習会《おさらい》の楽屋は華やかなものであって、そういう人たちが研精会に集まってくる。こっちのほうは、当然、オーケストラよりも色っぽいことになる。先代の吉住小三郎や山田抄太郎の三味線は、これも圧倒的な芸だった。ひとつの声、ひとつの音が粒立って聞こえたものである。

こんなことを書いたのは、芸術に対する飢餓感というものが、いま、あるのかないのかということを考えたからである。

七月の半ば頃から、演奏会も展覧会も開かれないようになる。プロムナード・コンサートというものはあったが、それでは物足りない。中流の上というクラスの人は、海や高原へ避暑に行ってしまう。夏が終り、着飾って最初の演奏会へ行くというのは、なんといっても気分のいいものであった。すでに食糧は乏しくなっていたが、私たちは、食べるものではなくて、芸術に飢えたものである。

「秋暑し帝展の列につらなりぬ」

たしか、朝日新聞の投稿の俳句欄にこんな句が出ていたと思う。記憶力の悪い私がこの句を記憶しているのは、それだけ、秋の展覧会というものが新鮮であり、強烈な印象となって残っていたためだと思われる。

秋になって演奏会を聞きに行く、帝展を見に行くというのは当然のことであり、いわば、欠かすことのできない行事のようになっていた。それが日本の芸術家に対する当然のエチケットであるように思っていた。

実際に、帝展には長い列ができていた。そうして、私は、秋晴れの東京の秋を美しいと思ったものである。

だから、私は、M記者とH記者に、上野広小路のほうから、だらだら坂を登ってゆくように提案した。そうしないと気分が出ない。昔はそこに都電の駅があり、私は、どこへ行くのにも都電ばかりを利用していた。これを国鉄上野駅公園寄りの出口から行くのでは気分が乗らないのである。

私たちは、だらだら坂を登り、中央広場を通り抜けて、東京都美術館（H記者は、これをトビと言った）で院展と二科展を見た。

とりいそいで私の印象をまとめてしまうと、

①具象が多くて抽象画が少い。

②女流作家が多い。

③がいして言えば、大作が多い。

④ヌードが少い。

ということになる。

私は前衛芸術や抽象画を好まない。だから、具象が多いのは喜ぶべきことなのであるが、だんだんに、ちょっと待てよ、といった気分になっていった。これは少しおかしいのではないか。

富士山ばかり描く画家がいる。自分の富士にあきたらなくなって、これを煮つめていって凝縮していって抽象化する。自分の富士にしてしまう。そういう絵にはお目にかからなかったと言ったらいいだろうか。

絵が描けないので、最初から抽象らしきものを描くという画家は論外であるとして、画家の苦闘ぶりとか唸り声が聞こえてくるような絵画に出あうことがなかったというのが、私の卒直な感想である。抽象嫌いの私が、抽象が懐しくなるという妙なことになった。形とか色でもって激しく迫ってくる、すくなくとも自分の主張を叩きつけてくるようなものがない。

技術的には誰もが大差がないのだと思う。上手だと言えば、誰もが上手である。ちょうど、将棋の中原名人と新鋭四段との技術的な差はそれほどないというのと同じことだと思う。しかし、そういうときに、それだけに、中原誠という人間の強さがクッキリと浮かびあがってくるということがある。

意地悪く言うならば、どうしてもこれが描きたかったという切実な思いが感じられないのである。これは世の中全般の傾向であり、ハングリーでなくなったということにもなるのではなかろうか。

いま、老大家を別にして、天才画家というものがいるのだろうか。素人の私にも聞こえてくるような、天才の名を聞くことがない。大衆社会化状況というものが絵画の世界にもあることを知らされたような気がした。院展も二科展も企業になっているという印象が濃厚なのである。

女流作家が隆盛であるのは文壇も同じことである。絵のほうが易しいと言えば叱られるにきまっているが、文壇では一度に百人が入選するというようなことはない。女流画家が多いだけではなく、平日のせいでもあったろうが、入場者の大半が女性である。

食堂はいつでも満席で、お弟子さんに囲まれてエビフライなんかを食べている女流画家を見ていると、長唄や日本舞踊の温習会の光景と全く同じである。これは、芸術ではなくてレジャーなのではあるまいか。どこに自分の身を滅してしまうような作家的燃焼があるのだろうか。

大作で丹念に描きこんである絵に近よって作者名を見ると、ほとんどが女流である。さらに意地の悪い見方をするならば、これは絶好の閑潰しなのではないかというように思われてくる。芸術ではなくて趣味であり稽古事である。絵画はついにレース編みと同じ領域になってしまったというのが偽りのない私の感じ方である。

ひところは、日本画でも、ずいぶん裸体画が多くあって、流行のようになっていた。今年の展覧会にもヌードはあることはあるのであるが、ほとんどは装飾的な裸婦であって、小出楢重とか野口弥太郎ふうの、私の考えているような裸体画は一点もなかった。つまり、上手は上手なのであるが、本当のデッサン力が身についてはいないといったように思われてくる。油の裸体画であると、力量は、いっぺんにわかってしまう。

戦前でも戦後でも、百号以上の大作で、絵具が盛りあがっているのを見ると、この作者は食費をきりつめて油絵具を買ったんだなという悲壮感が感じられたものである。いまは贅沢になりハングリーではなくなった。

魚の干物の絵というのが必ずあるものである。これは喜ぶべきことなのだろうか。H記者は干物の絵の前で立ちどまることが多かった。

「私、本当はイカが好きなの。スルメなの」

と、彼女は言った。私も、そんなふうにして会場を廻ればよかったと思う。

「こんなに大勢のお客さんがいて、どうして、もっと『芸術新潮』が売れないんだろう」と、M記者が歎いた。温習会のような光景を見ると、『芸術新潮』を読んで、海外の美術の動向を探ろうというほどの切実感もないのだろうと私は思った。朝日カルチャーセンターの小説部門は入会希望者を断るほど隆盛であるのに文芸雑誌の部数が伸びることがないのと同じことである。

だいたい、展覧会用の大作を狭い部屋で見るのは無理なところがある。私は、いつでも部屋の中央に立って一廻転するのであるが、二十室あれば二十廻転することになる。

気分が悪くなって係りの人に助けをもとめている中年婦人がいた。

「気分が悪いのはあなただけではないですよ」

と、私は心のなかで彼女に囁いた。

芸術的飢餓感が満たされることはなかった。それが満足させられたのは、西洋美術館のほうである。院展の入場料が七百円、二科展が八百円。レジャーには金がかかる。悪いことは言わない。二百円の西洋美術館のほうへ行ったほうがいい。

そのあと芸大の大浦食堂へ行って、百五十円のカレーライスを食べた。

この有名な大浦食堂に文句をつけるつもりはない。ただ、いつでも思うのは、日本では芸術と生活とが一致しないということである。芸大生で、この大浦食堂の椅子とテーブルとか、学生の食事する光景を絵にしてみたいと思う人が一人でもいるだろうか。芸大には建築科もあり陶芸科もある。ここに椅子や卓や食器を寄贈しようとする卒業生は誰もいないのだろうか。志のある芸術家なら、これでは我慢ができないと言いだすのが自然の成行きというものだろう。

芸大の生徒は、私から見ると光り輝いて見えた。彼等はエリートである。なにしろ、池田満寿夫も山藤章二も入学できなかった学校である。彼等の顔は誇りに満ちている。いかに図々しい私でも、そこでスケッチ・ブックをひろげる勇気はなかった。しかし、私は、ヤッカミ半分でこうも思っていた。

「なあに、芸大生のなれのはてが院展や二科展じゃないか。たいしたことはない。きみたち、いかにデッサンが上手であっても、本物の飢餓感や切実な思いがあるのだろうか。きみでなくては描けない絵があるのだろうか」

## されどわれ悪書を愛す

昭和十九年四月に旧制中学を卒業して大学にはいった。二十年七月に軍隊にはいり、八月に戦争が終った。

いま、いくら思いだそうとしてみても、戦前に、いわゆる悪書を読んだ記憶がない。そういうものが私の周辺に存在しなかったということは考えられない。そういう書物があるという話をきかなかったということも考えられない。また私に男女のことについての興味がなかったということも考えられない。興味は大いにあったのである。これを要するに、私は悪書を積極的に希求しなかったということになろう。すなわち、私は悪書が嫌いだったのである。きたならしいと思っていたのである。その頃までは――。

この際の悪書とは、むろん、スウスウ、ハアハア、ヌルヌル、ああもういけません、ねえかにして、あれさ、という類いの書物である。そういう書物を戦後になって読んだ。一時に氾濫《はんらん》したのである。そういう時期があった。また、書店にも、カストリ雑誌、エロ雑誌といわれるものがあらわれた。

『りべらる』の創刊は、二十一年一月二十六日である。『猟奇』『デカメロン』『赤と黒』『人々』というのもあったと記憶する。『猟奇』がエロ雑誌として東京地裁から起訴されたのが、二十二年の一月八日であった。

いまから思えば、たあいのないものであった。たしか二個の風船の写真があって、その重なり具合が婦女子の裸の臀部を暗示しているというので警告されたことがあったかと思う。

いまでいえば、カメラ雑誌の月例写真のヌードのほうが迫力がある。

二十三年五月八日には、警視庁が『四畳半襖《ふすま》の下張』をエロ本として摘発した。作者であるという風説のあった永井荷風が警視庁に出頭して事情を聴取されたのである。

私が『四畳半襖の下張』を読んだのは、翌二十四年の新婚まもなくの頃であった。

これよりさき、私は荷風と親交のあった大知識人から、間違いなく荷風の筆であることをきかされていた。だから、ぜひ読んでみたいものだと思っていた。

その大知識人は荷風から直接そのことを聞いていたのではない。荷風研究家として、その筆力を荷風のものと推測し、断言したのである。

『四畳半襖の下張』は、そのテのものとしては最高傑作であろう。淫靡《いんび》ではなくて逞《たくま》しいのである。粗野ではなくて、上品というのとちょっとちがうが、志の高いところがあった。私は感動した。

もし、嫁にゆく娘にその種の書物を持たせてやる風習があるとするならば『四畳半』は好適であると思われた。すこし逞し過ぎるきらいはあるが。

なにしろ、十六年前の話である。私はオクテの二十二歳で、一晩で読んで、すぐに貸してくれた先輩の小説家にかえしてしまった。こんなものを女房に読まれたら大変だと思った。だから、私の記憶はサダカではない。いま読んだらどう思うかはわからない。また、いまどきの娘さんにはそんな本は不必要であろう。

しかし、その本を読んで、そのときに感動したという記憶に間違いはない。

志が高いというのも変な言い方であるが、そのことにこれだけ真剣になって打ちこんでいるという気味あいと、文章のいいことと、さめた目であった。感動したのはそのことであろう。

しかし、感動したと同時に、私はやっぱり頭が痛くなった。悪書は苦手なのである。その種の写真や映画も苦手である。すぐに頭が痛くなる。

私がこういうことを書くと、読んでいない人たちは読みたがるかも知れない。だから、もうひとつ言うと、特殊な研究家を除いては読む必要はない。もっと面白い本がたくさんある。

荷風だって、市販されている小説や随想のほうがはるかに面白い。

もし、私の悴《せがれ》が、私がそれを読んだ年齢に達して、男同士の相談という形でもちかけられたら私はどこかから『四畳半』を借りてきてやろうと思う。『四畳半襖の下張』とはそういう書物である。

戦後になってエロ雑誌が氾濫した。おそらく、日清・日露、第一次世界大戦、の戦後にもこれに類した風潮があったろうと思う。書物に限ったことではないが。

昭和二十年代のエロ雑誌には大きな意味があったように思われる。すくなくとも私にとって。私たち戦中世代にとって。

あれは一種の生活革命であった。セックスということで、それは私にとって強烈だった。私は遅い思春期にもういちど戻っていた。

私たちの目は外にむいていた。鬼畜米英であり、撃《う》ちてし止《や》まむであり、そのまえは受験勉強であり学校教練であった。

もうひとつの人生があることをエロ雑誌が教えてくれた。ひとつの部屋で一人の女を愛しつづけて死んでしまうこともひとつの人生であった。立派な男の所業であった。そのことを教えてくれた。私はそう受けとった。人生は千変万化であるなと思った。そう思ったということが私の内部の革命であった。

戦中世代に限ったことではない。戦前と戦後では「家」の概念がちがってくる。性行為は種族保存、産めよふやせよではなくなった。それは悦楽であった。男女平等であった。それは平和の象徴であった。エロ雑誌と『暮しの手帖』が家庭の意味を変えたのである。男は家庭にひきつけられるようになった。ああ、現今の女性化時代はここに胚胎《はいたい》したのであったるか。男は「あんた下手ねえ」と舌打ちされるようになり、日曜大工にはげむようになった。汲《く》めども尽きぬ世界を教えた。文弱・軟弱の意味が変り、それは強者となった。夫は早く帰宅するようになった。「やよ、励めや!」

冗談を言っているつもりはない。戦前のそれと比較すれば、それは千変万化になった。これがエロ雑誌とヴァン・デ・ベルデの功績である。それが生活様式の変化をもたらした。ベッドがふえたのもそのせいだろう。鍵のかかる洋風建築がふえたのもそのためだろう。親子というつながりよりも、夫婦という横のつながりが強固になっていった。

まあ、もっとひらたくいえば、夫婦のヨロコビの面積がひろがったということだろう。

そうして、それがおおっぴらになったのである。それに比例してムナシサもひろがったのであろうが。

よいことかわるいことかわからないが、生活を変えることに悪書は役立ったのである。私はそう思う。精神主義のなかに、肉体がはいりこんできたのである。

『誹諷末摘花《すえつむはな》』を読んだのは昭和二十一年である。私は出会いという言葉が大嫌いで、それを頻発する文学者を軽蔑しているが、私と『末摘花』とは、まさしく彼等のいう〝出会い〟に近いものがあった。『四畳半』と同じ小説家から借りた。

いま、この本が発禁になっているか、それともある種の制約があるだけなのかどうか知らないが、借りた当時は〝悪書〟あつかいであったと思う。

このことは別のところに書いたことがあるが『末摘花』をはじめて読んだときに、私は脳天に一撃をくらったように思った。

その感じをうまく言うことは至難であるが、ひとつのことでいうと、これこそが人生であり、これぞ芸術であると思ったのである。

たとえば、私たちの人生とは、生活とは、朝起きて、牛乳一本で駅まで駈けだし、満員電車に乗り、会社で頭をさげ、すこし威張り、昼食を喰い、晩には酒場で上役の悪口をいい、馬鹿な金をつかい時間を浪費したと思い、帰ってきて本を読んで少し反省し、妻と寝るということのつみ重ねに過ぎない。

これを微細に描く。つまり日常生活の瑣事《さじ》をとことんまで突っこんで描くという態度に私は打たれたのである。もちろん『末摘花』は、男女の事を通じてそれを描いたのである。微細に突っこんでゆくことから滑稽が生じたのである。反抗が生じたのである。カラカイが生れた。そうして自ずから庶民精神といったものが横溢《おういつ》したのである。人間臭いのである。そのことはニヒリズムと直結した。これは偉大なる芸術であると思って、私はすっかり嬉しくなってしまった。

この書物は、読んだときにすぐにそう思ったわけではないが、私の態度を決定したようだ。いまここにある私が私であって、それ以外の私はない。いまの一分一秒が私の人生であって、それ以外の人生はない。私が人生を描くとしたら、いまの私を描くよりほかにない。非常に飛躍するが、過渡的段階における止むを得ざる罪悪といったものを認めないようになった。サービス業の人を邪慳《じやけん》にあつかう共産党員を許せないようになった。「そんなこと言ったって、いまあなたが、そうやっているあなたが、あなたの人生ではないか」という立場をとるようになった。「どうして隣人を愛せないのか」という態度である。

『末摘花』からもうひとつ学んだことは、言語に対する厳格主義である。あれは、なかなかに厳密に出来あがっている。またそうでなくては男女の事は描けないはずである。

言葉をくずせば読むに耐えないものになってしまう。

私は悪書というものが好きではない。すぐに頭が痛くなる。『四畳半襖の下張』もエロ雑誌も『末摘花』も一般的にいえば悪書であろう。私はこのように悪書を受けとり、このように悪書と関係したのであった。

悪書から学んだところがすこぶる大であると言わざるを得ない。しかし、実をいうとこれらの書物を再読しようという気持を全く抱いていない。もういいのである。

しかし、私の学んだところからすると、いわゆる悪書を取締るという方向には反対する。それは私の恩人なのである。そうして、私以外の若い誰かの恩人にもなり得るであろうことも確信している。

そういう具合に私は悪書を愛しているのである。もう一度つれ添う気持はないが。

私の疑問を書こう。

若い小説家にかぎらず、年輩の作家をふくめて、どうしてみんな男女の事の形にあんなに興味があるのだろうか。私は『末摘花』に感動したが、同時にそのことのバカバカしさも感じたのである。どうしてあれを微細に描いたりするのだろうか。それを古人から学ぶという段階はあったにしても、それを自分で描くということに全く興味がない。私における老化現象だろうか。

悪書に関する定義について。それは書物であるかぎり文字によって成り立つものであるから、文字・言語を粗末にあつかったものは全て悪書であると私は定義する。

「私たちは銀座で飲んだあと、二、三人で待合へ行った」

「銀座の柳は緑にけむり、かげろうがもえていた。春である」

こういう文章があれば、その小説は悪書であると思う。なぜならば、待合へ二人で行くのと三人で行くのとでは全く状況が違うはずであり、銀座の柳はもう芽をふかないで、柳祭りが出来なくて困っているからだ。こういう雑駁《ざっぱく》な文章のある小説が悪書である。

## 木槿《むくげ》の花（一）

私ぐらい花の好きな人間はいないだろう（と、自分ではそう思っている）。草花もいい。木の花もいい。雑草もいい。ただし、洋花は好まない。また、蘭《らん》のような派手派手しくて高価なものは怖《おそろ》しくて駄目《だめ》だ。

そうして、私ぐらい花の名を知らない男も珍しいのではないか。教えられてもすぐに忘れてしまう。つまり、天分がない。

私は一日のうちの大半を半地下の食事室で過ごしているのであるが、そこに壺《つぼ》がひとつ、ガラスの花瓶《かびん》がひとつ、懸け花がみっつ（一筒は修理中）あって、そのどれもに花が入っていないと落ちつかないし機嫌《きげん》が悪くなる。花でなくてもいい。エノコログサ（猫《ねこ》じゃらし）でもカヤツリグサでもミズヒキソウでもアカマンマでもいい。

だから、秋になって、買物袋を提げて一橋大学の構内を散歩するのが楽しみになる。そこに武蔵野《むさしの》が残っている。赤や黄や紫の実が生《な》っていて、帰ってきて買物袋が染まっているのに気づくことがある。

旅館に泊って、廊下の懸け花に草花が活《い》けてあり、便所にもそれがあり、いまなら桔《き》梗《きょう》だろうか野菊だろうか、そんなふうであると嬉《うれ》しくなってしまう。

これは齢《とし》のせいだろうか。年々にその思いは強くなるばかりである。

＊

八月二十二日は暑い日だった。朝から夜中まで、ずっと暑かった。台風十五号の影響だろう。おそらく不快指数は最高に達していたはずである。坐《すわ》っているだけでシャツの頸筋《くびすじ》のところが濡《ぬ》れている。

前夜は、文藝春秋の豊田健次と銀座で遅くまで飲んでいた。その前夜は『旅』編集部の石井昂と、またその前日は大阪のキタで新潮社の池田雅延と、という具合であったから、朝からぐったりとしていた。私は梶山季之の遺品であるところの皮椅子《かわいす》に坐ってテレビを見ていた。

どうにも暑い。

それで、坐っている背後の、物置に通ずるところの扉《とびら》を開くことにした。蚊が入る怖れがあるが、そんなことを言っていられない。

そのとき、私は、地面に落ちている純白の脱脂綿を丸めたようなものを見たのである。花だ。木槿《むくげ》の花だ。それが散り敷かれている。見あげると物置の上に覆《おお》いかぶさるようにして、木槿がいっぱいに咲いている。私は狂気するというのに近い状態で、雨のなか、長靴《ながぐつ》をはいて庭へ出ていった。それが午前十時と十一時の間であったことは確かである。

去年の夏、植木屋の『植繁』の野外パーティーで、葦簀《よしず》張《ば》りのその葦に木槿の花が挿《さ》してあった。蹲《つくば》いにもそれが浮かべてあった。『植繁』の末の弟は茶道と華道の心得があった。

「いいねえ。きみがやったんだろう」

「俺《おれ》がやったんだけど……」

弟が照れて笑った。

「木槿だろう。紫やピンクでなくて白がいい」

「でもねえ。これ、一日で花が落っこっちまうんだ」

私は特にアオイ系統の花が好きだ。果敢《はか》ないところがいい。連想されるのは農家の庭先きである。

庭には、もう植木をいれる余地はないのだけれど、なんとかして、一本の白の木槿を植えたいと思っていた。

　今年の梅雨時分、物置の裏にあって物置の屋根に覆いかぶさっている雑木を切ってくれと女房に頼まれた。雑木も雑木だが、それに搦《から》んでいる梅モドキがうるさい。隣のアパートのほうに張りだしてしまっている。

　その雑木が木槿だったのである。根もとから切らないでよかった。そんなところに木槿を植えた覚えはないのである。以前、その場所は鯉《こい》の水槽《すいそう》になっていて、隅《すみ》にライラックを植えてあって、ライラックは北側の庭に移植したが、そっちの庭は駐車場になってしまっている。

　いったい、どういうことなのだろう。鳥が運んできたものだろうか。こういうことに関して、私はまったくの無智《むち》である。ただし、木槿の花を発見したのが八月二十二日の午前十時から十一時の間であることは間違いがない。

　物置の屋根に登るのに苦労した。その木槿を女房が壺に活けた。

　翌日の午後、打ちのめされたようになっている私を見舞いにきた関保寿先生に鑑定を頼むと、

「間違いなく木槿です。このへんではハチスと言っています。ほら、咲いたあと、うなだれてきて蜂《はち》の巣のような形になるでしょう」

ということだった。

その夜は、これは、むこうのほうがメロメロになっている矢口純にも花を見てもらった。彼は、とても一人で家にいることができなくて、葡萄酒《ぶどうしゅ》を一本持って前触れなしにやってきたのである。

「これは木槿やないの。これは庭と庭の境に咲くんだ」

「そうだよ。隣のアパートとの境にあったんだ」

「道端にも咲く。ほら、有名な俳句があるやんか。道ばたの木槿は馬に喰《く》はれけり、だったかな」

さすがによく知っている。

「純白なのがいい。これは一日で散るんだ。はかないねえ」

そう言っただけで、矢口純はテーブルに突っ伏して泣いた。

一日で散ると思われていた木槿が、そのとき、まだ、咲き残っていたのである。

*

八月二十二日の昼過ぎになっても、私は、まだ、ぐったりとしてテレビを見ていた。その番組（なんだか忘れた）がコマーシャルになったので、他局にチャンネルをきりかえた。すると、「……死者十六名。ニュース速報・終」という文字が見えた。

たぶん台風関係の事件だと思われたが、NHKにきりかえることにした。

「台湾で旅客機が墜落。台北から高雄に向う遠東航空。全員死亡。日本人乗客十七名」

正確に記憶しているわけではないが、日本人の乗客名のなかに、Ｋ・むこうだ、があった。体が震えた。瞬間、私は駄目《だめ》だと思った。なぜなら、私は、前夜、豊田健次から向田邦子が台湾旅行中であることを聞いていたからである。

「おい、大変なことになったぞ」

どうやって女房に知らせるかがむずかしい。心臓神経症の患者である女房が、いきなり向田邦子の顔写真を見せつけられたら卒倒するおそれがある。

「なんかの間違いでしょう。運の強い人だから、死ぬわけないわ」

「でも、めったにある名前じゃないから」

そう言ったのは息子である。向田は、コウダ、もしくは、ムカイダと訓《よ》む場合がある。Ｋ・むこうだとあるからには、本人の署名であるにちがいない。それに、Ｋというローマ字でもって、何か烙印《らくいん》が押されているようにも見えた。

それからのことは、なんだかウヤムヤみたいになっている。私は缶《かん》ビールを飲みだして、それがすぐにウイスキイに変った。テレビにむかって、しきりにバカヤローと叫んでいる。

木槿忌《むくげ》というのはどうだろうか。むの音が共通しているではないか。物事を先きへ先きへと考える癖のある私は、そんなことも頭に浮かべる。木槿忌なんて厭《いや》だわ。天上の向田邦子が笑って言った。

## 木槿の花（二）

はたせるかな、女房は、顔を歪《ゆが》めて、音楽祭で受賞した岩崎宏美みたいな顔（あんな美人ではないが）で泣いた。

「あの人、死ぬわけがないわ。何かの間違いよ」

と、泣きながら言った。

私は、そうかもしれないなと思った。なんだか、向田邦子一人だけ落下傘《らっかさん》で飛びおりてくるような気がしていた。

「なにしろ、粗々《そそ》っかしいからな」

ホテルに荷物を忘れて、取りに戻って、一人だけ乗り遅れるという光景がチラチラと目に浮かんできたりもするのである。

関保寿先生と私とがタヒチへ行くとき、彼女は箱崎まで見送りにきた。彼女は、豊川稲荷《いなり》と、虎ノ門の金毘羅《こんぴら》様の交通安全のお守りを私たちに手渡した。

「変った人ですね。金毘羅様というのは水難の守護神ですよ。もっとも、水の上を飛ぶには違いないが」

関先生が笑いながら言った。その後、どうしても、粗々っかしい女性という印象が消えなくなった。

そうして、しかし、一方で、向田邦子が、いま、この時期に、外国で突然死するということが、あまり不自然でないような感じもしてくるのである。辻褄《つじつま》が合っているような気がする。

私が、木槿《むくげ》忌なんていう忌日名を咄嗟《とっさ》に思い浮かべたのは、一夜にして散る美しい白い花ということもあったけれど、ひとつには、梶山季之のそれがまだ決まっていないからでもあった。梶葉《びよう》忌が有力だったのだけれど、病気に通ずると言って反対する人がいた。その他に積乱忌、残影忌などが候補にあがっていた。

「木槿忌なんて厭《いや》だわ。ムク犬じゃあるまいし」

天上の向田邦子が言った。

「じゃあ、木槿《もっきん》忌は？」

「厭よ。キンキンみたいじゃないの」

「槿花一日栄《きんかいちじつのえい》（人の栄華のハカナイこと）なんていいじゃないの。あなたらしくて」

「あら、槿花一朝夢《きんかいつちようのゆめ》じゃなかったかしら」

「まだ確認されたんじゃないんだから、変なことを考えるのはよそう」

「そうよ、そうよ」

＊

前夜遅く『オール讀物』編集長の豊田健次（彼の家は私の家のすぐ近くにある）と銀座の酒場から自動車を奮発して帰るとき、向田邦子の話になった。

「京都の大文字焼きに一緒に行ったんですよ。『落城記』のラッシュを見るという仕事もあったんですが」

「えっ？　その前に、十二日か、阿波《あわ》踊りへ行ってるんだろう。ちょっと動きすぎるなあ」

「いま、台湾に行っていますよ」

「それはいけない。いけないよ。こんど会ったら言ってやろう」

言ってやろうというのは叱《しか》ってやろうという意味である。そのとき、私の胸に不吉な予感ではなくて、一種言い難い不快感のようなものがこみあげてきた。

「怪《け》しからぬ！」

そうも言った。

向田邦子に最後に会ったのは、昭和五十六年七月十六日の夜、芥川賞直木賞の詮衡《せんこう》委員会が開かれた日だった。その発表記者会見は東京会館で行われたのであるが、たまたま、彼女は東京会館の別の部屋で矢口純とPR雑誌の対談を行っていた。直木賞の受賞

者は青島幸男で、同じテレビ界の人間でもあり、

「面白いから見に行ったの。だって、今日は私の一周忌なんですもの」

記者会見には行かずにMという酒場で飲んでいた私にそう言った。彼女が受賞したのは去年の同月同日であるという（彼女の場合は実際は七月十七日だった）。

私もそう思ったのだけれど、矢口純がそれを口にだして言った。

「一周忌だなんて、そんなこと言うもんじゃない」

それから別の酒場へ行った。矢口純、豊田健次が一緒だった。四階でエレベーターを降りて席に着くまでの間に、向田邦子が私の耳に口を寄せて、

「山口さん、私、遊んでばかりいるの」

と囁《ささや》いた。ゾッとするような暗い暗い声だった。いつもの彼女には考えられない陰鬱《いんうつ》な顔つきをしていた。

「『思い出トランプ』で印税が入ったんでしょう。小説家が読者から戴《いただ》くお金っていうのはね、そのお金でもってうんと遊んでね、それで仕入れた材料でもって、また小説を書いて、そういう形で読者にお返しをするという性質のものなんですよ。だから、もっと遊びなさいよ。いくら贅沢《ぜいたく》をしたってかまわない」

ずいぶんキザなことを言ったものだけれど、それより、私は彼女の本心に気づいていなかったのである。このことは一生忘れることができないだろう。

「そうだよ。作家は充電しなくちゃ。うんと遊んで充電しなくちゃ駄目《だめ》だ」

と、矢口純が言った。

「大いによろしい。一番いけないのはツマラナイものを書くことだ」

ああ、冷や汗が出る。私は彼女の本意に反して逆のことを言っていたのだ。

疲れていた私は軽いマルガリータを飲んでいた。

「それ、私にも飲ませて」

向田邦子は、私のカクテル・グラスを横取りして唇《くちびる》をつけた。

「おいしいわ。同じものを私にもちょうだい」

そんな蓮《はす》っ葉《ぱ》なことをする女だとは思っていなかったのに――。ヤケクソになっている。なぜだろう。人気絶頂の彼女であるというのに。

暗い酒場の照明で、いっそう暗く見える彼女の白い顔を見ていた。いや、傷々《いたいた》しくって、とても見ていられないというほうが実感に近い。

「豊田さんと矢口さんと私とは、向田邦子を守る会の会員だ。私が会長になる。ねえ、矢口さん」

「おいおい、いったい、向田さんの何を守るんだい」

＊

私が向田邦子の本心に気づいたのは、八月二十一日の深夜、自動車のなかで、豊田健次に、いま台湾に行っていると聞かされた瞬間だった。怪シカラヌと叫んだのはそのためだった。

遊んでばっかりいる、というのを、私は、阿波踊りに行って、あんまり楽しかったので、お遍路さんになって高知まで行っちゃった、あるいは、大文字の送り火を見に行ったのだけれど、ついでに山陰まで足を伸ばして、温泉で一週間もノンビリしてきちゃった、贅沢して皇太子の泊った部屋に泊っちゃった、というぐらいに解釈していた。作家の遊びとは、そういうものだろう。

彼女の「遊んでばっかり」は、そういうものではなかった。徳島から帰って仕事をする、夜は友人と酒を飲み、ディスコで踊る。二、三時間しか眠らずに、また仕事。雑誌の対談、グラビア撮影、TV出演、酒場廻り、そのあと明け方までボウリング。翌日は台湾へ飛ぶ。帰れば奈良へ行く予定がある。TVプロデュースの仕事、ドラマの執筆打ちあわせも待っている。こんなことは、私からすれば遊びですらもない。第一に楽しくない。そのことを彼女はよく承知していた。

だから、彼女は、誰かに叱《しか》ってもらいたかったのである。今日は私の一周忌だと言ったのは、女としての精一杯のツッカカリ、その本心は喧嘩《けんか》を売っていたのである。喧嘩を売って、寺内貫太郎じゃないけれど、誰かに横っ面《つら》を張り倒してもらいたかったのである。そうでもしなければおさまらない、というぐらいに彼女の遊びは異常になっていた。

## 木槿の花（三）

まだ、「K・むこうだ」としか発表されていないが、女房に、豊田健次の家に電話をかけさせた。しかし、豊田は、土曜日であるのにもかかわらず、作家訪問に出かけていて留守だという。

矢口純にも電話を掛けさせた。矢口は、えっ！と言ったまま絶句してしまったという。

「おい、豊田さんにもう一度電話してくれ。それで、奥さんにね、構わないからM先生の家に連絡するように言ってくれないか」

私は、ずっと、頭がカッとなったままでいた。

あれは、NHKの三時のニュースではなかったかと思う。

「なお、日本人乗客は、すべて男性であることが判明しました」

これは実に奇怪なニュースである。K・むこうだの他にも何人かの女性乗客がいて、それが急に男性に変ってしまうなんて、ありうべからざることである。

「ほらごらんなさい。向田さんじゃないじゃないの。あの人、死にっこないのよ」

心臓神経症の患者としては、信じられないような勢いで、女房は椅子《いす》から飛びはねて言った。

「いや、駄目《だめ》だ。まだわからない」

私は観念していた。

「だって、全員が男性だって言ったわよ。NHKが言ったのよ」

「あの人、パンタロンに上っ張りっていう人だから男と間違えられたんだ」

「違うわよ。みんな男なのよ。向田さんは乗ってない、乗ってない。助かった、助かった」

私は自分の女房が雀踊《こおど》りして喜ぶ姿を初めて見た。それを眺《なが》めていた。馬鹿《ばか》な奴《やつ》だ。向田邦子が乗っていなかったとしても、百人以上の人間が死んだのである。

電話が鳴った。共同通信からだった。

「向田邦子さんの遭難について、何か一言……」

「日本人乗客は全部男性だって、いま、NHKのニュースで言いましたよ」

「ええ、でも、確認されたんです」

「確認されたって、あなたが遺体を見たわけじゃあるまいし……」

すぐに電話を切った。それでも、私は、まだ、向田邦子が無事に帰ってきて、あたし、あやうく大辻司郎になるところだったという冗談を言う場面が目にちらついたりもするのである。混乱していた。

「おい、福沢晴夫（『小説現代』編集部。向田邦子の担当者）の自宅の電話番号わからないか。ああ、そうだ、大村彦次郎（福沢の上司で『眠る盃』を出版している）に電話すればわかるだろう」

その大村は、沈痛な声で、福沢は会社に出ていると言った。

しきりに電話が鳴る。福沢晴夫からの電話もあった。彼は上ずっていた。福沢は、後に、こう言った。

「あの時、どうして、すぐにこっちへ飛んで来い、一緒に飲もうって言ってくれなかったんですか。山口さんでも私でも、飲み明かすことになるのがわかっていたんですから」

私はすでにウイスキイになっていた。体の震えがとまらない。

NHKTVの画面がニュースに変った。日本人乗客のすべてが男性であると報道したのは間違いであったという。

「作家の向田邦子さんが、「ミスターむこうだ」と署名したために、間違いが生じました」

という意味のことを言った。私は、画面に向ってバカヤローと叫んだ。グラスを投げつけたい衝動に耐えていた。Mr. の欄に記入したのか、Mr. K. Mukōda と書いてしまったのか。他の女性客はどうだったのか。まったく好《い》い加減な報道である。

「粗々っかしいからなあ、まったく」

そう言ったとき、ウイスキイに噎《む》せ、テレビが霞《かす》んで見えなくなった。

結局、豊田健次には連絡がつかなかった。彼は、作家訪問を終え、国立《くにたち》駅に着き、駅に近い寿司《すし》屋に入った。彼は、そこで、いきなり、テレビに映じた向田邦子の大きな顔写真に直面したのである。後に、寿司屋の若旦那《わかだんな》が、こう言った。

「豊田さん、真蒼《まつさお》になって、注文したビールも飲まずに飛びだしていったんです。何かあったんですか？」

＊

向田邦子が初めて私の家に来たのは、去年の十二月二十五日、クリスマスの日である。その日、豊田健次と私とが彼女に招待されていた。豊田の義弟が支配人をしているということもあって、代官山町の『小川軒』を私が指定した。

「私に初めて小説を書けと言ってくれた二人に感謝して」というのが彼女の名目だった。彼女は、常々、豊田さんは活字のほうの恩人ですと語っていた。

去年の七月十七日に受賞して以来、向田邦子が、担当者を労う小宴を何度も開いていると いう噂《うわさ》を私も耳にしていた。担当者だけではない。少しでも関係のあった人は、すべて、彼女の御馳走《ごちそう》する会に招《よ》ばれていた。私に対しては遠慮があったのだろう。それで、押せ押せになって、暮の二十五日になった。

六時というところを二十分前に到着すると、豊田はすでに来ていた。二人で並んで坐《すわ》って雑談していると、彼女が五分前ぐらいに勢いよく入ってきた。

「あら、困るわ」

と言いながら、しかし、彼女は、私たち二人に向いあう椅子に坐った。その個室に上座も下座もないのだろうが、とにかく奥のほうの椅子だった。ちょっとした三島由紀夫だなと私は思った。少しも悪びれず、屈託するところがない。

「今日は、私に、ぜんぶまかせてね。ここが終ったら六本木のNと××（ライヴハウスであったようだ）に行くのよ。Nと××とどっちを先きにしようかな。もう決めてあるんだから、ねえ、お願いよ」

向田邦子は浮き浮きしていた。何日も前から、その日を楽しみにしていたという様子がうかがわれた。いや、そのことは、ホステスのマナーであったのかもしれない。その夜の白葡萄酒《しろぶどうしゅ》は素敵に美味《うま》くて、すぐに同じ瓶《ボトル》のお代りを頼んだ。

ぜんぶ奢《おご》ってもらうというわけにはいかないので、東銀座のボルドーへ行った。案内役の私が道に迷い、店を探すために駈《か》け廻《まわ》る向田邦子の姿は、とても五十歳の女には見えなかった。

六本木のNで篠山紀信に会った。篠山と向田とが、シルクロードについて熱心に語りあっている。思えば、こういうことで、ハウス・オブ・ハウス・ジャパンのS氏（台湾旅行の案内役）との関係が生じたのかもしれない。

隣の席に矢口純がいた。向田邦子は、その矢口に、今夜はどんなに遅くなっても山口さんを送ってゆくと言ったという。

向田邦子と豊田健次とで私を送ってくれた。午前三時を過ぎていた。従って、その日は十二月二十六日になっていた。

彼女は物珍しそうに家のなかを見廻していた。食事室でブランデーを飲んだ。窓のステンドグラスは私の作品であるが、良いとも悪いとも言わなかった。

帰りがけに、彼女は私の仕事部屋をのぞいた。

「おい、やめてくれよ。悪趣味だぜ」

「だって面白いんですもん。小説を書く人の部屋って……」

困ったことになったと思った。私の家に一度だけ遊びに来た人は変死もしくは急死するという奇妙なジンクスがあるのである。この向田邦子を殺すわけにはいかない。この才能を……。

# 木槿の花（四）

私の家には、一度だけ訪ねてきた人は変死もしくは急死するという奇妙なジンクスがある。文芸評論家の服部達《はっとりたつ》（自殺）、社会学者の城戸浩太郎（山で遭難死）、映画監督の川島雄三（心臓発作による急死）、小説家の山川方夫《まさお》（交通事故死）、小説家の野呂邦暢《のろくにのぶ》（心臓発作による急死）がそうだった。

むろん、一度だけ来たけれど元気にしている人の数のほうが圧倒的に多い。しかし、私も女房も、そのことを大変に気に病んでいることに変りはない。私が主に家の近くに住む人と交際したがるのはそのせいかもしれない。また、私は、たとえば、新人作家に、めったには遊びにいらっしゃいとは言わない。そのかわり、一度訪ねてくると、なるべく近々のうちにもう一度来てくださいと言うようになるのである。

こんな迷信を、百パーセント信じているのではない。しかし、去年の十二月二十五日の深夜に、向田邦子が思いがけず私を送ってきたのは、私にとっては困ることだった。

私は、向田邦子に、

「近いうちにもう一度来てください」

と言った。野呂邦暢にも、こんど上京するときは必ず寄ってくださいと言ったのであるが、遠い諫早《いさはや》に住んでいる人に、あまり無理なことは頼めない。どのときも、気にするといけないので、理由は言わなかった。

「お願いだから、必ず来てくださいよ、近いうちに」

しまいには懇願する形になった。講談社での担当者である福沢晴夫にも、向田邦子を連れてきてくれよと頼んだことがある。

私のところでは、四月の第二日曜日に花見の会を開く。今年は四月十二日になった。午後の四時頃《ごろ》、玄関のほうで、

「あ、向田さんがいらっしゃった」

という声がしたときは本当に嬉《うれ》しかった。やや甲高い向田邦子の声も聞こえる。福沢晴夫と一緒だった。福沢が引っ張ってきたのだと思ったが、そうではなく一人で来たという。このときも、ニューヨークから帰ってきたばかりだということで、その元気と活力に驚いた。私なら四、五日は寝こんでしまうところである。

彼女の席を二階につくり、もう一度来てくれと言ったわけを話した。

「そういうわけなんだ。どうもありがとう」

「えっ？　本当？　もう大丈夫？」

向田邦子は、座布団《ざぶとん》から飛びあがるような感じで言った。私は、彼女なら、バカなこ

とを言うもんじゃありませんよと否定して、笑いとばしてくれると思いこんでいたのである。

彼女は、あきらかに、何かに怯《おび》えていた。そのことに驚かされた。だから、私は、自分を励ますような大きな声で、

「もう大丈夫だ。絶対に大丈夫だ。あなたは長生きするよ」

と言った。

「本当？　よかったわ」

彼女は安心したようで、土地の人の作った草ダンゴを食べ、例によって、おいしい、おいしいを連発するのである。

書画骨董《こっとう》の鑑定でも第一人者であるところの関保寿先生と骨董の話をする。書の研究家である井上猛博と中国の書家である金冬心について語りあう。息子の友人で、国文学研究家のアンドリュー・アーマーと『源氏物語』について論じあう。私は、ただただ、あきれてそれを見ていた。

夜の九時頃に、帰ると言って、階下へ降りていった。その向田邦子の声がまだ聞こえているので、そっちへ行ってみると、こんどは、大工、植木屋、畳屋などの職人衆と話しこんでいる。ああ、見事な女だなあ、とそのとき思った。

＊

私は、一度だけ、向田邦子の嬌声《きょうせい》を聞いた。

ある文壇関係のパーティーがあり、早目に抜けだして、銀座の『東興園』というラーメン屋に行った。後からそこを訪ねてくる人もあり、七、八人の一座になった。常盤新平《ときわしんぺい》が、ちかごろ洒落《しゃれ》たものを着るようになったという話がキッカケで、それぞれが自分の着ているものを自慢することになった。まことに他愛《たあい》がない。向田邦子はビールを飲んでいて、帳場にいる内儀に、

「ハイネッケン、プリーズ！」

と叫んだりしている。

「このスポーツシャツは、絹のように見えるけれど木綿なんだ」

私は、自分のシャツの胸のあたりを揉《も》むようにして言った。

「向田さんのは、どんな感じ？」

私は向田邦子の胸のほうに手を伸ばした。私の指が、かすかに彼女の胸に触れたか触れないかというときに、

「キャア」

と叫んで彼女は飛び退《すさ》った。小娘じゃあるまいしと思ったが、いま考えると、あれは嬌声ではなかったのかもしれない。

＊

直木賞授賞式のあった夜、私は、銀座裏の小料理屋で酒を飲んでいた。私の体の調子が悪くて、たちまちに泥酔《でいすい》してしまった。いつもよりピッチが早くなるのが自分でもわかっていて、仲居の持ってくる冷酒が待てない。もどかしい。

私は、小料理屋の小間で仲居を呼ぶための小さなベル（ブザー）のことを、その形状からオッパイと称している。

「向田さん、オッパイ、オッパイ」

「えっ？」

「そのへんにオッパイありませんか」

「オッパイって何？」

彼女は自分の胸を両手で抱くようにして言った。

「ああ、そうか。私は、つい、オッパイって言ってしまうんですけれどね。仲居さんを呼ぶベルのことですよ」

「ああ、びっくりした」

「ごめんなさい。それ、押してください」

＊

ある総合雑誌に、乳ガンに罹《かか》った中年女性の手記が掲載されたことがある。どういうわけか向田邦子は大変に立腹したそうである。

「もう、私、あの雑誌には書かないわ」

と、向田邦子ラシカラヌことを言った。私は、その手記を読んでいないので、どうして怒ったのか、わけがわからない。

＊

向田邦子は六年前に乳ガンの手術をした。そのへんで開き直った、性根がすわったと見る人が多い。

某放送局の社員で、彼女のガンは転移していたと言う人がいる。そういうことは私にはわからない。大手術だから、その後も月に一回ぐらいの通院を続けていたのではあるまいか。

私は、漠然《ばくぜん》と、彼女は自分の死期を知っていたのではないかという気もしているのである。いまになって思えば、ということであるが。

すくなくとも、彼女は、こんな健康状態でいられるのは、あと一年ぐらいだと思い定めていたのではあるまいか。傍《はた》から見て失意の時代と思われるときが実は作家としての幸福の時代であったということがある。この二年間、いや大手術以後の六年間の彼女の仕事ぶりはメザマシイの一語に尽きる。六十ワットの電球が、いきなり百ワットに変ったように輝きだした。彼女のTVドラマの題名を借りれば『阿修羅《あしゆら》のごとく』である。

追悼番組として『眠り人形』という四年前の一時間ドラマが再放映されたが、一点の非の打ちどころもない名作であって、すでにして古典的な風格をそなえていることに驚倒せざるをえなかった。

彼女の「遊びいそぎ」「食べいそぎ」と言われる無軌道な行動の芯《しん》なるものも、ここにあったのではあるまいか。

## 木槿の花（五）

いまから十年ぐらい前、私は、好んでTVドラマを見た。それは気休めになった。原稿料とか印税を貰《もら》うとき何か疚《やま》しい感じになるのであるが、TVドラマを見ていると、これでお金を貰っている人がいるのだから、俺《おれ》が貰ってもそんなに恥ずかしがることはねえやという気分にさせてくれたものである。

そのうちに、

「おや、これは違うぞ」

という作品にぶつかるようになった。最初は、女房に言われた。

「『六羽のかもめ』っていうのは、とっても面白いわよ」

倉本聰《くらもとそう》の『六羽のかもめ』は、昭和四十九年秋から五十年の秋にかけて放映されている。女房は、息子にそれを教えられたと言った。息子は、倉本聰っていうのは、パパが言うのと少し違う人だよと言ったそうである。

私は『六羽のかもめ』は半分ぐらいしか見ていない。『うちのホンカン』以後は、全部見たはずである。

倉本聰、向田邦子、山田太一の作品の印象は強烈であり、私にとって刺戟《しげき》的だった。特に山田太一の『さくらの唄《うた》』が好きだった。こんなものをテレビでやられたら小説を書くのが厭《いや》になると思った。

向田邦子の作品は、森光子が、どんなドラマでも一箇所だけは必ず光る場面があると言っているが、まったくその通りである。ただし、喜劇的な設定である『時間ですよ』でも『だいこんの花』でも、話が暗いのである。ゾッとするくらいに暗い。あるいは辛《から》いのである。妥協を許さない人だなと思い、この人に会ってみたいと思った。友人の沼田陽一が遊びにきたとき、一緒に『だいこんの花』を見て、私は、向田邦子というのは天才だと叫んだそうである。

私が名をあげた三人は、いまで言えば、きわめて常識的なことになるが、当時は、それほど知名度が高かったわけではない。また、私がすべてのTVドラマを見たというのでもない。

この三人に小説を書かせてみたいと思った。しかし、山田太一には、なぜか、短篇小説には向いていないという感じがあり、東京新聞に連載小説を書く予定になっているという噂《うわさ》も伝わってきた。それが『岸辺のアルバム』である。

私は、訪ねてくる雑誌編集者の誰かれなしに、倉本聰と向田邦子に小説を書かせてみないかという誘いをかけた。『オール讀物』編集部の豊田健次には、

「とにかく向田邦子さんに会ってみなさいよ。ちょっとしたもんだから」

と言ったのを記憶している。しかし、文芸出版社の編集者には、苦節十年、同人雑誌で頑張《がんば》っている小説家を大事にしたいという気持が強いようで、私の願いは、なかなか実現しなかった。新人探しに血眼《ちまなこ》になっているのに、テレビ界の既成花形作家に注目しないというふうがあった。TVドラマを放映している時間には会社で仕事をしているか、新宿あたりで酒を飲んでいるということもあり、また、脚本家のほうも活字媒体には気遅れがあるようでもあった。

＊

倉本聰に最初に会ったのは昭和五十二年のことで、遅くまで飲み、その夜のうちに講談社の大村彦次郎を呼びだして紹介している。

向田邦子に初めて会ったのは五十年の九月であり、沼田陽一の第一創作集の出版記念会の開かれた高田馬場の『大都会』という店だった。沼田陽一は、犬の小説を書く男で、向田邦子は、

「私は、猫《ねこ》が好きですけれど犬も好きです」

と言ったのを記憶している。パンタロンに上っ張りだったかロングドレスだったか忘れたが、緑色系統の洋服を着ていて、ライトを浴びると学芸会の女王様のようにも幼稚園の保母のようにも見えた。

＊

豊田健次は、最初から向田邦子には小説を書かせることだけを狙《ねら》っていたが、なかなか書かない。豊田は五十一年四月に『文學界』編集長に就任するが、当時は『別冊文藝春秋』という小説雑誌の編集長も兼任していた。

その『別冊』のほうの随筆欄を充実させたいということで相談にきた。私は文章の上手な人の名を何人かあげ、「随筆名人戦」というタイトルもその場で二人で決めた。そのとき向田邦子の名は出さなかったのであるが、雑誌が出来あがったら、ちゃんと向田邦子の名前があった。私は、豊田のなかに向田がそのように定着していることを知って喜んだ。その少し前に向田邦子が乳ガンの手術をしていることを豊田は知らなかったという。豊田が向田邦子に書かせた小説は「あ・うん」(長篇)、「幸福」、「下駄《げた》」、「胡桃《くるみ》の部屋」、「春が来た」の五篇である。あの遊び好きの女性が、短い間によくこれだけ書いたものだと思うが、書かせてしまった豊田にも驚嘆する。駄作《ださく》は一篇もない。

＊

去年の正月、私は糖尿病の検査のために、三田の済生会中央病院に入院していた。暮に出た『小説新潮』二月号を売店で買った。向田邦子が小説を書いている。それが『思い出トランプ』という短篇連作の第一回の「りんごの皮」だった。

読んでみて、まず、細かく鋭い観察眼に驚いた。たとえば、大人になりかけた弟の体臭について「インク消しのような匂《にお》いもまじっていた」と書いているが、私は唸《うな》った。ナミの女じゃないと思った。

「絶好調、向田邦子か中畑か」

とハガキに書いたが、結局、そのハガキは投函《とうかん》しないで破って捨ててしまった。中畑というのは巨人軍の中畑清であって、紅白試合やオープン戦でよく打っていた。

見舞いにきた豊田健次が、

「向田さん、どうですか？」

と言うので、ハガキの話をした。

「中畑は自分で言いふらしてるだけで、向田さんのは本当の絶好調です」

と、豊田が言った。

私は、この連作短篇が完結すれば直木賞の大本命になるなと思った。

向田邦子は、豊田には、あれは随筆だと思って書いたのに、小説欄に組まれてしまったと語ったという。そうだとすれば『小説新潮』編集部の大手柄《おおてがら》であるが、向田邦子の照れ臭さがそう言わせたのだと解釈する。

『小説新潮』編集長の川野黎子にも、何度も向田邦子に小説を書かせなさいと言っていた。川野と向田は大学の同級生である。

「ええ、私だって何度も言っているんですよ」

と川野は答えていた。そうして、現実に小説の連載が始ったのであれば、もう私の出る幕はないと思った。

＊

なんだか向田邦子という才能を発掘した手柄話のようになってしまったが、決してそうではなく、功績があったのは、実際に『銀座百点』というPR誌に『父の詫《わ》び状』を書かせた故・車谷弘である。あの一作で、向田邦子は、すでに多くの愛読者を獲得していた。玄人筋《くろうと》の評判もよかった。

「直木賞をとらなければ……（死ななくてすんだ）」

という声がある。テレビのほうの人が、その才能を惜しんで言うのである。詮衡《せんこう》委員会で強力に推した一人である私は胸が痛む。

私の場合は、それだけではない。あんなに各社の編集者に、小説を書かせろ、書かせろと言わなければという思いが残ってしまう。沼田陽一に、彼女は天才だと叫んだ言葉は、その翌日、「猫好き犬好き」という婦人雑誌での対談があって、そのまま彼女に伝わっていたという。

それが縁というものだろうけれど、いまになっても、深夜になると、私の胸はキリキリと痛むのである。

## 木槿の花（六）

向田邦子のように、会うたびにどんどん綺麗《きれい》になる女性というのも、めったにいるものではない。これは私だけが感じたことではない。多くの人から同様の感想を聞いた。その意味でも、彼女は「奇跡の人」である。

去年の五月に私が初めての海外旅行に出かけるとき、向田邦子が箱崎まで見送りにきたことを前に書いた。なにしろ勝手がわからないので、私は、ずっと食堂で関係書類を読み続けていた。顔をあげると向田邦子がいた。あんまり美しいので驚いた。

「あなたは、どんどん綺麗になる人ですね」

と言った。五十年の九月に初めて会ったときは、鼻の大きい人だなぐらいにしか思っていなかった。

「お相撲さんにもいますよね。齢《とし》を取るに従って、だんだんに強くなる人が……。高見山がそうでしょう。昔の出羽錦《でわにしき》なんかもそうだった」

「あら、私、高見山と比較されるのは厭《いや》だわ」

その箱崎には、指定された時刻の三時間前に着いてしまっていたが、いよいよ出発の時が来た。

バスに乗りこむための通路を歩いていると、柵《さく》をへだてて見送りにきた人たちの姿が見えた。私は扇子をひらいて振った。向田邦子は、人を小馬鹿《こばか》にするような、同時に、心配で心配でたまらないというような顔で笑った。案外に艶《なま》めかしいところもあるなと思った。

向田邦子の追悼文で、飛行機を怖がっていたと書いている人が何人かいたが、私は断じてそうは思わない。彼女は、大胆で思いきりがよく、飛行機なんか平気の平左衛門だった。彼女は何かに怯《おび》えている様子があったが、それは飛行機とは別のことだった。

＊

これは、いつのときだったか忘れた。話の内容からして、彼女と二人きりでいたときのことである。

「あなたは文壇の原節子ですね」

と、私が言った。

「…………？」

いくらか、ヒッカケてやろうとする気味があったのかもしれない。誘導訊問である。そのとき、向田邦子は、思いつめたような顔になった。そうして、思いきって言ってしまおうというようにして、

「永遠の処女……」

「あら、私、(男が) いるのよ」

と、現在形で言った。それから、急に早口になって、

「『父の詫び状』のなかに出てくるでしょう。あの男よ」

彼女は『父の詫び状』のなかの、ある章の名を言った。その夜、帰宅してから、その章を読みかえしてみた。なるほど、彼女は、実に巧妙に告白しているのである。

向田邦子は、そのとき会っている人に、もっとも信頼されていると思いこませてしまう名人だったと言う人がいる。彼女が男だったら大変なプレイボーイになっているはずだと言う人もいる。彼女に会えば誰でも良い気持にさせられてしまう。それが彼女のサービス精神なのだろうけれど、その点でも彼女は天才だった。

だから、私に言ったのは、その類のことだったのかもしれない。あるいは、名人の手から水が洩《も》れたのかもしれない。

「私、仕事を断るのがとてもうまいのよ」

と言っていたのを思いだす。相手を傷つけないで、良い気持にさせて、原稿だけは断

るのが上手だという意味だろう。

＊

「直木賞受賞を祝う会」で、最初に森繁久彌《もりしげひさや》が祝辞を述べたのであるが、長い交際ということと彼女が独身女性であるということで、彼女の男性関係について、かなり露骨なことを言った。ショックを受けた客がいるかもしれない。

その次が私の出番だったのだけれど、直接に告白されている以上、嘘《うそ》を言うわけにはいかない。

「向田邦子は新品同様であります」

と言ってしまった。

一週間後に、彼女からお礼の意味で、松茸一籠《まつたけひとかご》と地酒三本が届けられた。手紙がそえられていた。

「ご迷惑のかけ通し、という気がしております。会場で、文春の豊田（健次）さんから「山口さんのスピーチは時間がかかってますよ」とおどかされました。新潮社の人たちからも「あれは大変なことです」と言われました。ほかに文壇関係の方を存じ上げない、ということもありますが、一番ご迷惑をかけたくないと思っている方に、どんどん迷惑をかけてしまうというのは、なんたることかと辛《つら》い気持になります。（中略）お礼があとさきになりましたが、スピーチのおかげで、私めは近頃《ちかごろ》「新品同様」

と呼ばれております。」

この「私めは近頃「新品同様」と呼ばれています」というのを、どう解釈したらいいのだろうか。いまでも解決していない。

＊

たしかに、向田邦子は、どんどん綺麗になっていった。

葬儀のとき、控室で、風間完が、

「相撲でもいるんだよねえ。強くなると、どんどん顔が良くなっていくんだ。なぜだろうねえ」

と、私と似たようなことを言った。

「それは、向田さんの場合は、内面的なものじゃないでしょうか。それと自信ですね」

小説家という一種の水商売の水に馴《な》れたせいであるかもしれない。それと、だんだんに気持が澄んできたということをつけくわえたい。吉野秀雄先生が、晩年になって、

「何がどうならうがかまはないといふ半分は悟つたみたいな、半分はヤケクソみたいなそれでゐて実に屈託のない心境になつてきました。これがも少し澄んでくるとこの世の終りですから、なるべくジタバタしたみたいな恰好《かっこう》をこしらへたりしてをりますよ。」

という手紙をくださったのを思いだす。これは向田邦子の晩年の心境をも言い当てて

いるような気がしてならない。

私が最後に会ったのは今年の七月十六日であるが、そのときの彼女は妖艶《ようえん》でさえあった。妖艶なんていう言葉を使ったら、天上の彼女は吹きだすだろうけれど……。その日は矢口純との対談が行われたのだけれど、後に、矢口は、雑誌掲載のための写真が出来あがったら、向田邦子があまりに美しいのでびっくりしたと語ることになった。そのことを彼女に電話で言うと、その写真ちょうだい、ちょうだいと叫んだという。彼女は、その写真を見ていない。

向田邦子に会ったことのない読者でも、彼女の写真がどんどん美しくなっているのに気づいているはずである。不思議だとしか言いようがない。

主にテレビのほうの人たちなのであるが、向田邦子処女説を主張する人がいる。

「俺《おれ》は絶対に処女だと信じているよ」

十七、八年の交際のある人がムキになって言う。たとえば、放送作家の安倍徹郎もその一人だ。

これに反して、雑誌の編集者たちは、

「そんなことありませんよ。かなりキワドイ話をしますからね」

とか、

「男を知らないで、（男女のことを）あんなにうまく書けるはずがありませんよ」

と、こっちのほうも真顔で言う。この点でも彼女は神秘的な存在である。そうして、私は、彼女に直接に現在形で告白されているのにもかかわらず、処女説を支持したい気持になっている。

## 木槿の花（七）

あるとき、向田邦子と二人でタクシーに乗っていると、私の目の下に彼女の太股《ふともも》がきていた。タクシーの後部座席はシャフトによって仕切られているが、彼女はそのシャフトの上に足をのせていたのである。こういう女性に会ったのは初めてのことである。男でも、こんなことをする人はいない。彼女は私に気があったのではない。気があれば上体を寄せてくるはずだ（と思う）。

そのうちに、彼女は、シャフトによって仕切られたこちら側に自分の足をいれてしまった。おいおい、こっちは俺《おれ》の領分だぜ、と言いたいところだった。こんなことをするのは、私の経験では、中学生時代の、悪巫山戯《わるふざけ》の好きな、ごく親しい友人だけである。無邪気なのか天真爛漫《らんまん》なのか。私が向田邦子処女説を支持するのは、こういうことがあったからである。

＊

向田邦子について残念に思うことのひとつは、彼女の批評家としての才能が世に知られていないことである。まことに辛辣《しんらつ》な批評家だった。

まだ知りあって間のない頃《ころ》。新橋の小さな酒場で飲んでいるときに、小説の話になった。彼女は、

「私、阿部昭と竹西寛子と野呂邦暢の小説は必ず読むの」

と言った。私にはまだ放送作家という頭があり、多忙な放送作家は文芸雑誌なんかを読む暇がないだろうと思っていたので驚いた。

「私、竹西寛子の大ファンよ」

驚いている私に重ねて言った。彼女の言葉がツケヤキバでもアリキタリのものでもないことは、野呂邦暢の死後も続いた彼に対する打ちこみようの激しさでわかると思う。彼女は、野呂邦暢の『諫早菖蒲日記《いさはやしょうぶ》』を脚色してTVドラマ化したいという希望を持っていた。私には、原作が立派すぎて困ると言っていたが、野呂の『落城記』のプロデューサーを買ってでたのは、それによって実績をつくっておきたいという考えがあったためであったようだ。

向田邦子は山本周五郎を認めなかった。そのことについて話しあったことはないけれど、山本周五郎におけるある種の甘さとか妥協を嫌《きら》ったのではないかという気がしてい

る。

チャップリンとか山田洋次という映画作家も認めようとしなかった。その痛烈な批評について、それはあまりに酷だと思ったことが一再ではなかった。

＊

三年前に私が水彩画の個展を開いたとき、彼女も見にきてくれた。

彼女が評価したのは、将棋の森雞二《けいじ》八段の似顔であって、これを売ってくださいと言った。それは森八段に進呈するつもりにしていたので、売るわけにはいかない。

例の仙台での名人戦第一局、森八段が頭をツルツルに剃《そ》ってあらわれて、剃髪《ていはつ》事件と呼ばれたとき盤側にいた私がこれを写しとったもので、彼女は、こういう気魄《きはく》とか鋭さとかを評価したのである。彼女は森雞二と面識があるのではなく剃髪事件も知らなかった。単に森は坊主頭《ぼうずあたま》の棋士だと思っていたようだ。このときも私は、これは普通の女ではないなと思った。私の風景画や裸婦には見向きもしなかった。

彼女は、私の書いたものでは『世相講談』しか認めないと言っていた。会うたびに実にハッキリとそのことを言うので、小気味がいいくらいだった。

＊

ある文壇のパーティーで向田邦子と並んで坐《すわ》って話をしていると、新潮社の『波』の編集長の吉武力生が近づいてきたので、この人に見開き二頁《ページ》の文芸時評を書かせないかと言った。

「批評家になると小説が書けなくなるから厭《いや》だわ」

「文芸時評と言ったたって、普通のアレではなくて、何か一冊読んで、それについて書いてみませんか」

「そういうヨリドコロのある随筆ならいいわね。やりましょう、やりましょう」

この企画は実現しなかった。まことに余計なことであり、私自身、二年か三年先きのことでいいと思っていたのであるが、彼女の批評眼が世に知られることなくして終ったのが心残りになっている。

もうひとつ。向田邦子に新聞小説を書かせたいと思っていた。サンケイ新聞から依頼がきていると言っていたが、それを読むことができなくなったのは実に残念である。

＊

今年になってからのことであるが、向田邦子に一緒に競馬へ行きませんかと言ったことがある。例によって、彼女は、即座に、

「行きましょう、行きましょう」

と言った。彼女は、妹の和子の店にままやという名をつけた。由来を訊《き》くと、私、ゾロ目が好きなのよ、と言った。ままはゾロ目だと言う。そういうことがあったので、ギャンブルに無関心であるはずがないと思い、競馬に誘ったのである。ちなみに彼女の死

んだ日は八月二十二日である。

「あなたにどのくらいのツキがあるのか、見てみたいんだよ」

「あら、私、駄目《だめ》よ。あれでオシマイよ」

このときは『思い出トランプ』が売れに売れている最中だったので奇異な感じがした。

また、あるとき、こんなことを言った。

「文庫本が十冊になるまで頑張《がんば》りなさいよ。そうすれば……」

「どうなるの？」

「少し眺《なが》めが変ってくるよ」

TV関係の花形作家が活字媒体の仕事をすると、必ず、原稿料について苦情を言う。向田邦子も例外ではなかった。単行本を二万部売るということがどんなに大変なことかわかっていない。なにしろ、テレビでは一千万人単位の仕事をしているのだから――。

私は向田邦子が金のために焦《あせ》っていると考えたことは一度もなかったが、印税収入による余裕ができれば、仕事ぶり暮しぶりが少しは変ってくるはずだと思っていたのである。

「あら、文庫って言ったって、私、『思い出トランプ』だけでしょう。十冊なんて、そんな……」

とんでもないという顔をした。どうやら、彼女は、自分の五年先き、十年先きなどは考えていなくて、今日のイマを生きることだけしか考えていないようだった。

また、こんなことも言った。

「私、田中角栄より先きに死にたくないわ」

そのときも私は良い感じがしなかった。どんなに、その人個人を憎んでいても、人の生死のことを言ってはいけない、と私は思っている。

若い編集者たちと酒を飲んでいるとき、私が、

「いま、私が考えているのは、老後を安楽に暮したいということだけだな」

と言った。

「私もそうなの。余生を安楽に暮したいわ。ゆっくりと、なんにもしないで」

向田邦子も同じことを言った。

「えっ？　向田さんも、これは驚いた」

若い編集者は、とても信じられないという顔をした。

「本当よ。もう、こんな生活、厭なの」

野呂邦暢が急死したとき、向田邦子は、

「四十二歳なんかで死んじゃ駄目よ。絶対に駄目よ」

と、叩《たた》きつけるような調子で言った。彼女は何物かに怒りをぶちまけるような顔つきで、体を震わせてそれを言った。そんなことを言ったって仕方がないのに――。

向田邦子の遭難死を知ったとき、何か辻褄《つじつま》が合っているような、まるで計算ずくででもあるような気がしたのは、そんなことがあったからである。晩年の彼女には、自分の運命が見えていたというような気がしてならないのである。向田邦子は『向田邦子の生涯《しょうがい》』という脚本に自分の遭難死まで書き込んでしまったと思っている。

## 木槿の花（八）

向田邦子は、極めて短い期間に、頂上まで天辺《てっぺん》まで登りつめてしまった。濃《こく》のある短篇小説を発表し続けた。相当な手足《てだ》れでも、いまの中間小説雑誌に読切短篇の連載を書ける作家は稀《まれ》だろう。それが良い作品であるばかりではなく、大いに売れたのである。『思い出トランプ』は四十万部に迫ったと聞いているが、短篇小説集の発行部数としては空前絶後ではあるまいか。

随筆集の評判も良かった。山本夏彦が『諸君！』連載の一回分を費して絶讃《ぜっさん》したのは記憶に新しい。彼の「突然あらわれてほとんど名人」という批評そのものが有名になった。現代の清少納言だと言ったのは、渡部昇一だったか小田島雄志《ゆうし》だったか。あの鬼の谷沢永一でさえ彼女を評価した。斎藤信也も褒《ほ》めた。女流作家を育てることで実績のあった矢口純は、彼女は樋口一葉だと言っていた。沢木耕太郎（『父の詫び状』の文庫の解説はとてもいい）まで含めて、悪口屋、もしくはヘソマガリとして知られている点の辛い人たちばかりである。

短期間に名作を発表する作家は稀《まれ》ではない。しかし彼女は、同じ時期にTVドラマにおいても視聴者を唸《うな》らせた。多くの中年男がNHKの『あ・うん』を見て泣いたのである。

第一創作集の『思い出トランプ』の装幀《そうてい》は風間完だった。それがまた実に良い出来だった。

「この題字は新聞活字で平体の一番が掛っているのよ」

そんな専門用語を使って誇らしげに言ったが、そのときの嬉《うれ》しそうな顔を忘れることができない。『あ・うん』のほうは中川一政先生であるが、およそ新人作家としては考えられないような超豪華版と言わねばなるまい。行きつくところまで行ってしまっている感じで、これはちょっと後生が悪いぜ、と言いたいくらいだった。

作品だけのことではない。テレビの番組に出演しても、どれもが面白くて、よくあんなに淀《よど》みなく話ができるものだなあと感心した。何か憑《つ》き物がついているのではないかと感じたこともあった。授賞式のスピーチも完璧《かんぺき》であって、直木賞受賞者の挨拶《あいさつ》では最高と言う人もいる。ついには、ベストドレッサー賞まで受賞した。

仕事以外でも、誰に対しても実に細かく気を配っていたが、その話は、いつか書こう。

＊

二時間か三時間しか寝ない。昼間、仕事机に向っているとウツラウツラとしてしまう。そのうちに本格的に眠ってしまう、と言っていた。この、本格的に眠るというのを、私は、布団《ふとん》を敷いて寝ることだと思っていたが、そうではなくて、机の上に顔を伏せてグッスリと寝こんでしまうようだった。こういうことは私には気にいらなかった。

外国のホテルに泊って、バスを使い、眠ってしまって、気がついたら水風呂《みずぶろ》になっていたという話を読んだことがあるが、これも私は気にいらない。

私には美的でないものは悪だという牢固《ろうこ》とした考えがあって、ほかならぬ向田邦子が、こういう生活をしているのは腹立たしく悲しいことだった。

新聞を十四紙購読していた。長い旅行から帰ってきたら、部屋が新聞と郵便物で一杯になってしまうだろう。私には、留守番電話でさえ気にいらない。彼女自身はそうではなかったけれど、これでは、小説家のひとつのタイプである破滅型を実践しているようなものだった。

＊

八月二十二日の午後、テレビで、K・むこうだというテロップを最初に見たとき、瞬間的に、もう駄目《だめ》だと思った。火焔山上空とか苗栗郡《びょうりつ》なんてのもいけない。苗ハ猫ナリ、猫ハ向田邦子ナリという思いに覆《おお》われてしまう。不思議に悲しい気持はすぐには湧《わ》いてこなくて、ただオロオロするばかりだった。

翌日の夜、すでに酔ってしまっている矢口純が葡萄酒《ぶどうしゅ》を持って訪ねてきた。そのとき、壺《つぼ》に活《い》けた木槿の花はまだ咲き残っていて、その花が一日で散ること、ちょうど遠東航空機が墜落した時刻に花を切ったことを話すと、矢口純は卓に突っ伏して泣いた。

それから一時間ばかり経《た》った。ずっと飲み続けていた矢口純が言った。

「おい、何か書け。紙と筆を持ってこい。いいから持ってこい」

私は仕事部屋から、色紙と筆と硯《すずり》を持ってきた。

「そこへ、矢口純、と書け」

「ハイ」

「その隣に、山口瞳、と書け」

「ハイ。書きました」

「我等両名は、と書け」

「我等両名は……」

「向田邦子の大ファンだった」

「矢口純、山口瞳、我等両名は向田邦子の大ファンだった。ハイ、書きました」

「書いたら、署名してハンコを押せ」

「うるせえなあ。ハイハイ、押したよ」

矢口純は、その色紙を自分の顔の近くへ持っていって、舐《な》めるようにして見た。突然、彼は、声をあげて泣きだした。

私は、向田邦子の件に関して、このように泣くことはなかった。むこうのほうが、人間として純粋で上等なんじゃないかと思った。

倉本聰から電話が掛ってきた。

「クラモトです」

「こんばんは」

「……(む)……」

向田邦子を躁《そう》とすれば、倉本は鬱《うつ》だ。

「いま、新聞の追悼文を書いちゃってねえ。厭《いや》だ、厭だ」

「飲んでるの」

「そうです」

それだけで終った。

＊

あるとき、銀座の並木通りを歩いていると、むこうからチカチカと私の目に飛びこんでくるものがあった。近づいてみると、それは弥生《やよい》画廊のウインドウであって、中川一政先生の書が掲げられていた。それが「僧叩月下門」であったかどうか、確かな記憶はない。私は圧倒された。

「それ、私、持ってるわ。だけど、弥生画廊じゃなくて吉井画廊よ」

と、向田邦子が言った。彼女には何度も驚かされたが、これもそのひとつである。金と度胸があればと思って、中川先生の書の前で五分ぐらい立ち竦《すく》んでいたという話をしたのである。

「弥生画廊でも個展をなさったことがあったんです」

「あら、そうだったかしら。私も、圧倒されたわぁ……。それで聞いてみたら、もう売れているんですって。社長の吉井さんが買ったんですって。ですからね、吉井さんに名刺を渡して、もしお気が変ったら電話をしてくださいって言ったのよ」

「商売人みたいなことをするんだなあ」

「だって、そうしなきゃ手に入らないんですもの」

「だけど、私はね、あんな圧倒的というか働きかけの強いものを居間に掛ける気はしないなあ」

口惜《くや》しまぎれにそう言った。通夜《つや》の席で見たのは「僧叩月下門」ではなくて「僧敲月下門」になっていた。

＊

夢を見た。

夥《おびただ》しい月の光だった。白いワンピースを着た少女が、山門に通ずる不揃《ふぞろ》いな狭い石段を登ってゆく。その少女は岸本加世子だった。

少女が扉《とびら》を力一杯叩《たた》いた。

「偉い方たちにお伺いします。山口さんは、あんなことを言いますが、私の生き方は間違っていたでしょうか」

声は、凛《りん》とした、やや甲高い向田邦子の声だった。答は返ってこなかった。

白いワンピースを着た少女は、見えない糸で引っぱられるようにして垂直に天に上っていった。少女は木槿の花になった。

木槿の花が、うなだれて蜂《はち》の巣の形になった。どんどん上っていって、まるめた純白の脱脂綿の形になり、月の光のなかに消えた。

# 5

# わが生活美学——人間関係の極意

# 活字中毒者の一日

朝、といっても、私の朝は午前十時ごろになるのであるが、寝床から出てきて、玄関とも応接室ともつかぬ一室へ降りてゆく。その部屋のテーブルの上に新聞が置いてある。私は、顔も洗わず、寝間着のままで、その新聞を読みはじめることになる。すなわち、目がさめて、いきなり活字に接することになる。そこへ野菜ジュースが運ばれてくる。ついで、熱いお茶がくる。私は新聞を読み続けている。十一時ごろ、朝食のために食事室へ行く。朝食は、コーヒー、パンまたはホットケーキ、生野菜、タマゴというあたりであるが、そこでも新聞を読んでいる。便所でも読む。

飲みのこしのコーヒーを持って、玄関兼応接室へ戻ってくる。なおも、新聞を読む。人が来ても、寝間着のままで応対する。

新聞を読み終るのが十二時ごろになる。十二時になると、NHKのニュースを見る。新聞は、朝日、毎日、読売、東京、報知、スポニチの六紙である。それにしても、こんなに時間がかかるのは、将棋欄があるからである。六紙とも、将棋欄がある。むかし、将棋は夕刊に掲載されていた。それが、日曜夕刊が廃止になったときに、続きものとしての意味をなさないということで、朝刊に移行された。永井龍男さんは、それを、大愚挙のひとつに数えておられる。将棋欄は、晩酌をやりながら読むものだと言われるのであるが、私も、まったく同感である。これは大いなる迷惑である。

さて、新聞を読み終り、テレビのニュースも見た。さあ、仕事だということになるはずであるが、そうはならない。

十時半か十一時ごろ、郵便物がくる。このうち、手紙は、新聞を読むのを中止して、ただちに読む。返事の必要なものは、書斎の上の未決の箱にいれる。郵便物の主なるものは、週刊誌、雑誌、新刊の書籍である。

私のところへ送られてくる週刊誌は、およそ、十五、六種類になろうか。雑誌は、三十種類を越すだろう。そのほかに、PR雑誌がある。こういう小冊子で、面白いものが、たくさん出ている。また、将棋の雑誌だけで、五種類ある。これは、例によって、時間を喰う。送られてくる新刊の書籍は、一カ月に三十冊から四十冊という見当だろうか。

これで、困ったことになる。私は、玄関兼応接室のソファーに横になって、週刊誌を読みはじめる。困ったことになると書いたが、私は、一方で、舌なめずりしているのである。これは活字の中毒、もしくは、一種の病気ではあるまいか。週刊誌病といったような……。その証拠に、稀に、週刊誌も雑誌も送られてこないという日があると、淋しくっていけない。また、週刊誌の編集部は、各誌それぞれ、実によく健闘しているのである。その健闘ぶりに敬意を表するために、ちょっとは目を通さないといけない。ちょっとと思っているうちに、面白いので、ひきずりこまれてしまう。

内田百閒先生は新聞を読まなかった。読まないで、部屋に積んでおく。先生は六畳三間の家に住んでいたが、そのうちの一間が、新聞でいっぱいになってしまった。新聞に占領され、追いだされる形になった。ある人が、新聞なんか捨ててしまいなさいと言った。すると、百閒先生は、いつかは読むつもりだから処分しないと答えたという。その気持は、私にもよくわかる。これは、編集局の健闘ぶり、もしくは、およそ、物をつくる人たち、あるいは、活字一般に敬意を表するということではあるまいか。

ソファーによりかかり、寝そべり、ときどき、向きをかえながら、週刊誌や雑誌を読む。これだけならいい。テーブルのうえにリモート・コントロールの機械が置いてあって、ボタンひとつで、各局のテレビ番組が見られる仕組になっている。野球、相撲は、よほどのことがないかぎり、見てしまう。その他のスポーツ番組も見る。将棋も見る。美術関係のものも見る。音楽番組も、いいものは見る。時には、主婦むけの番組も見る。これは、週刊誌・雑誌の類を読みながら見るということになる。年齢や病気（糖尿病）のことを別にして、私の目は急速におとろえた。（東京12チャンネルの将棋番組は午前一時半からの放映である）

そうやって、午後四時になると、郵便受けがコツンと鳴るのである。ああ厭だなあと思う。やれやれと思う。なんとも言えず鬱陶しくなる。コツンと鳴ったのは、夕刊が配達された音である。

夕刊を読み、夕食を食べ、昼間と同じ状態が、ずうっと続く。小便に行くときでさえ、何かを持ってゆく。私の就寝は、午前二時から三時の間ということになるが、眠りにいたる寸前まで何かを読んでいる。

これだけではない。私の家では、朝から夜中まで、七組十人とか、五組八人という客が来るのが少しも珍しくはないのである。近くに住む人は、前ぶれなしにふらっとあらわれる。東京駅から電車とタクシーで一時間半というところに住んでいるのだから、遠くから来た人にすぐに帰ってもらうというわけにはいかない。たいていは酒になり、時には、それがお祭り騒ぎになってしまう。

これでも、私は麻雀をやめ、競馬をやめ、将棋の実戦からは遠ざかり、すこしはよくなってきたと思っているのである。（それで時間を節約できるだけでなく、その方面からの取材を逃れることができる）

＊

私は、朝起きてから、夜の眠りにいたるまで、何かを読んでいないときはない。私の目が活字から離れることがない。ただし、来客中は別である。また、客が多いから、読むべきものが読めずに溜ってしまうということにもなる。

朝から深夜まで、私の目は活字から離れない。しからば、私は読書家であろうか。否である。断じて読書家ではない。

むろん、読書とは、こういうものではない。読書とは、一般に固いものを読む、古典を読む、研究書を読む、専門書を読む、あるいは、小説でも、一人の作家をまとめて読むということになろうか。私における活字は、ここからは、ほど遠い。勉強からも仕事からも遠くなる。

有吉佐和子さんは、一日に八時間読書すると言われたことがある。残りの八時間ずつが仕事と睡眠である。それを続けてこられた。いまは、この読書の八時間のなかに体操と水泳が入ってきているようだ。

井上ひさしさんは、読書家として有名であり、古本屋に支払う金額が一ヵ月に二百万円になるという話を聞いた。五木寛之さんは、読むのが早くて、一日に四冊か五冊の本を読むという。五木さんは風呂のなかでも読むというが、私にはそれは出来ない。野坂昭如さんは、雑誌の読書欄を受けもっていて（新刊指折紙といったかな）、その読書の範囲が多岐にわたっていることは驚くほかはない。

恥ずかしいとか、かえりみて忸怩《じくじ》たる思いがあるというあたりを通り越して、私は、絶望的になり、なんという情ない男であるか、なんというムダな生き方をしていることかという思いに責めさいなまれる。私だって、決して読書は嫌いではないのである。

どうしてこうなったのかということを考える。それは、私について都合のいいことだけで言うと、つまり、ナマケモノであるとか、遊び好き酒好きという軟弱な部分を除外すると、こうなってくる。

*

第一に、新聞、週刊誌、雑誌の類の数が多過ぎるのである。新聞は二紙あればいい。できれば東京中心の地方紙がもう一紙。総合雑誌が一誌。文藝雑誌が二誌。中間雑誌が二誌。週刊誌は、新聞社系と出版社系と一誌ずつ。こうなったら、世の中が、ずいぶんスッキリするだろうと思うし、私の勉強する時間が出来てくる。媒体が減ることは自分の首をしめるようなものだと思われるかもしれないが、決してそんなことはない。いまの時代を文運隆盛だと思う人はいないと思う。ただただ媒体が多いだけである。早い話が、日本のテレビ局の数と、イギリスやフランスのそれとを較べてみるといい。こっちは数が多いだけのことである。

そういうことだから、私は、やむをえず、仕事のためにホテルにこもることがある。ホテルにいれば、郵便物は来ないし、電話もかからないし、客も来ない。昼間の仕事を終え、ロビーへ降りていって、売店で夕刊を一紙だけ買う。そのときの一紙だけの夕刊の活字は、まことに新鮮で、書かれたものが頭にしみこんでゆくように思われる。俺も捨てたもんじゃないと思うことがある。本来はこうあるべきだと思い、家での生活を思うと、実際、腹が立つ。この状態なら、古典が読めるはずである。

第二に、これは小説だけにかぎって言うのであるけれど、面白い小説が少なくなってきたのがいけない。

昭和三十年代には、たとえば、小島信夫、吉行淳之介、安岡章太郎といった人たちが、次々に雑誌に面白い小説を書き、それが書物になり、私は欠かさずに読んだものである。それらの小説は、面白かったし、充分に刺戟的であったし、まず第一に、読みやすかった。開高健も大江健三郎も面白かった。

昭和二十年代では、私の母でも、文藝雑誌を読んでいた。それは、谷崎潤一郎、川端康成、舟橋聖一といったような人たちが小説を発表していたからである。そういう小説は、面白いし、一種の香りがあったし、母にも読める小説であったし、なによりも大人の小説であった。

私の愛読書が文藝雑誌だと言ったら、これもおかしな話になるかもしれないが、少くとも、この世界に生きるものとして、こういう赤字雑誌、もしくは修業の場を大事にしたいという考えは失っていない。

私は、阿部昭、野呂邦暢、丸山健二、三浦哲郎といった人たちの小説は、まず間違いなく読むことになる。(ただし、偏向があって、時代モノは読まない)

それで、しかし、そのこととはあまり関係がないのであるが、私から週刊誌やテレビを奪ってしまうような小説がきわめて少いということも事実だろう。特に新人の小説において、めざましいものがない。つまり、文運隆盛ではない。これは、自分の不勉強をタナにあげて……といううえでのことになるのだけれど、こちらの血がカッと燃えるような小説にお目にかかれない。

＊

読書というのは、一般に、古典を読むことだと言っていいだろう。すなわち、温故知新である。

十返肇さんが、亡くなる二年前ごろ、一ト月に一冊は古典文学を読むことにしていると語ったことがある。そういう思いも、よく理解できた。

文藝時評家として、月に何十篇もの小説を読む、ないしは読まされるとき、そういう思いが、かえって強くなっていったのだと思う。

私は自分に文体がないとは思っていない。私が、しらずしらずのうちに影響をうけたのは、森鷗外、内田百閒、山本周五郎、中野重治、高橋義孝の諸先生であると思う。それは、鷗外の文章と私の文章とが似ているというようなことではない。（マサカ！）それから、案外に、坂口安吾の影響があるのではないかと考えることもある。また、私は、東京の生まれであるにもかかわらず、夏目漱石とはほとんど無関係だと思っている。

これらの先生の影響は受けたが、私は愛読者であったのではない。一人一人につき、その作品の半分も読んでいない。強いて言えば、ファンである。夏目漱石にいたっては、ほんの数えるほどしか読んでいない。私は、少年時代、不思議に、漱石の文体を受けつけないというところがあった。ファンではなかった。

七、八年前から、十返さんとちょっと似たようなことになるが、森鷗外、夏目漱石、永井荷風、それに幸田露伴の全作品を読んでみたいという気が起こってきている。これは、古典というより現代小説という感じのほうが濃厚なのであるけれど。

しかし、私の日常は、初めに書いたような状態であるので、とうてい、読むことが出来ない。仕事のほうも、けっこう、忙しいのである。

そこで私は一計を案じた。読むことを仕事にしてしまうという考えである。それは、こういうことである。

たとえば、荷風の作品に、病気見舞に行く場面があったとする。どういう挨拶をして、何を持っていったかということを抜き書きする。（書物に傍線を引くだけでいい）結婚式、葬式、あるいは来客の際の心得、あるいは衣服のことについて、さらに男女関係一般、そういったことを、すべて抜き書きする。

各作家の全作品についてそれを行い、項目別に分類する。そうすると、礼儀作法もしくはエチケットについての一冊の書物が出来あがることになる。これは日常の規範についての参考になるばかりでなく、明治・大正の風俗史としての価値が生ずるのではあるまいか。かりに、不備なものになって、書物になりえなかったとしても、私自身にかぎって言うならば、全作品を読破したことになり、いろいろな意味において、大きな勉強をしたことになる。

森鷗外は、その『礼儀小言』という小文において、葬式については「手《て》ん手《で》に気の済むやうにするが好い」と書いている。私は、これを読んだときに、ずいぶん気が楽になったことを記憶している。礼儀作法の根底はこれだと思ったものである。

私は、妙案だと思い、一流出版社の有能な編集者の何人かに、この計画を話した。多分、その数は十人に近かったと思う。しかし、誰一人として、この案に乗ってくる人はいなかった。ＯＫが得られなかった。私は、残念で仕方がない。かくするうちに月日はどんどん流れていって、私は、読書に関しては焦燥感にかられるばかりである。

従って、私は、最初に書いたように、朝起きてから夜寝るまで、片時も活字から目が離れないという生活を続けているのに、まったく読書しないということになってしまっているのである。

どうしたらいいかと考えこんでしまう。

# 浅草ビューホテルからの眺め

千変万化であるという。そう言ったのは劇作家であるが、その一言が引金《ひきがね》になった。浅草のロック座というストリップ劇場に雅麗華《みやびれいか》という人気一番の踊り子がいて、その、なんだ、ナニが千変万化するという話を聞いた。

これだけでは何がなんだかわからないだろうが、僕にもわからない。

「全裸ですか?」

「もちろん、全裸です。激しく踊ります。とても上手です。むしろ、ヌードという衣裳《いしょう》を纏《まと》ったジャズ・ダンスと言ったほうがいいかもしれない。彼女の母親も踊り子でした。母親の厳しい指導のもとに、母娘《おやこ》ともども真剣です」

何事も一所懸命が好きという僕は、まず、そこで大いに心が動いた。

「ロック座というのは音響効果がいい。照明も最高です。単なるストリップ劇場という域を脱しています。全部、コンピューターで操作します」

僕は、さらに、その千変万化というところを確認する必要があると思った。僕は、元来、女のあそことか秘所とか女性の真珠の部分とかといった表現を好まない。書いたことがない。まして、それを口にすることはできない。

「南海ホークスの二番打者といったようなものですか」

「…………？」

「ユガミダニと言うんですが」

「歪《ゆが》み谷ですか。歪んだ谷ねえ。まあ、そのへんのところです」

「湯上谷と書きます」

だいたいのところを理解した。

昔、僕が少年だった頃《ころ》、麻雀《マージャン》の好きな友人がいた。彼は童貞だったのであるが、あるとき、決意して近くの花柳界に芸者買いに出かけた。どうだった？　と感想を求めると、

「そうだなあ、摸牌《モーパイ》してみたら🀡《キュービン》のようだったなあ」

という返辞が返ってきた。

「🀙《イーピン》じゃないのか」

こっちも童貞である。

「おれ、🀐《イーソー》じゃないかと思っていたんだけれど、あれ、やっぱり🀡だなあ。じゃりじゃりしていた」

つまり、千変万化とは、🀑《リャンソー》となり🀗《パーソー》となり、🀚《リャンピン》となり🀛《サンピン》となり、照明によって、

色彩も□《ハク》發《ハツ》中《チュン》の大三元に変化するということではなかろうか。むろん、二十歳だという雅麗華嬢を□《パイパン》だと言うつもりはないのである。そういえば八萬《パーワン》のことをヒラキマンなんて言う男もいたなあ。

「よろしかったら、ご案内しましょうか」

と、浅草に精《くわ》しい劇作家が言った。

「ぜひ、ぜひ……」

そう言って、すぐに僕は蒼《あお》くなった。その劇作家の芝居に毎回招待されていて、僕は、まだ一度も観《み》ていないのである。ストリップと聞いて飛びつくのは、そりゃあんまりじゃないか。

しかしながら、僕は、ストリップが大好きなのである。昔、ミニ・スカートが流行したとき、あれは短かければ短いほどいいと思った。むしろ無いほうをよしとする思想の持主であるのだ、僕は。

北海道の奥の温泉場で、講演旅行の途中であったのだが、踊り子が一人、客は僕一人というヌード劇場へも入った。床は剝《む》き出しのコンクリートで、いや、その寒いのなんのって……。僕は、おい、もうよせよと踊り子に言って、千円札を渡して焼芋を買ってきて貰《もら》ったことがあった。

そういうわけだから、尊敬する劇作家氏よ、どうか許して呉《く》れ給《たま》え。ただし、僕は生本番とか大股《おおまた》びらきといったものは大嫌《だいきら》いだ。

そんなことで『新東京百景』の三回目は、一も二もなく浅草ビューホテルと決まった。ご承知のように松竹国際劇場の跡地に六十年の九月に出来た二十八階建ての本格的最新のホテルである。

この浅草ビューホテルは、東南の方向に向いて建つと僕は思っていた。折しも三月二十一日、お彼岸の中日に、かのハレー彗星《すいせい》は最もよく見えると新聞は書きたてる。その星は東南の空に輝くという。

「じゃあね、臥煙《がえん》君、きみは専《もっぱ》らハレー彗星を観測してくれないか。午前四時ごろに見えるそうだから、三時半に起こしてあげる。きみは、天文のほうはどうかね」

「自信あります」

岡山県人ならそう答えると思った。

「天皇陛下も四時起きしてご覧になったそうだ。僕は主にロック座のほうへ行く」

「いいえ、私もロック座にお伴《とも》します」

なぜか臥煙君は顔面紅潮して抗議口調で言う。

この、千変万化の話が慎重社に伝わったから堪《たま》らない。まず、フミヤ君から、特別参加します、よろしいでしょうかという電話が掛ってきた。

「大歓迎だ」

「絵も描《か》きます」

「無理しなくていいよ」

「いいえ、絵なら自信あります」

小学校の図画で、教室に貼《は》り出されたことがあり、岡山のパステル小僧という異名が県下に轟《とどろ》いていたという。前にも書いたが、瀬戸内の人間は大言壮語する。鼻ッ柱が強い。東北の男とは大いに違う。野球の話をすると、フミヤ君は、ぼくは岡山朝日高校野球部のリリーフ・エースで、火消し役で登板して一回に七点取られたと豪語する。陸上競技の話になれば、ぼくは短距離の選手で、百メートル十二秒台で国体に出そうになったと言う。こんどは劇作家の案内だと言うと、ぼくは東大で野田秀樹《のだひでき》の親友で夢の遊眠社なら任せろと言う。どうにも始末が悪い。

都鳥《みやこどり》君からも連絡があった。

「ぼくも伺っていいでしょうか」

「ああ、来てくれよ」

「絵を描きに行きます」

「描くのは好きなの？」

「大好きです。毎日、シャセイしています」

「字が違うんじゃないか」

「いえ、毎日、掻《か》いていますから」

困ったもんだ。ただし、都鳥君は、ストリップ業界の通であって、雅麗華の舞台を知っており、宝京子のファンであるそうだ。

カメラマンのT君も絵を描きにくるという。そう言えば、中野サンプラザ取材のとき、僕の絵を覗《のぞ》きこんで、ううむ、絵もいいもんだなと呟《つぶや》いていたのを思いだす。劇作家と親しいスバル君も参加する。デスクのM君も見廻《みまわ》りにくるそうだ。いったい、どうなってるんだ。

どうも、エンヤラヤノ、エンヤラヤノ、エンヤラヤノエンヤラヤ、エンヤラヤの声聞きゃ気が勇む、という具合であるようだ。

エンヤラヤノエンヤラヤでもって浅草へ繰り込んだ。三月の二十一日、春分の日から二泊という予定が一日早くなった。何故《なぜ》かというと、雅麗華嬢の出演が二十日までで、彼女は翌日から名古屋方面に巡業に出てしまうという。このへんにも悲劇の発端があったのであるが、そんなことは神ならぬ身の知る由《よし》もなかった。

だから、三月二十日、木曜日、午後三時に臥煙君が迎えにきてくれて僕は国立市を発《た》った。中央自動車道をスイスイと、と言いたいところだが、そうはいかなかった。その前日、僕は毎日新聞社で某氏と対談した。ここにも大事件となるべき要因が胚胎《はいたい》していたのである。毎日新聞九階のアラスカで御馳走《ごちそう》を招《よ》ばれたのであるが、僕、こういうところで、スパゲッティとかピラフとかを注文することができない。こってりした仏蘭西《フランス》料理を食べてしまった。それで胸がムカムカしていた。気分が悪い。

中央高速は甚《ひど》く混雑していた。年度末決算期のせいだという。お役所仕事は、これが困る。進んじゃ止まり進んじゃ止まりして、三時間を要して浅草に到着した。

「車暈《くるまよい》じゃないですか。私もムカムカします」

と、臥煙君が蒼黒《あおぐろ》く見える顔で言った。関西弁で言うところのえ、づ、く、という状態には至らなかったが、胸が悪いという感じ。並木の藪《やぶ》で夕食という予定が、車中で木曜日は休みであることに気づいた。これもいけなかった。

スバル君がホテルで待っていてくれて、僕等は、部屋に荷物を置くなり、飯田屋《いいだや》へ飛んでいった。さらし鯨で酒を飲んで、泥鰌《どじょう》のマルで御飯。ちょうど、二学期初日の朝礼で、貧血で倒れる小学生の感じと言ったらいいだろうか。僕は壁に靠《もた》れて肩で息をしていた。貧血で倒れた小学生は、ニンジンキナテツ葡萄酒《ぶどうしゅ》を飲まされる。僕も酒を飲むと、ふうっと正気に戻る。次の瞬間に、また朦朧《もうろう》となる。

それでも行くのだ、ロック座へ。行かねばならぬ、仕事だから。

頭上からガンガンとロックが降りそそぐ。これがロック座自慢の音響効果である。赤に黄に、ピンクに紫に、照明というよりはサーチライトが交錯する。レーザー光線だったかもしれない。ミラーボールがチカチカする。堪《たま》ったもんじゃないぜ。

僕は劇作家と並んで最前列でストリップを見ていた。

ロック座の踊り子は、顔もいい肌《はだ》もいいスタイルもいい、踊りも巧《うま》い。はとバスの客が来るくらいだから、まあ、品もいい。しかし、おっぴろげられると僕は目を閉じたくなる。ありゃあ、きみ、どう見たって、どう考えたって醜悪だぜ。いっそう胸が悪くなる。悪寒《おかん》がする。諸悪の根元という面《つら》ぁしている。畏《おそ》れ多くもダイアナ妃だって同じ女性なんだから、これと大差がないと思うと、むやみに悲しくなってくる。どうも、僕、やっぱり、平静ではいられなかったようだ。

「山口さん、あんなのに迫られたらどうします？」

劇作家が目の前の三浦和義の妻に似た美形を指差して言った。何しろロックガンガンだから私語しても舞台の邪魔にならない。

「おええッ！　愛してるって言われたら逃げだすな。おええッ！」

途端に嘔吐《おうと》を催した。僕は廊下へ出ていって、長椅子《ながいす》に横になった。どうにも気分が悪い。それでも、例の千変万化を見るまではと頑張《がんば》っている。雅麗華嬢も出た筈《はず》なんだが、確《しか》とはわからない。どうも、小型でスタイルのよくないのが一人いたが、それがそうらしい。とにかく非常に若くてイキのいいのがいた。

見かねた劇場の人が、七階に劇場主《こやぬし》の住居《すまい》があるから、そこで寝《やす》んだらどうかと言ってくれる。（ここで言っておくが、今回の取材で会った人は誰もが親切だった）

僕は、この際は甘えるだけ甘えてみようという心持になって、エレベーターで七階へ上った。臥煙君がついてきてくれた。その部屋の豪華な皮製ソファーに横になって、ウツラウツラしている。

僕はヌード・デッサンを七年間ぐらいやったし、『洋酒天国』というPR誌のヌード撮影に立ちあっていたから、女性の裸は、ずいぶん数多く見ている。いつでも思うのだけれど、ヌードモデルの裸体とストリップ嬢の裸体とは、どこかが違う。ストリップ嬢の千変万化する部分は、発達しているし、使い込んで飴色《あめいろ》になっている。もっとも、ヌードモデルは、おっぴろげたりはしない。僕、理想を言わせてもらうならば、女性は、すべからく、キュッと唇《くちびる》を結んだような状態であってもらいたい。

野口冨士男《ふじお》さんの『かくてありけり』という自伝小説を読んでいたら、オカイチョ臭イという言葉が出てきた。これがわからなかった。野口さんは芸者置屋で育った方である。家にいるとオカイチョ臭イということはない。ところが、戦前から男女共学であった文化学院に登校するとオカイチョ臭イという。これと、銭湯のオヤジに聞いた、玄人《くろうと》は洗うけれど素人《しろうと》は洗わないという言葉を重ねあわせると、朧《おぼろげ》気ながら何かが見えてくる。戸板康二《やすじ》先生に質問したら、オカイチョは御開帳ではないかということだった。

オカイチョ臭イというのは、妙に懐《なつか》しい感じのする匂《にお》いだ。それから東京流に言えば、エンガもしくはエンガチョの匂いだ。決して厭《いや》じゃない。吸引力がある。厭じゃないけれど忌避すべきものといった感じの匂いだ。

あの客席にはオカイチョの匂いが充満していたなあと思ったときに、僕の我慢は限界に達した。

「ホテルへ帰ろう。帰りたい」

僕は、ふたたび、二階のロック座の廊下へ戻った。そこにスバル君とM君がいた。

「とても歩けない。立ってもいられない。自動車を呼んでくれないか」

頭全体に鍋《なべ》をかぶった感じになっている。

「便所へ行ってくる」

僕は客席へ入っていった。ロック座の便所は、いったん客席に入って、客席の左脇《ひだりわき》の扉《とびら》をあけないと入れない。降り注ぎ爆裂する大音響と光の洪水《こうずい》のなかを歩く。危険を察知したスバル君が後を追ってくる。

僕は便所の扉をあけ、なかに入って、さらに洋式便所の扉を開いた。

尾籠《びろう》な話ばかりするようであるが、扉の外に立ったスバル君は、下痢《げり》便《べん》特有の物凄《ものすご》い爆発音を聞いたという。僕は、ズボンのベルトをせずに、前を手でおさえて、そこから出てきた。暴漢に襲われた岸信介《きしのぶすけ》の恰好《かっこう》に似ているなと思った。そのままスバル君に抱きついて失神したのだという。失神したのだから記憶がないのだが、軽い鼾《いびき》をかいて、タイル張りの便所の床に頽《くず》れ落ちたのだそうだ。僕は、ロダン作「考える人」によく似た姿勢で、両膝《ひざ》に両手を突き、激しく嘔吐《おうと》した。僕は、二、三回嘔吐したと思っているが、前に廻って僕の体を支えているスバル君は、六回だったと後になって教えてくれた。M君が飛びこんできて、僕の背中を摩《さす》る。

僕に見えているものは便所のタイルだけだった。三センチ角の割に細《こま》かいタイルで、ピンクのようなパールのような色をしている。このタイル屋、なかなか良い仕事をしているなと、つまらぬことを考えている。僕の吐瀉物《としゃぶつ》は黄色で、若布《わかめ》のようなものが混入している。ハテ、泥鰌鍋のザクならわかるが、若布なんか食べた覚えはない。ここで飯田屋の名誉のために言っておくが、食当りだとすると、こんなに早く症状があらわれないそうだ。中毒《あた》ったとすれば、前日の仏蘭西料理である。それも僕の体が脂《あぶら》ッ濃《こ》いものを受けつけないようになっているためで、アラスカが悪いわけじゃない。

この僕の状態は、脳溢血《のういっけつ》、脳梗塞《のうこうそく》に酷似している。スバル君も、テッキリそうだと思ったらしい。

「苦しいよう。痛いよう」

僕は叫んでいたが、痛いというのは足が痛いのである。ロダンの「考える人」が靴《くつ》を履いていたら、さぞ痛かったろうと思う。

こみあげる嘔吐感。便所だから、すぐそこに洗面台があるのがわかっていて立ちあがれない。

「動いちゃいけません」

そのスバル君の言葉は、大変だ大変だと言っているようにも受けとれた。僕は、遂《つい》に、膝に置いていた両掌《て》を床に突いた。その上に、また吐く。スバル君が、トイレット・ペーパーでもって吐瀉物を拭《ぬぐ》い取っている。

「おい、苦しいよ。寝かせてくれ」

「寝ちゃいけません。動いちゃいけません」

スバル君は吐瀉物がノドに詰るのを恐れたらしい。彼は、ともすると頸《くび》を垂れそうにする僕の髪の毛を掴《つか》んで上を向かせようとする。しかし、彼の手はヌルヌル、僕の頭髪は極めて乏しく無きに等しいから、掴めない。彼は僕の顎《あご》の下に手を差し込んだ。

「寝かせてくれよ」

「いけません」

言いたくはないが、ストリップ劇場の便所は気持の悪い所だ。桃色のティッシュ・ペーパーが散乱したりしている。そこへ寝たいと叫んでいるのだから、僕の悪寒、苦しさ、辛《つら》さは相当なものだったと、今にして思う。

背後に人の気配がして、スバル君が、

「救急車を呼んでください」

と命令した。

「へい……」

と答えて出ていったのは劇作家であったという。

ヤレヤレ、有難い。救急車が来れば担架に寝られる。

「苦しいよ。気持が悪いよ。（助けて呉れえ）」

その最後の（助けて呉れえ）は言葉にしなかった。なぜならば、スバル君とM君がついていて、救急車の手配もしたのだから、これ以上に助けようがない。僕の理性は、その程度には働いていたのである。

白衣の男が三人入ってきた。救急車が到着したのである。公園六区派出所の警官が二名。なぜ警官が来たかと言えば、はじめ、僕はホテルへ帰りたいと言ったので、六区は歩行者天国になっている関係で、タクシーを導入すべく臥煙君が渡りをつけにいったのである。ストリップの客は、さぞ浮足立ったことだろう。

僕は担架に乗せられた。

「これ、どこへ持っていこうか」

白衣の男たちが相談している。

「浅草寺《せんそうじ》がいいよ」

それを聞いて僕は激怒した。

「おい、俺《おれ》はまだ生きてるよ。寺へ持って行くのは、まだ早い」

脳死と判定されて、眼球、心臓、腎臓《じんぞう》なんか持っていかれたら一大事だ。あとになって、浅草寺とは浅草寺病院のことだとわかった。

担架に乗せられて、便所の外へ出た。そこは客席で、降り注ぐ爆裂音、交錯するレーザー光線。濛々《もうもう》たるスモーク。

僕は、担架の上で、少しく頭を擡《もた》げて片目を開いた。両眼《め》をあけるのは不謹慎であるような気がしていた。

そこで僕は、遂に見たのである。出臍《でべそ》（客席にセリ出した丸い小舞台）狭しと乱舞する雅麗華嬢の部分が妖艶《ようえん》かつ可憐《かれん》に千変万化するのを……。（後で香盤表で調べると、曲は「ジャポニカ」であったようだ）

「山口瞳（五九）、ロック座（浅草）で倒れる」

新聞の三面記事の見出しが頭のなかでチラチラする。その記事によると、僕は片目を開いて死んでいたことになっている。

そういうわけで、僕は、浅草ビューホテルを写生することができなかった。ハレー彗星を見ることもなかった。ナニ、ハレー彗星なんか、あと七十六年も経《た》てば、また見られるんだ。

## 賭博的人生論

いまから十五年前に、六大学野球の某監督が私の家をたずねてきた。そのとき、彼のチームは連戦連敗であった。どうしたら勝てるか。それを訊きにきたのであった。私はびっくりした。

彼は野球のセオリーでは、日本では第一人者とまではいかなくても、十人のなかにはいる人物であった。特にアメリカ・大リーグの戦術にくわしい。私は、そのとき二十三歳であった。小出版社の編集部員である。むろん、全く無名である。

彼が私のところへ来たのは、私が賭博が好きで、鉄火場に出入りし、しかも博奕《ばくち》が非常に強いということをどこかできいてきたからであった。

実際には私はそんなふうではなかった。生活がかかっていたので博奕に負けたら非常に困るので、負けないようにしていたが、特別に強かったわけではない。あきらかに誤報である。

しかし、彼は真剣だった。おそらく、連戦連敗でノイローゼになっていたのだと思う。彼は酒を飲まず、碁・将棋を知らず、博奕をやったことがなかった。学究的な監督であった。

「山口さん、やっぱり、ゲームをする以上は勝負事をやったほうがいいだろうか」

「さあ、なんとも言えませんね」

「そんな気がするんだがね、勝つためには」

私は、直感で、彼は勝負事にはむいていないだろうと思った。博奕をやったら負けるだろうと思った。そういう型の人物がいるものだ。彼はその種の人間に属する。

「どうでしょうかね。私にもわからない。しかし、おそらく、勝負どころとか大局観といったものはわかるでしょうね」

「たとえば？」

「そうですね。でも、大学野球は勝つことは二義的なことだから、負けたっていいじゃないですか」

「そうもいかないんだよ。麻雀なんかやったほうがいいだろうか」

「さあね」

彼は麻雀をやっても負けるだろうと思った。その結果、ますます自信を失うだろう。

偶然、私は彼のチームのいちばん最近の試合を見ていた。一対一の同点で、九回裏、一死で、三塁打を打たれた。彼は、打者二人を敬遠の四球で歩かせた。満塁策である。そうして内野手にバック・ホームにそなえて前進守備をとらせ、外野手も前で守らせるようにした。当然の策である。セオリーにあっているわけだ。

結果はどうなったか。次打者のカウントが、ツー・スリーになった。そこでスクイズのサインがでた。投手としては真ん中に直球を投げないわけにいかない。四球で押し出したら負けである。打者はバントの姿勢をとった。

スクイズ成功でサヨナラとなった。

私はその試合を例にとった。

「あれでは負けますよ。賭博的感覚でいって、負けです」

「どうして？」

セオリーとしては正しいのである。ただし勝負としては何かが欠けている。それを彼に説明するのは非常に困難であった。

きっと、麻雀に強い人なら、私の言おうとしている気味あいをすぐに理解していただけたと思う。

後楽園での巨人・阪神戦。同点で二死走者二塁、長嶋と王とを連続敬遠の四球とし、はなはだ変則的な満塁策をとったゲームを記憶していらっしゃる方が多いと思う。投手は権藤。長嶋を歩かせたときに、左対左で王と勝負するのだと思った。ところが王も敬遠。五番の森と左対左の勝負に出た。

結果はやはり、ツー・スリーとなって、次のカーブが鉢巻きのボールで押しだし。阪神が負けた。

この策も、いかにも当を得ているようで間違っている。この前後、阪神は七連敗して優勝あらそいから大きく後退した。現在の野球の監督では、もっとも賭博的な策をたてる藤本定義としては、よほど勝負師としてのカンが狂っていたと言わざるを得ない。

何故か。あきらかに気合負けである。こういった策では、ゲームに勝てない。この局面では、長嶋でも王でも、シングルヒットならば、本塁で走者を刺せるということも考えられる。長打を打たせないようにして、思いきって低目へ投手の自信のある球を投げさせるべきだ。

すくなくとも、それがプロの野球というものである。極論すれば、負けてもお客さんにそういう場面を提供すべきである。

それが勝負を職業とする人たちの根本精神であるべきだ。そうして、そういう策に出て、はじめて勝機がつかめるのだ。なによりも気合で負けてはいけない。

将棋を例にとろう。高段者の勝負では、序盤で一歩損すれば、すでに敗勢である。先手が飛車先の歩を交換し、後手がそれが不可能となったときも、すでに先手の絶対優勢となる。こういったとき、プロの将棋指しはどういった態度をとるだろうか。

飛車先の交換の不可能となった後手は、無理を承知で、急戦を挑み、勝負勝負と迫ってくる。一手受け損ずれば、という勝負手を連発するのである。それがプロの将棋指しの心構えなのだ。

最近では順位戦の升田・丸田戦にそんなケースがあった。不利となった丸田さんは、長考のすくない、思いがけぬ落手を指すことの多い升田さんに対して、持久戦にもちこもうとするようなことはしなかった。

そういう態度はプロの恥である。棋譜が汚れるわけだ。

野球と将棋とは違う、というかもしれない。個人技と団体ゲームということでもずいぶんちがう。

しかし、順位戦というものは、棋士の生命と生活がかかっているのである。しかもなお、棋士は棋譜の汚れを嫌うのである。前述のON連続敬遠で勝ったとしても、スコア・ブックは汚れると私なら考える。

なによりも気合負けをしてはいけない。現実に、気合で負ければ勝負で負けるのである。おそらく、九十パーセントはそうなっているだろう。

また野球の話。

同点で進んだ六回の裏。先頭の五番打者に二塁打を打たれた。投手は健投よく後続をたちきり、無得点に押えた。やれやれ、と思ったら、あなたは勝負師ではない。投手の好投を讃《たた》えたら、あなたは甘すぎる。まずいことになったと思ったら、勝負師だ。

なぜならば、この際の五番打者には絶対に打たせてはいけないのだ。下位打線となるから、得点にはならないだろう。そんなことを喜んではいけない。

次の回を考えていただきたい。もし、五番打者を押えて、後の二者を打ちとれば、第七回は八番からはじまる。つまり、第六回、第七回を、割に楽に無得点に封ずることができる。

そうなれば、第八回の先頭打者となる二番打者、または、三番打者に全力を注いで凡打させれば、たとえ、四番打者に打たれても八回はなんとかきりぬけられる。とすれば九回は下位打線である。その間に味方が一点取れば勝てるわけだ。

つまり、第六回の五番打者は絶対に塁に出してはいけない打者であったわけだ。勝負師は、読みを深くして、常に小心と思われるくらいに用心すべきだ。

もうひとつ、野球の例。

今年の夏の高校野球。大阪代表の大鉄は、三対二の一点リードで九回裏をむかえた。対する秋田は、三番からはじまる。私は大鉄の山田投手のアップになった顔をテレビで見て、これは一波瀾あるにちがいないと思い、女房と子供に、散歩に出る時間が遅くなると予告した。

山田投手の顔には、勝利の瞬間の感激、相手チームとの挨拶、応援団席へ駈けてゆくときの心持、そういったものがちらついているように思われた。これは私の経験からしてもよくわかる。

はたして、先頭の三番打者に対して、球がうわずり歩かせてしまった。四番打者はバントの構えをした。これはまずい。なぜならば、バントで送れば、五番打者は敬遠され、六番は途中から交替した二年生の大久保投手となる。

解説者もバント策を当然と言ったが、私はそうは思わない。ここは荒れている投手が真ん中に棒球を投げてくるのを狙い打ちする強打策が至当なのである。

大鉄の投手は、依然としておさえがきかず、カウントはワン・スリーとなった。ここは、狙ってもよし、もう一球待ってもよい。ところがバントに出て失敗、ツー・スリーとなる。次の球は、ヒット・エンド・ランをかけたがとんでもないボールで一、二塁となる。ここで、まずいことになったと、私は思った。五番打者の岡本はバントするだろう。それが成功しても、六番以下がよわいので大鉄の勝ちとみた。

しかるに、第一球を投ずるまえに、二塁走者が牽制《けんせい》球で斃《たお》れた。すなわち、一死一塁となったのである。

ここで私は、むしろ面白くなったと思った。岡本は長打力がある。大鉄の投手は、うわずっていて、ストライク・コースにはいるのは威力の球となるはずだったからである。はたして、五番打者は右中間に二塁打して一塁走者を生還させ、延長戦となった。

どうも、野球の話になると長くなるが、大鉄と秋田の試合の九回裏の攻防は、人生における、ある局面と似ていないだろうか。いいと思ったのが実はよくない。悪いと思われたのが実は好機となっている。それは野球のセオリーまたは世間の常識からいえば、おかしいのであるが、現実はそんなふうに進行する。

十五年前に、六大学野球の監督が私にききにきたのは、そんな種類のことだったのだろうと、いま考える。そして、そんなことを彼に説明したって理解できなかったろうと、いま考えるのである。

お恥ずかしい話だが、これは私が鉄火場で学んだ知恵である。

賭博師には、ツラッパリとウラとの二種のタイプがある。たとえば、奇数の目が出たら次の回も奇数が出るだろう。二度奇数が出たから三度目も奇数だろう。そう考えるのがツラッパリである。逆に、奇数のあとは、偶数だろうと考えるのがウラである。私は、勝負師としてはウラの型である。賭博師は、ツラッパリでもウラの心理をよく理解している。

たとえば、巨人の一番打者の柴田が、二打席連続三振したとする。三度目は二死二塁という好機だったとしよう。今日の彼は当っていないから代打に関根か塩原を出そうと考えるのが世間一般の常識である。私はウラの型だから、そうは思わない。三割打者としての素質があり、スターになれる要素をもっている柴田が、連続三振したのだから、今度は、きっといい当りをするだろうと考えるのである。これが、逆に、第一打席で真芯に当った左直。二打席目が、砂を嚙む遊飛だったとしたら、私は代打を送る。今日の柴田はツイてない。クサッている。今度は、凡打か三振だろうと考える。常識からすれば当っている柴田が三度目の正直で安打すると考えると思う。

私の考え方は、賭博者型である。これを人生に当てはめることができると考える。博奕打ちでもっとも下手に属するのは、ツイていて勝てないというタイプだ。麻雀なんかでそういう人がいることを知っているだろう。会社経営もしかり。いまは、ひどい不況だという。証券、繊維、弱電などがわるいという。

よく考えていただきたい。どの業界にも好況があったのだ。ツイているときにガッチリ儲けて、設備投資などに馬鹿な金をつかわず、おごって社員をふやしたり、無駄な厚生施設なんかに金をかけていなければ、不況を乗りきれるはずだ。奇数のあとは偶数と考えるべきであった。

いまから五年前、好況の波に乗った某社の社長に、傍系会社である私鉄の沿線に土地を買うべきだと進言したことがあった。

その社長は、私の意見を生意気だと思ってとりあげず、最新の大工場を建設し、いまは、青息吐息の状況となっている。麻雀でも花札でも、オリルということを、理解できないひとだ。

家庭においてもそうだろう。夫が非常に親切にしてくれる。いい夫をもって有難いと考えたら甘い奥さんである。こんなに親切なのはおかしいと考えるほうが、現実には自分のピンチを救うことになる。

「勝ち将棋を勝つことはむずかしい」という意味のことを木村名人はよく口にした。自戒の言葉だろうが、これが勝負師の心構えである。三点リードした七回の裏、走者が一人出たところでエースを繰りだすといった戦法をとるのが名監督である。

賭博と人生は似ているが等しくないというのが私の持論である。しかし、好況の直後の不況であわてている企業をみると、博奕の話をもちだしてみたくなる。勝てる試合をつまらぬことで失っているというケースが多すぎるように思えるのである。

鉄火場における賭博、野球・将棋などの勝負事、人生の転機といったものは、似ているようで同じではない。賭博で学んだことが応用できるはずだと考えるだけだ。

勝負事に縁のない型の人間がいること。（彼は経営者にもなれない）気合負けをしないこと。小心でないと勝てないこと。（南海鶴岡監督は気の小さな人である。大山名人、升田九段もそうだ。大胆な勝負師というのはニセモノである）ウラ目が出るという考え方。

（阪神藤本監督は、どの試合に勝つかということより、どの試合に負けようかとまず考える）

こういう目で自分の人生を見直すことは、無駄ではないと考える。

## 夏の帽子

帽子が好きだ。

どんな帽子でも好きだ。極端にいえば戦闘帽だって鉄カブトだって好きなのである。

人間が身につけるもので、足のほうからずっと見てゆくと、靴、靴下、パンツ、シャツ、上衣、帽子となるが、このなかでいうと、帽子は〝絶対に必要なもの〟ではない。

戦後、帽子をかぶる人がすくなくなった。戦前には銀座通りには帽子専門店が何軒もあった。帽子がすくなくなったのは、貧しいせいとアメリカ軍に占領されたためと、帽子の似合わない日本人がふえたためである。

帽子は絶対に必要なものではないから、やや儀式的な感じがある。戦後の日本人はフランクになったと見ることもできる。もっとちがった言い方をすれば、戦闘帽や防空頭巾に対する反動だ。

田舎に住んでいる老人が旅行するときは必ず中折をかぶることになっている。あれはいいものだ。和服に中折帽子というのがちょっと素敵だ。「東京だよ、お父さん」と叫びたくなり「ああ親孝行しなくちゃいけない」という気分になる。

帽子のなかでも夏の帽子が好きだ。夏の帽子には強い日差しを遮るという意味がある。だから好きだというのではないが——。

私は帽子をかぶるというときの〝ちょっとはなやいだような気分〟が好きなのである。帽子をかぶるというときに、女性は、自分のなかのヌカミソ臭さを払拭しようとしているのではあるまいか。

『ブロンディ』というアメリカ漫画で、ブロンディが高価な帽子を買ってくるのでダグウッドが閉口する場面がしばしばあった。あれは帽子だから笑えるのである。あれがドレスであったり、食料品であったりしたら、たちまちヌカミソ臭くなり、やりきれない気分になってしまう。帽子に凝っているブロンディを可愛い女として見ることができるのだと思う。帽子と骨董品の壺がよく出てきた。それがいかにもアメリカであり、女であることを思わせた。

左の写真は、このまま帽子としてかぶってもよいし、これに花などをつけて、もっと飾った感じの帽子につくることもできるようなものであるらしい。

帽子を見ると、これをかぶるであろうところの女性の顔が浮かんでくる。帽子というものは、だいたいどの女性にも似合うようにできている。そういうところも嬉しい。一種の変装のための道具であるように思われる。変装だから、似合わないということがない。

そうして、これをかぶるときの、女のはなやいだような気分がこちらに伝わってくる。帽子のなかの女性、健康で、すこし眩しそうな顔で笑ってないといけない。

## 会ったのは、たった一度

私は山本周五郎に一度だけ会ったことがある。

それは昭和三十八年の五月末か六月初めの、むし暑いような、雨が降りだすと急に寒くなるような、全体として烟っているような日の夕刻だった。

『文藝春秋』で、武田泰淳と山本周五郎の対談を企画した。テーマは映画だった。この二人は映画好き、それも試写室ではなく映画館へよく出かけてゆくことで知られていた。

引きうけよう」。

「ひとつ条件がある」と山本周五郎が言った。「そこで山口瞳に会わせてくれるならば

だから、私が山本周五郎に会いに行ったのではなく、山本周五郎が私に会いにきたのである。担当は村田省吾さんだった。村田さんは、ひとつお願いがあるんですがと電話口で言って、前記の山本周五郎の条件を告げた。

私は驚いた。驚くというより茫然としていた。わけがわからずに、ボヤッとしていた。曲軒山本周五郎は、めったなことには講演なんてものをやらない。随筆も書かない。対談なんてマッピラゴメンというクチである。文壇関係の会合には出てこない。それどころか、横浜から一歩も外へ出ないという暮し方をしていた。私は、そのことを知っているから、わけわからずに『文藝春秋』に協力することにした。

私は、レインコート地で作った奇妙な背広を着て、教えられた築地の料亭へ向った。

その前に、こんなことがあった。山本周五郎に会う前年、昭和三十七年四月に、いまTBSブリタニカの重役になっている小玉武がサントリーの宣伝部に入社してきた。当時、私は、サントリーのPR雑誌である『洋酒天国』の編集の仕事をしていた。いま、小玉武は、俊敏な編集者として業界で知られるようになっているが、私は入社試験の試験官として面接に立ちあっていて、いかにも実直そうな若者であるという感触を得てい

た。彼は横浜市在住であった。

私が小玉武に言った。

「山本周五郎の原稿を取ってきてくれ。随筆だ。テーマは何でもいい。できたら酒の話を書いてもらいたい」

山本周五郎は、なかなかの葡萄酒通であり、ウイスキイはサントリーの白札以外は飲まないことを知っていた。間違っても、競争相手の会社の製品名が出てくる怖れはない。

山本周五郎がPR雑誌に随筆を書くわけがない。この仕事は、小玉武にとって、無理難題という種類のものであった。

「はじめに、原稿を書いてくださいと言ってくれ。あとは何も言わなくていい。一週間に一遍ぐらい、近所まで来ましたから、通り道ですから、という感じで顔を出すだけでいい。余計なことを言うな」

私は、原稿に関しては、まったく期待していなかった。正直に言って、期待度はゼロだった。

これは無理難題である。小玉武は無駄働きをすることになる。大きく言えば会社に損害を与えることになる。それに、どうしても山本周五郎の原稿がなくては困る、というのでもなかった。

「書いてもらえなくたっていいんだよ。だけど、半年でも一年でも、山本さんのところへ通ってみてくれ」

初仕事が失敗であれば、小玉武はショックを受けるだろう。だから、私は、そんなことも付け加えた。

新入社員をこんなふうに利用するのは、上司としては、かなり卑劣な手段だということになる。私は、そのことも充分に承知していた。

しかし、私は、それが小玉武の将来を考えると、無駄なことにはならないと信じていた。空振りであってもいい。いや、必ず空振りになるだろう。そうであっても、山本周五郎に接し得たということだけでも小玉武にとってプラスになるだろうと思っていた。たとえば、いきなり、初回に、呶鳴られて追い返されるということになってもいい。世の中には、原稿を書くということを、それだけ真剣に考えている人がいるということを知るだけでもいい。

私の尊敬する編集者が山本周五郎を担当していた。彼は、たびたび、

「山本さんのところへ行くと心が洗われるような気がする」

と語ってくれた。心を洗ってもらってきなさい。そんな心持で私は小玉武を送りだしたのである。

ところが、どういうことか、これもいまだにわけがわからないのであるが、約半年後に、山本周五郎は原稿を書いてくれたのである。小玉武の大ヒットだった。いや、場外

ホームランだった。これが出版社の仕事であったなら、小玉武は社長賞でもって表彰されるところだろう。私は、むしろ、そのことを小玉武のために悲しんだ。

その山本周五郎の原稿を読んで、私は笑いころげた。特に、なぜ自分は船に乗らないか、それは不幸にして泳げるからだ、船が沈んだとき、向うに島が見えると泳げるから苦しまなければならぬ。なぜ飛行機に乗らないか、それは空中分解したときに摑るところがないからだ、という件りを読むと、いまでも笑いがとまらない。

昭和三十八年二月に、私の最初の書物が出版された。その書評を山本周五郎が朝日新聞に書いてくれた。これなども稀有のことではないか。朝日の書評は、いまよりもずっと威力があった。浮かれてしまった私は、

「これで一飜《イーファン》ついたぞ」(売行きが倍になる)

と叫んで、当時の文藝春秋出版部長であった樫原雅春に激怒されるようなこともあった。(樫原の言いぶんは、この生意気な著者は発行部数にまで口出しするということだった)

以上の二件で、私は山本周五郎に借りがあった。だから、昭和三十八年の烟ったような日の夕刻に築地の料亭へ出かけていったというのではない。

当時の私は、直木賞受賞の余波でモミクチャになっていた。自分の体が自分の体でないようで酒ばかり飲んでいた。だから、その私を、会いにきたといっても、築地の料亭まで呼びだすのは、これも無理難題の一種だった。

「山本周五郎には借りがある」

そんなことを、私は、かつてチラッとでも思ったことはない。

その日、私は、震えるような喜びと、ある種の怖れを抱いて築地の料亭へ向ったのである。ただし、私は、いかに自分の尊敬する小説家であっても、その小説家本人に会ってみたいと思うようなことはなかった。かりに森鷗外が現存していたとして、私は鷗外に会ってみたいとは思わない。

山本周五郎との会見の内容については、以前に書いたことがあるので（新潮社刊『旧友再会』所収）、ここでの重複を避けることにする。

山本周五郎は、

「きみの好きなウイスキイは、これだろう」

と言って、女中に買いにやらせたサントリーの白札の瓶を持って、私が待っている部屋にあらわれた。山本周五郎は、思い込みの激しい人、もしくは独り合点の人であって、これにはガッカリした。築地の料亭なのだから、ウイスキイなら上等のスコッチが出るだろうと期待していたのである。

それにしても、築地の高級料亭で、わざわざ女中にサントリーの白札を買いにやらせるというのは、かなりキザな行為だと思う。山本周五郎には、この種のキザが、終生つきまとって離れなかった。しかし、と、私は、いまになって思う。この山本周五郎の心使い（相手の身になって物事を考える）に私はもっと感謝すべきではなかったか。——なお、当時の私の愛飲するウイスキイは、サントリーの角瓶だった。

講談社の『山本周五郎全集』の月報に、私は山本周五郎のことをヘソマガリジジイだと書いた。それを読んだ山本周五郎が大変に怒ったということを人伝てに聞いた。私としては、ヘソマガリジジイは、曲軒の直訳だと思っていたのであるけれど。

山本周五郎が私に会いにきてくれたのだから、一度は返礼しなければなるまいと思っていた。そのうちに、彼の健康が勝れないという噂が伝わってきた。会えば酒になるにきまっている。お互いのためによくないと思っているうちに機会を逸してしまった。

昭和四十二年二月十四日、大雪の日に山本周五郎が急死した。私は通夜にも葬式にも行かなかった。

私が横浜市本牧元町の山本周五郎の家に悔みに行ったのは、その年の三月二十五日だった。周五郎の妻の清水きんは、

「まだ、ゆめのようです」

と言った。

「あなたには一度会ったことがあるそうですね」

初対面の挨拶をする私に、そうも言った。

それから関内町の仕事場へ廻った。その前日に泥棒が入ったが、何も盗《と》るものがなくて、遺品であるハイライトを一本吸って帰った形跡があったという。

『新潮現代文学』という文学全集の山本周五郎の巻の装画を引きうけることになり、『青べか物語』が収録されているので、浦安へ絵を描きに行った。四泊五日かかり、浦安草津温泉というところへ泊った。

それ以後、何度浦安へ出かけたことになるだろうか。延べ日数にして優に三十日は越えているだろう。

浦安へ、山本周五郎や『青べか物語』の臭いを嗅ぎに行ったのではない。そんなものは、もう望むべくもない。浦安は、ディズニイランドの浦安になってしまっているのである。私は、ただ、吸い寄せられるようにして浦安へ行くだけである。

つい先日、浦安の寿司屋である秀寿司の主人が、アオヤギとコバシラとアサリを持って遊びにきた。その店の看板の文字を書いたので、御礼の意味であったらしい。秀寿司で飲んでいると、

「先生は浦安のなあこう（アンチャン）だ」

と相客の漁師たちに言われてしまうのである。

こんなことを言ったら山本周五郎のファンに叱られそうだけれど、私は気質的に山本周五郎に似ていると思っている。絶好の例があるのだけれど、差し障りがあって書けない。芸術家と市民の対立ということが言われるが、山本周五郎も私も、より多く市民の側に立っているような気がしている。気質的に——。

山本周五郎は天成の詩人である。誰が何と言おうとも、私はそう思っている。『青べか物語』は、小説でも身辺雑記でも青春回顧録でもなく、あれこそは、まさに詩だ。しかし、残念ながら、山本周五郎の詩人としての資質が充全に開花したのは『青べか物語』だけだと思っている。私は山本周五郎の良い読者ではないのだけれど、そう断言してほぼ間違いがないと確信している。

山本周五郎は、純文学志向の強烈な大衆作家だった。従って、山本周五郎の生涯に安

心立命はなかった。そのかわり、他人の安心立命を、これほど強く願った作家を私は他に知らない。言われるところの山本周五郎の説教癖は、ここに発していると私は考えている。

山本周五郎は、私にとって有難い人である。ただただ有難い人である。いまでも、絶えず山本周五郎に叱られ続けているような気がしている。山本周五郎なくして私の存在はない。会ったのは、たった一度であったけれども……。

# 6 飲食男女――〝通〟の〝通〟の弁

# 安かろうまかろう食べ歩る記

## 高い店で安く食べる

「高かろう、うまかろう」という店はある。「高かろう、まずかろう」という店もある。こういう店ならば、ワリに知っている。何故なら「安かろう、うまかろう」より印象が強烈だったからだ。「安かろう、まずかろう」ならアアソウデスカで済んでしまう。「高かろう、まずかろう」のときは舌を嚙む思いである。三日間ぐらい眠れぬといっては嘘になるが、思い出してはチェッと舌打ちする。

従って、私は「安かろう、うまかろう」という店をあまり知らない。ということは、ひとつには味覚が発達していないセイもあるかも知れぬ。とくに最近は食欲がない、ということもある。朝は何も食べないで出社する。どうかすると昼食を食べるのを忘れてしまう。午後四時頃になって、ああ朝からなんにも食べていないなと気がつき、栄太楼ビルにいるから、栄太楼さんの喫茶部へとんで行ってお赤飯（一五〇円）か半月弁当（二〇〇円）を食べる。時分時《じぶんどき》を過ぎているから売り切れということもある。これはウマイが、サラリーマンの昼食として一五〇円、二〇〇円という値段が「安かろう」か「高かろう」かの判断がつかない。売り切れの時は仕方がないから、五時二十分の退社時刻を待ってバーへ行く。従って悪酔いする。

あまり食欲がなくて、これはイカヌと思ったときは、わざと高い店へ行く。食べなきゃ損という演出なのだから情けない。

高い店で安く食べるという方法もある。この場合の高い店とは高級店の意味だから誤解のないように願いたいが、たとえば銀座の「小笹ずし」で、ゲソのあぶったのと山形の高菜をやたらに食べ、コハダひとつという具合で帰れば、非常に安く非常にうまい。私はときどきこのテを用いるが、アツカマシサを必要とするから万人向きではない。同じテで「浜作」でアカダシと御飯とオシンコだけという食べ方だってある。

中華料理は人数がふえれば安あがりになるという原則を応用すれば、高級店でウマク安く食べることも出来る。三百円持っているのを十人集めればよい。私のようなサラリーマンならそれが出来るし、ゲンにずいぶんやってきた。五百円を三皿、七百円を二皿という塩梅《あんばい》で酒は飲まずに御飯をもらう。これで十人で悠々と食べられるのである。但し、料理は辛いものばかりを選ぶ。これには田村町の「四川飯店」を推奨する。もし私に非常な食欲があった場合の話なのだが、この店の豆腐料理なら皆が食べ残したあとのオツユだけで、御飯を五杯食べられる自信がある。それほど、コッテリとしていて、うまい。しかし、まあ、こういう方法はそれこそ時分時を避けるのがエチケットというものであろう。この店の焼きソバは各種あってどれもこれもウマク、二百円前後だったと思うが、やはり夕飯時に焼きソバだけ食べることは気がひける。これがいわゆる高級店の難である。

焼きソバの話でいえば、烏森通りの翠栄楼の固い焼きソバは、決して太くはないが（固くて太い昔風の焼きソバにはめったにお目にかかれぬ）サラッとしていて、私の理想にやや近い。これは近所のバー「トントン」の空《す》いているときに出前でとって貰う。「トントン」の向笠幸子さんは「辛子をたっぷりね」と電話で叫んでくれるから有難い。これが百二十円。

ラーメンなら、銀座一丁目東側〝テアトル東京〟横の「東々居」が最高である。ヌード写真をはりめぐらした雰囲気もよい。特製ラーメン百円。たしか特製しかなかったように思う。このラーメンなら「安かろう、うまかろう」といってよい。うますぎるくらい、うまい。但し、私は〝うますぎるラーメン〟というものに少し抵抗を感ずる。あんまりおいしいと、これはもうラーメンではないのではないかという疑いが生じてくる。ラーメンとは四十円か五十円で、やっぱりラーメンだなと呟きながら少し腹をたてて店を出る、といった程度の味でありたいと思う。

サラリーマンの時差昼食

トンカツは新橋駅裏の場外馬券売場の裏をさらに田村町寄りに入った「ブルドッグ」がよい。昼休みに会社から多勢で車を飛ばして行くくらいだからゴヒイキの部類に入るだろう。キャベツを別に一皿いただく。この店は暫く前に銀座並木通りにあったが、その当時ほど繁昌していないように見うけられるのが実に淋しい。

トンカツを食べに行こうと思うときには、必ず生キャベツの山盛りが私の脳裏に浮かぶ。似たようなことで、ラッキョウの好きな私は、ラッキョウが食べたいばっかりにカレーライスを食べに行くことがある。

カレーライスなら最近では銀座電通《でんつう》通りの「ローゼンケラー」が絶品である。この店が午前十一時から営業していることは案外知られていない。そして誰でもカレーライスなんかないと思っているに違いない。スープ付き二百円は店の格調からいって非常に安いといってよいと思う。

もうこのくらいしかタネがない。食通にはとうていなれぬ。第一、食べ歩るきという趣味がない。食欲がないのだから話にならぬ。

そこで、余談になるが食事に関しての提案をひとつ。サラリーマンの昼食の問題である。まず普通のサラリーマンの朝食は七時半から八時までの間だろう。そして昼食のための休憩時間は、だいたい十二時から一時までである。そして夕食は、どうしても午後七時半か八時になってしまう。つまり、朝食と昼食の間にくらべて、昼食と夕食との間が長すぎるのである。とくに重役や部課長の出社は遅く、従って朝食もおそいだろうから、差が激しくなる。重役や部課長にとっては十二時前後は頭脳の一番クリヤーな時間ではなかろうか。昼食時間をせめて一時から二時までの間にしたらどうか。そうなればサラリーマンの午後四時の倦怠《けんたい》が救われるんだがなあ。そういう会社が少し出てくれれば、昼食時のレストラントの馬鹿馬鹿しい混雑が少し緩和される筈なんだがなあ。

## ウイスキーの飲み方

ウイスキーをどうやって飲むか？　簡単といえば簡単な問題です。しかし、グラスの大小、氷は大きい方がいいか、小さい方がいいか、水わりに氷をいれるかいれないか、チェーサーはどうか、となると問題は複雑になります。大きくいえば、そこに人生がかかっているわけです。秋の夜のバーで、見て聞いて、調べた結果がこれです。

■ウイスキーの飲み方は、いったい何通りあるでしょうか。「バカ言っちゃいけないよ。

ストレートにハイボール、水わりにオン・ザ・ロックス、それにホットで五通りじゃねえか」といってしまえばそれまでですが、そこは酒飲みのウルサイところで、これをつきつめていけば百通りにも二百通りにもなるのです。いや、もっと、とても百や二百なんてもんじゃないとおっしゃる方だっているでしょう。

■各人各説、それもこれもウイスキーを愛するあまりの工夫と研鑽、そしてまた自分の好みと体質にあった飲み方ということになれば、微妙に細分されてくるわけです。バーで聞いた話、先輩に教わった話、晩酌での思いつきなど、何種類になるかはデタトコ勝負ということで、頭に浮かんだヤツからあげていってみましょう。

ストレート

■プロ野球ペナントレースの終盤戦になるとマジック・ナンバーというものがあらわれてきます。つまり、あと何勝すれば、たとえ相手チームが全勝しても優勝という数字で、今年はパの東映のマジック・ナンバー五というのが比較的早く出ましたが、セの阪神はあと一試合というところで一という稀に見るデッド・ヒートを展開しました。

■ところで、当編集部のY君は酒にはマジック・タイムがあると固く信じています。退社時間の午後五時を過ぎて、まあ六時ぐらいまではブラブラしているわけですが、さらに残りの仕事があったりして七時を過ぎると絶対にイカンというのです。七時が彼にとってのマジック・タイムなのです。七時を過ぎるとどうしても彼は一軒寄るということになります。一軒寄るということは彼の場合は三軒または五軒寄るのと同じことです。御帰館は明方の三時か四時。つまり彼にとってタッタ一時間のちがいが、実に大きな開きになってくるのです。

■もう一人のY君は、マジック・マネーだといいます。飲んでもいい金が五千円あるときは案外あっさり三杯ぐらいで帰るといいます。これが三千円になるとそうはいかぬと申します。三千円だとどうしてもトコトンまで飲んでしまうのです。なんだか持っているのが不安なような気分になるというから不思議な男です。三千円が彼のマジック・マネーです。

■さて、K君はマジック・ナンバーはウイスキーの杯数だといいます。五杯飲むといけないというのです。五杯飲むとはじめのY君同様、三時四時になってしまうのです。従って彼のマジック・ナンバーは五杯ということです。

■これもウイスキーの飲み方の一種だろうと思います。つまりはじめのY君でいえば、飲むときはむしろ五時半頃に出てサッと飲んでサッと帰ればいいわけです。七時過ぎたときは逆に飲まぬこと。もう一人のY君は一万円札をいつも持っていればいいし、K君は三杯でストップをかければよろしい。我々は「いい酒」を飲もうではないか、いい酒飲みになろうではないか。と、ついこの間も話しあったのですが、しかしまあ人生にはこういう夜があってもいいのではないかということになり秋の夜長を祝福したわけです。

■しかし、いま問題になっているウイスキーの飲み方は、これとはちょっとちがいます。ストレートをどうやって飲むか、これです。

■荒正人先生に「グイ飲みの弁」という文章があります。

「私はウイスキーを飲むときに、小さいウイスキー・グラスでなめるように飲む飲み方を余り好まない。サイダーのコップに三分の一ぐらい注いで、それを三口ぐらいに飲むのが性に合っている。酔い心地はこのほうがずっとよい」「……アルコールは研究室の実験用のものだということであった。むろんこのウイスキーには、風味などというものはなかったが、カストリよりは口当りもよく、それに、いかにも強い酒という感じがした。私は、温泉から上って一息に、コップ一杯の、この特殊なウイスキーを飲みほした。別にそんなことを意識してやったのではないが、ビールを飲むときの習慣が自然にでたものだと思う。咽喉がごくりといって、灼熱の感じが体全体に拡がった。居合せた一同は啞然とした」

■「ポケット・ウイスキーというのはやはり、もっと量が多くないと、お酒のような気持がしない」「日本人は、ウイスキーを飲む場合に、知らず知らず日本酒を飲むやり方を通用している。時間でいっても、夕刻でなければグラスを傾けない。だが、よく知られているように、外人たちは昼からでも朝からでも飲んでいる。机のひきだしのなかに瓶をしのばせておく。飲みたいときは随時口にする。ウイスキーを愉しむなら、こういう飲み方のほうがよい。これからお酒を飲みましょう、というような改まった飲み方は、じつはウイスキーにはふさわしくない。日本人がコーヒーやたばこをたしなむのと同じ方法でよいのではあるまいか」「小さいグラスでちびちびと飲むのは、酔うまでの過程をできるだけ長びかせようとするためかもしれぬ。だが、こういう飲み方は、最後になると、足腰立たぬように徹底的に酔いつぶれてしまう。では、どうすればよいのか。ウイスキーは、コップでビールを一息に飲む調子で飲むと、反って酔わないのである」

■いかがでしょうか。おなじストレートといっても、こういう飲み方もあるのです。西部劇に出てくる飲み方がそれです。ジョン・フォード監督「リバティ・バランスを射った男」でジョン・ウェインがすさまじいヤケ酒を飲みます。しかし、ヤケなのはその心情においてであって、ジョン・ウェインの飲み方はいつも同じです。ぶ厚いカウンターの上に置かれた大きなオールドファッションド・グラスにナミナミと注がれたウイスキーをものの見事に飲みほして、ガツンと置きます。チェーサーもオツマミもありません。だいたいアチラではメジャーで計ったりしないね。ガバガバガバッと注いでガバッと飲む。はい、それまでョ。「荒馬と女」の故クラーク・ゲーブルの飲みっぷりもよかったね。ガバガバのガバです。見ているとあれがウイスキーの正しい飲み方のような気がしてくるから不思議です。ただし、ジョン・ウェインもクラーク・ゲーブルも我々にくらべれば、まあ雲をつく大男です。ヘヴィ・ウエイトです。しょせんファイティング・原田や海老原博幸といえども、リストン、パターソンにかなうわけがないのです。立地条件がちがいます。また荒先生の場合は味覚オンチじゃないかと悪口をいう人もいます。
■大きなグラスでは駄目だョ、とうすぐらいカウンターの奥から囁きかける人がいます。こういう人物がいるから面白いんだね、酒飲みという奴は。特筆すべきは、この意見がバーテンダー諸氏に多いという事実です。専門家の意見ですから、まあダマッて聞いてもらいたいね。
■「実つぁですね」と彼等はのりだしてきます。「実はこういうことは言いたかねえんですが、言いたかねえんですが言っちゃいましょう、実はですね……」少しシツコイけれど商売熱心を認めてがまんしてください。「ショット・グラスって奴はカッキリ30㎖または45㎖はいるように出来てるんですよ。これがまあワレワレの泣き所でね。ストレート、ちいさいグラスでね、といわれるとガツンときますね、自然と〝キタネ！〟と思いますわな。こういう客に限ってウルサガタが多いんですよ。トリスエクストラは640㎖入りだから、このグラスなら二十一杯はとれるね、すると一杯が××円として、なんて口のなかでボソボソ言う客はいやだね。こういうのに限って通が多いんですよ、やれこのイカクンは去年仕入れたんじゃねえかなんてオツマミにイヤミを言ったりね。……しかし、ま、客の悪口を言っちゃいけませんやね、こういうお客さんはほんとにウイスキーが好きなんですよ、だから毎晩いらっしゃるわけなんで、有難いお客でもあるんですがね」

■小さいグラスにナミナミとつがれたところへ手はつかわずに唇を持ってゆく。こういうお客になると唇そのものが、ショット・グラスに合うような形になってしまっています。盛りあがったヤツをすする最初の一杯が何だか得をしたようで大変にうまいといいます。歯でガチガチと嚙みしめるようにして飲む。つまりウイスキーが口のなかにある時間が長いのです。ノドをたらたらと伝う。こうでなくっちゃいけないと言います。

■余談ですがウイスキーそのものの風味を賞讃する人がいます。飲みこまなくてもいいというんです。口にふくんで味わって吐きだすのです。アルコールに弱い人はぜひためしてください。これも余談ですが、こうすると簡単な歯痛ならなおります。

■ショット・グラスなんてとんでもない。大きなグラスだって味わって飲めるじゃないかという人もふえてきました。だいたい小さなグラスで計って飲むなんてケチクサイというのです。そんなことを気にしていたらウイスキーがうまくなる筈がないという説です。それにオールドファッションド・グラスのいいところは、ちょっとやそっとでは倒れないこと。また、あの重量感、なんともいえぬいい感じの重さがたまらぬといいます。

■大きいグラスがいいか、小さいグラスがいいか、いちがいには言えませんが、ただ、小さなグラスでアゴを突きだして飲む人はウイスキーの味を知っていて、酒を楽しみ、同時にお勘定をごまかせない人種であり、大きなグラスでアゴをひいて飲む人はごまかしやすい、とバーテンダー諸氏は考えている事実、これは知っておいてよいと思います。
■瓶形とかラベルに愛着をもち、ためつすがめつ瓶を眺めながら杯を重ねる人。瓶を手にもちたくて自分で注いで自分で楽しむ人。また逆にディキャンターを愛し、銘柄によってディキャンターを変える人など、これは圧倒的にストレート党に多いのです。これが嵩じると、グラスに注いだらもうストレートではないという純粋無垢（？）な考え方に進展して、絶対ラッパ飲みでなければならぬと言いはるようになります。彼等はいつもポケット瓶をオシリのポケットにさしこんでいます。
■グラスの温度についても厳密な意見をもっています。ふつうは室温ですが、冷やしてから飲むという人もあり、あたためなければ芳香が飛ぶという意見の人もいます。
■大きいグラスの利点を書き忘れたのでつけ加えます。ストレートでもオールドファッションド・グラスまたはタンブラーで飲めば、立ったまま、あるいは歩きながらでも飲めるということです。バーベキューなどの野外料理またはパーティなどでは、大きいグラスの方がたしかに有利です。
■ストレートの話になれば、当然チェーサー（追い水）が問題になるでしょう。もちろん全く飲まない人もいます。氷をしゃぶるだけという変った方もおられます。チェーサーはソーダに限るという人もいます。

■チェーサーは冷たい方がよいか、ふつうの水がよいか。これも意見の分れるところでしょう。冷たい水で舌を洗って、とぎすましてストレートを味わう、という考え方。いや、そうじゃない、冷たい水だと舌の感覚がシビレてとてもウイスキーの微妙な味がわかるはずがない、という考え方の二つに分れるのです。チェーサーは舌を冷たくするためにあるのか、洗うためにあるのか、あるいは強烈なストレートを胃のなかで薄めるという保健的な意味で存在するのか。このへんの考え方で意見が分れるのでしょう。保健的といえばウイスキーはもともと胃の薬である。従って冷たいチェーサーを飲むのはかえって胃にわるいという説をとなえる人もあるのです。

■「サントリーの角瓶、ストレート!」とオーダーして「チェーサーにトリスエクストラのストレートをダブルで……」というお客さんにはびっくりしました。どういう考えなのかよくわかりません。いや、わかるような気もします。とにかく、その人は理窟はヌキだ、これが一番うまい飲み方だと主張するのです。

■ストレートのもっとも変った、**曲芸的**な飲み方をご紹介しましょう。ショット・グラスにナミナミと注ぐ。ここまではヘンテツもありません。飲み方です。いつもあなたが飲む手前の側でなく、向う側、反対側の口から飲むのです。ヤサシイようで案外むずかしいものです。こんなことをして何の得があるのかとおっしゃりたいところでしょうが、実はこれはシャックリドメの妙法なのです。まあ、一度ためしてみてください。百発百中、ピタリです。

オン・ザ・ロックス

■この飲み方は、ずいぶん古くからあったにちがいない。人造氷が発明されたその日にオン・ザ・ロックスで乾杯した、といってもそう間違いにはならないでしょう。しかし、この名称が一般的になったのは、比較的最近のことです。アメリカの小説にはよく出ていました。電気冷蔵庫の普及と密接な関係があるためでしょう。電気冷蔵庫以前は氷は貴重品でした。(昔の氷屋が夏になるといばっていたのを思い出すよネ)オン・ザ・ロックスという名まえがバーで囁かれるようになったのは日本では昭和二十八年か二十九年のことです。いまではオン・ザ・ロックスを知らない人は一人もいないでしょう。その普及速度は驚くべきものがあります。

■以下は都内にあるバーテン氏の告白です。

「ある日、私の前のスツールに掛けたお客様が、小さな声で、サントリー、オン・ザ・ロックスで、と注文されました。そのときの私の困った姿を想像してください。なにしろ知らねえんですから……そこで私は大変なエラーをやってしまいました。バーテンダーとしては絶対やってはならない断り方、つまりバーテンのこれはイロハなんですがね。私はとっさに〝材料がないからできません〟と言っちまったんです。そのときのお客様の表情はいまでも忘れませんネ。わかるでしょう？　あの顔は一生忘れられないでしょう。私も困ったけど、そう言われたお客様のほうがもっと困ったでしょう。このお客様がまたサバケタ人でね、だまって、じゃストレートでいいよとヤサシク一言。私に恥をかかせまいって配慮なんですね。ニクイ客でした。お客が帰ってから、さあ大変、カクテルブックを何冊も何冊もクマなく探したけれど出ていません。そこらじゅうのバーテン仲間に電話をかけたんですけど、だれも知っちゃいない。とんでもないものをオーダーしやがって、こん畜生！　この野郎！　いやすいません、バーテンダーにとってこんなにくやしいことはないんですから、私は、こん畜生！　と思ったね。勝手にしやがれ、ヤケクソ半分で翌日O君のいる銀座のバーへ飛びこんだ。そこへ当時巨人軍の監督だった水原さんがいらして、例のすました顔で〝オン・ザ・ロックス〟とオーダーしてるじゃないですか。恥も外聞もなく私は割りこんじゃったね。しょうがないじゃないですか。うかがってみると、いまアメリカで大流行の飲み方だそうで、水原さんもアメリカでおぼえて帰ってきたばかりのところだったんです。材料がない、と断った私の姿がアリアリと……いやでしたね。それ以来、自信のないものをオーダーされたときは、素直に、教えてください、と言うことにしてます。あるいは今度お見えになるまでに勉強しておきますから、とあやまることにしているんです」

■オン・ザ・ロックスがそれから間もなく全国的に流行したのはご承知のとおり。はじめはどこでもタンブラーが用いられていました。しかし、タンブラーだと、オン・ザ・ロックスというより氷の下にウイスキーがはいってしまう。アンダー・ザ・ロックスです。そこで自然とウイスキーの分量が多くなって専門用語でいえば原価率があがってしまう。オン・ザ・ロックスにはオールドファッションド・グラスをつかおう、そしてシングルかダブルかはっきり聞いてから注ごう、ということになったのは、ウイスキーの原価意識に目ざめたバーテンダー協会幹事諸氏の打ち合わせによってきまったのです。

■オン・ザ・ロックスのいいところは、冷たくて、シャープで、くちあたりがよくて、キックする、スピード感がある、といったところでしょう。唯一の難点は、氷がとけだすとうすくなって、つまり、はじめに飲んだときと味が変ってしまうことです。いずれにしても午後のオフィスか昼食後の一杯、またはナイトキャップといったように素早く飲むべきときの処方なんですが、厳密を期するなら、とけにくい大きな氷をつかうべきです。ロックというからには砂利じゃないんですから、大きい方がカッコいいです。キラキラ光る生きた氷をつかってください。とけかかった、カドのとれた氷（専門家は氷が泣いているといいます）は避けるべきです。これが常識でしょう。

■ところが、です。ところが世にアマノジャクの種はつきません。Amano Jack 氏はこういうのです。オン・ザ・ロックスの生命は冷たさにある（その通り）と申します。そしてスピード感が大切だ（その通り）と申します。それならば、もっと早く冷やすべきではないか、とおっしゃるのです。早く冷やすには氷を細かくくだいて沢山いれ、ウイスキーをさっと注いで、冷えたと思ったら一気に呑む、とこういうんですがね。いかがでしょうか。しかし、これじゃオン・ザ・グラベル（on the gravel）だね。

■グラベル（砂利）というほどではなくても氷をたくさんいれないと気がすまない人もいます。氷をすくなくしてくれ、という人もいます。氷が多いとウイスキーの分量をごまかされるというんです。氷をすくなく、ウイスキーをたっぷり注いで、そのうえに水をちょっぴりいれるという人もいます。オン・ザ・ロックスにさらにビターズを二、三滴という人、レモンの薄切りをのせる人。

■オン・ザ・ロックスにすこし水を注ぎ、飲んでいるうちに薄くなるので、ウイスキーをふやす。また水を注ぐ。ウイスキーを足す。これがさきほどご紹介した現東映フライヤーズ監督水原茂氏の飲み方です。先制攻撃、ネバリ、逆転といったところ。水原さんの一杯は、実は三杯ぐらいにも匹敵するのです。水原監督とオン・ザ・ロックスはピタッとあった感じです。スマートでシャープで。

■氷をたくさんいれたら、いきなり怒鳴ったという短気なお客さんがいたそうです。
「俺はオン・ザ・ロックって頼んだんだぜ。オン・ザ・ロックスじゃないんだよ。氷はでかいのひとつにしてくれないか。氷をたくさんいれてウイスキーの分量をごまかそうったってダメだぞ！」ケチなタンカもあったものです。寿司屋へ行ってノリ巻キを頼む。

カッパ巻キが出ると待ってましたとばかり通ぶるという客によく似ています。「馬鹿野郎！　ノリ巻キは昔から干瓢と相場がきまってるんだ！」わるい客だね、こんなのは。

ハイボール

■ハイボールとは、ストレートやオン・ザ・ロックスと違ってウイスキーを何かで割って飲む飲み方です。正しくはスパークリング・ウォーターで割るわけですが、ここではもう少し広義にとって、まず水わりからまいりましょう。

■ハイボールには英国風と米国風の二種類があることをご承知ください。英国風は落ちついた飲み方で氷を少しつかうだけ、あるいは全く使用しないこともあります。ウイスキーに冷やした水かソーダを注ぎ、氷をいれるにしてもハイボールの温度が変らないように、ふつうは一コしかいれません。エチオピアの皇太子が来日されたときのレセプションでハイボールをオーダーされるときに、はっきりオンリー・ワン・アイスといわれたそうです。エチオピアの皇室が英国スタイルなのはご存知の通り。

■アメリカン・スタイルのハイボールは、どっちかといえばウイスキーの味で飲むというよりは清涼飲料の一種と考えて、従って冷たさを尊重し、一気に飲む飲み方です。そして何杯も杯数を重ねるわけです。いまの日本では、このアメリカン・スタイルの方が優勢のようです。氷をたくさんいれるというのが特徴です。

■水わりにもさまざまあります。作家の永井龍男氏の意見はこうです。水わりが好きだが、冷たくするのはキライ。氷をいれると味がうすくなる。バーでは、水わり、氷をいれないで、とオーダーされるそうです。酒の好みというのは何か作風を暗示しているような気味があって、興味ふかいものがあります。

■水わりの水そのものを冷やすが、決して氷をいれないという人もいます。また、氷をいれた水わりをつくって、あとで氷を抜く（水わりの氷ぬき）人もいます。この人たちは水わりの冷たいのは歓迎だが、飲んでいるうちに薄くなるのを嫌ったわけです。

■水わりでウイスキー・ハーフというと、ウイスキーと水の量が半々で、英国人の好きな飲み方です。ウイスキー・クォーターといえばウイスキー$\frac{1}{4}$に対して水$\frac{3}{4}$の比率の水わりをいいます。

■「水わり！」というと、カウンターの下から一升瓶を出してゴボゴボッと注いでくれる店があります。これぞ、かの有名なミネラル・ウォーターです。ミネラル・ウォーターとは何ぞや。鉱泉水であります。鉱泉水とは何ぞや。鉱泉水とは鉱物質を多くふくむ水であります。身体にいいとされています。何故身体によいか、これはこの項の目的ではないので省略いたします。ただし、このことは心得ておいていいでしょう。ただひたすらにミネラル・ウォーターを有難がるのが能ではないということ。つまり、ある種のミネラル・ウォーターはウイスキーにあわないことがあり、従ってウイスキーの味をそこれは重要なポイントです。

■笑い話を申しあげましょう。ミネラル・ウォーターの一種に平野水《ひらのすい》というやつがありました。昔はシャレたレストランのメニューには必ず平野水というのがでていたもんです。通人は平野水を飲んだものです。平野水は炭酸水です。いまでもお婆さんにプレイン・ソーダを飲ませると「なんじゃ、平野水じゃないか」などと申します。そこで平野水とはプレイン・ソーダであると考えていた人がいました。「なるほど、プレイン(Plain)すなわち平地、平原、平野である。プレイン・ソーダを平野水、うまいね、名訳だね。昔の人はセンスがよかった」などと感心しておりました。しかし、これは間違いです。平野水とは実に〝兵庫県の平野から産する炭酸水〟なのであります。このことを教えてあげたら、どこまでもソソッカシイこの人物「なるほど、なるほど、わかりました。つまり、プレインを平野と考えたまではよかったんだが、ソーダと水とは違うね。プレイン・ウォーターといえばよかったんだね」ひとりでうなずきながらバーへ行って「プレイン・ウォーター!」と注文したそうです。プレイン・ウォーターとは〝ただの水〟であります。彼は水道の水を飲んで、いらないというのにムリヤリ、チップを置いて帰っていったそうです。

■ウイスキーの正統的な飲み方は、まずストレート、次にハイボール、そして新しくオン・ザ・ロックスが現代的な意味をこめて加わってきた、と考えてよいと思います。しかし水わりとは何ぞや、という疑念がいつもつきまといます。

■水わりとはウイスキーを薄めただけのものではないか。そう思うのですが、実際にバーへ行ってみると水わりの流行は驚くべきものがあります。十人の客のうちストレート、ハイボール、オン・ザ・ロックスあわせて五人、残りの五人が水わりといった比率ではないでしょうか。特に文学青年・芸術青年に多いように思われます。油ッ気のない髪をかきあげながら水わりを飲んでいます。水わりの流行は、ウイスキーを日本酒のように時間をかけて飲むという日本人の飲酒習慣によるものではないでしょうか。氷をすくなくというのも、ゆっくり飲むために、つまり薄くならないようにとの配慮からでたものでしょう。

■ウイスキーはストレートで飲むより水でわって飲んだ方がうまいのではないか、というご意見があります。これに対して、一応〝否〟というご返辞をしておきましょう。ウイスキーは生（ストレート）で飲んでいちばんうまくなるように、選ばれた鼻と舌の持主、天才的な感覚の持主が精魂こめてブレンドしているのです。従ってストレートがいちばんうまい筈なのです。それにソーダをわり、氷を冷やし、切れ味をつけ、口あたりをよくし、清涼感をもたらすハイボールも立派にウイスキーの正統派的な飲み方として存在価値があるでしょう。

■そこで、ふたたび水わりとは何ぞやという疑問にもどるのです。

■水わりのよさは淡白なことでしょう。ソーダとちがってツンツンこない。プレイン・ウォーターのよさということでしょう。この点に、水のうまい、水のキレイな日本で水わりが流行する必然性があるわけです。

■サントリー・オールドの水わり、とオーダーするとバーテンさんは一寸顔をしかめます。ヘルメス・ブランデー・VSOPをコーラでわってくれと注文されたときも、ちょっとイヤな顔をします。折角の最高級品を水やコーラでわるのはもったいない、と考えているからです。こう考える方が本当でしょう。

■しかし、そこは、なんといっても酒は嗜好品ですから、各人の好みが飲み方を決定するわけです。自分の好きな飲み方で飲んだらいいでしょう。そして、高級品ほど水でわっても個性が残り、コクも失われない、という考え方も成立します。リクツでいうと水わりには少しおかしいところがあるのですが、しかし、ウマイのだから仕方がありません。特に秋の夜長にはピッタリあうようです。当分水わり全盛時代が続くのではないかと予想されます。

■ソーダわりに移りましょう。ハイボールにレモンをいれるかいれないかという議論が行われたことがあります。これもウイスキーの香りを尊重すれば、レモン無しが正しいでしょう。ただし、特殊な匂いのあるウイスキーの香りを消すとなればレモンも有効です。

■ハイボールも氷の量が問題になります。これは水わりの時と同様と考えてよいでしょう。ハイボールでも軽くマドラーでかきまわしてから氷を抜く人がいます。

■ハイボールはあまりかきまぜないで、スパークの切れ味を楽しむものです。ところがここにもまたアマノジャク氏がいて、すっかりかきまわして泡を消してから飲む人がいますから面白いものです。

■ハイボールとはウイスキーをスパークリング・ウォーターでわったものですから、ソーダ以外のさまざまな飲み方が生じてきます。

ウイスキー&コーラ（ウイスキーをコーラで割ります。反対にコーラにウイスキーを注ぐこともあります。前者はウイスキー主体、後者はコーラ主体、従って酒精度がちがってきます）

ウイスキー&ジンジャーエール

ウイスキー・ホーセスネック（レモンをラセン状に切り、先をタンブラーのふちにかけます。ウイスキーを注ぎジンジャーエールでみたします）

ウイスキー&トニック（ウイスキーをトニック・ウォーターでわります）

ウイスキー・ハイボール・シラップ（ハイボールに砂糖をいれます。女性用）

ウイスキー・ハイボール・スイート（ソーダが入手できないときにサイダーでわったもの。甘いゲップがでます）

ウイスキー・ライムソーダ（ウイスキーにライムジュース15㎖いれ、ソーダでみたします）

マミー・テーラ（ハイボールにライムジュースをいれたもの。ウイスキー&ジンジャーにライムジュースをいれたもの。ハイボールにコンクレモンジュースをいれたものなどをいいます）

■最後にかわった飲み方をふたつご紹介します。ひとつはウイスキー・フロートです。水とウイスキーでは比重がちがいます。トリスエクストラの比重は〇・九五七です。タンブラーに水を入れ、ウイスキーを静かに静かに注ぐと、きれいにわかれてウイスキーが浮きます。ストレートとチェーサーが一緒になったもので、ひとつのグラスですむところがミソです。つぎがバクダン。タンブラーに水をいれ、そのうえに、ウイスキーをいれたショット・グラスを浮かせるわけです。ショット・グラスは薄手の方がよく浮きます。これをそのまま飲むのです。ストレートと水を同時に飲むようになります。水わりともフロートともちょっとちがいます。ホステスや芸者さんに教えると面白がって飲むので、有効（？）という説も聞きました。

その他の飲み方

■いままでの飲み方は全てそのまま飲むか冷やして飲むか、だったのですが、こんどは温めて飲む飲み方です。ホット・ウイスキーです。ホット・トディーともいいます。好みの分量のウイスキーに、砂糖をお好きなだけ、中型タンブラーにいれ、熱湯を注いでステアします。レモンピールを浮かせ、スプーンを添えます。冬の夜はこれにかぎります。ナイトキャップで飲めばぐっすりねむれます。オシッコに起きないですみます。風邪をひいたときなど絶大な効果があります。なお風邪薬としてのウイスキーの効能は昔からいわれていますが、スコットランド古諺の「風邪をひいたらベッドの上で、カアチャンの顔が二重に見えるようになるまでウイスキーを飲みつづけなさい。」などが著名です。

■ホット・トディー・レモン入りはスライスレモンを浮かべたもの。ただしレモンの酸味と皮の苦味があるので、加減がむずかしい。半分位飲んで苦くなったら、適宜砂糖やウイスキーを足してください。ホット・トディー・丁字入りは、クローブをいれてアルコールの匂いを消したもの。アルコールは七十度以上の熱で蒸留をはじめますのでそのときの匂いをきらうわけです。

■ウイスキー・ティー。紅茶にウイスキーをいれたもの。晩秋から冬にかけて、ウイスキーをいれない紅茶なんて飲めたもんじゃないという人もいます。「秋もはや熱き紅茶にビスケット」という高浜虚子の句がありますがこの人などさしずめ「秋もはや熱き紅茶にエクストラ」というところでしょう。

■つぎに、いままで洩れたさまざまの飲み方を順不同に列挙いたします。
ウイスキー・ビター（シェリー・グラスにビターズをいれ、グラスのふちにもつけるようにして、余分を捨てます。そこへウイスキーを注いで、ぐっと飲みほします。粋な飲み方です）
ウイスキー・ニコラシカ（まずリキュール・グラスにウイスキーをそそぎます。つぎにレモン一片のうえに砂糖一さじ分のせ、これをリキュール・グラスの上に置きます。飲むときは、砂糖をレモンでつつみ、口の中にいれてひとかみしてから、ぐっとウイスキーを飲みます）
オールド・ファッション（ウイスキー・オン・ザ・ロックスに砂糖をいれ、レモン、オレンジなど季節の果物をかざり、果物をつぶして飲みます）
ウイスキー・パンチ（客が多いときにつくります。ウイスキー一本、レモン汁、砂糖、オレンジキュラソーをグラス一杯、パンチボールにいれ、ソーダ四、五本でみたします）
デヴィル・ポンプ（どういうものかウイスキーとビールを一緒に飲むと早く酔います。
ビールを注いだグラスの中に、ウイスキーをグラスごといれます。さきほどのバクダンに似ています。昔、流行したことがあります）
ウイスキー・スマッシュ（グラスの中でミントの葉をつぶして香りをつけ、葉をとりのぞいたグラスでハイボールをつくります）

ウイスキー・ジュレップ（スマッシュにシロップをいれ、季節の果物でかざったもの）
ウイスキー・デージー（ミントをつかわないジュレップのこと）
ウイスキー・リッキー（ライムを半分グラスにいれ、ウイスキーに水またはソーダを少量いれ、自分でライムをつぶして味をだしながら飲みます）
ウイスキー・サワー（ウイスキー、レモン汁、砂糖をシェークしてソーダをほんの少し加えます）
ウイスキー・コーリン（ウイスキー、レモン汁、砂糖をシェークしてソーダと氷を満たし、果物でかざる）
ウイスキー・フィックス（コーリンでソーダの代りに水をつかったもの）
ウイスキー・クラスター（シェリー・グラスかワイン・グラスをつかい、レモンをラセン形に皮をむいてグラスにはめこみ、ウイスキーと砂糖をシェークしたものを注ぐ。グラスをスノースタイルにしてもよい）
ウイスキー・フリップ（ウイスキー、卵黄、砂糖をシェークし、ワイン・グラスに注ぐ。精力がつきます）
ウイスキー・エッグノッグ（卵、ウイスキー、砂糖をシェークしてタンブラーに注ぐ）
カウボーイ・カクテル（ウイスキー二、クリーム一の割合でシェークしてカクテル・グラスに注ぐ）

アプロープ・カクテル（ウイスキー、アロマチックビターズ二滴、オレンジキュラソー二滴をステアする）

レモンパイ・カクテル（レモネードにウイスキーをフロートする）

ウイスキー・コブラ（ウイスキーにパインジュースを入れ、水で満たしてステアする）

■さて、いったいウイスキーの飲み方は何種類になったでしょうか。ぜひ、いちど数えてみてください。すくなくとも四十八通りはあるでしょう。なにごとも四十八手ということが肝心です。四十八手が基本形となるのです。そこで、ある人がいいました。俺はいつも四十九手だというのです。いったい何事かと思ったらシジュウ・ナインだそうです。始終ナインです。いつもお金がないから飲めない、飲めないという飲み方だと言うんですが、どうも感心できません。

■おしまいにウイスキーにあう飲料を整理しておきましょう。まず水としては鉱泉水、水道の水、井戸の水。清涼飲料としては、ソーダ、コーラ、ジンジャーエール、トニック・ウォーター、サイダーなど。果汁はレモン、オレンジ、パイン、グレープ、アップルなど。乳製品飲料としては牛乳、クリーム、乳酸菌飲料。お茶のうち葉茶は緑茶、紅茶、豆類のお茶はコーヒー、ココア。これらの材料を適当に組み合せればお好みのカクテルができるわけです。

# 私のウイスキイ史――旦那から男たちへ、男から女子供へ

## はじめてのウイスキイ

最初に飲んだウイスキイのことは妙にハッキリと記憶している。昭和十四、五年のことで、父が日本海側の柏崎という所へ、兄と私を連れていってくれた。当時、父は、新潟鉄工所に勤めていて、新潟の工場に仕事があったのだろうと思われる。父は学生時代から石油の精製装置やパイプの専門家で、その関係（たとえばガソリンスタンド）の特許を幾つか取得している少壮の科学者であり実業家の卵でもあった。父が兄と私の二人を旅に連れて行くなんてことは、後にも先きにもこれっきりだった。

私が十二、三歳、兄が十三、四歳だった。柏崎では新築の日本旅館に泊った。そこで夕食のときにウイスキイを飲んだのである。むろん、ストレイトで、その頃は誰もがカットしたショット・グラスで飲んだ。グラスが琥珀色であったかブルーであったか、それは思いだせない。

ウイスキイには、さァ何と言ったらいいか、一種の憧れのようなものがあった。尊敬して遠くから眺めるもの。権威。高貴なもの。スター。思い切って陳腐な表現を怖れずに書けば、ウイスキイは〝宝石〟だった。キラキラしたものだった。

酒豪と聞いている出入職人の大工や鳶職や植木屋の親方が「あいつは、いけねえや、腰を取られる」なんて言っていた。アルコール度数で日本酒の三倍、焼酎の二倍くらいあったから、たくさん飲めば体の自由を奪われるが、どこかに〝俺たちは遠慮したほうがいい〟といったような気配があった。ウイスキイは旦那の飲むものである。トリス文化といったようなウイスキイの大衆化はずっと後年になってからのことである。そもそも、飲み方を知らなかった。追い水《チェーサー》なんて言葉も知っているわけがない。

十二、三歳であった私にも畏怖の念があった。おそれおおいもの。禁断の木の実。日本酒なら小学生の時から、台所で盗み酒をやっていた。さすがにウイスキイには手が出なかった。こわい。こわいけれど飲んでみたい。いったい、それはどんなものか。飲んだら、天上に舞いあがるような気分になるのか。

遂に私はそれを口にした。ショット・グラスが唇に触れる感触がいい。うまい！　刺戟的である。ノドを刺す。口いっぱいに香り高いものが広がる。銘柄は知らない。たぶん、その頃人気があって父も好きだったホワイト・ホースだったんじゃなかろうか。一杯ではなく、二杯飲んだんじゃないかと思っている。いい気分になった。こんな未知なるものがあったのか。人生って奴は、まだまだ奥があるんだなと思った。ふわふわする。体が揺れる。むかむかする。私は天上へではなく天井へ舞いあがった。

「横になれ」

と父が言った。私は初めて部屋の中が天井がぐるぐる廻るということを経験した。頭のなかでとめようと思ってもとまらない。ぐるぐる廻る。部屋ごと一回転する。二回転する。三回転する。あとのことは知らない。

思うに、ウイスキイがもっと大衆化していたら、こんなことにはならなかったろう。女中が飲ませないだろう。

柏崎行の記憶は、これしか残っていない。海がどうだったか、父の工場がどんなふうだったのか、兄はどうなったのか。往復の汽車がどんなであったのか。何も記憶がない。

ストレイトで飲むべきもの

昭和二十年五月二十五日、東京大空襲のとき、南麻布に住んでいたのだが、最後の最後まで消火につとめ、どうにもならなくなって有栖川公園へ逃げた。いまでも不思議にも滑稽にも思っているのだが、私は一本の柄杓《ひしやく》を手にしていた。金目《かねめ》のものは幾らでもあったし、柄杓なんか何の役にも立たないのがわかっているのに。

ところが、私は、逃げる前に、サントリーの角瓶を池に放り込んでいた。軍需成金であった私の家には貴重だったサントリー角瓶が箱《ケース》で置いてあった。そのうちの一本である。自分では大手柄のつもりだった。

夜が明けて家へ戻ると一面の焼野原だった。お向いの後に最高裁の判事になった小林俊三先生の家も丸焼けである。

私は小林先生にウイスキイの話をした。一献差しあげたいというのも妙な話だが、小林先生は大層喜ばれた。焼跡に立ってウイスキイを飲んだ。小林先生は酒好きではなかった。しかし、ともかく体だけは無事であったことを祝おう、自分を励まそうという気持があったに違いない。その小林先生がコップのウイスキイをがぶっと飲んだあと、見るも無残なしょっぱい顔をされた。少し遅れて飲んだ私は、あッと叫んで吐きだした。瓶に池の水が浸入していた。私は、アイディアはいいのだが詰めが甘いのである。ナマグサイ。金魚の味がした。

日本内地の軍隊で終戦をむかえた私は、家へ帰ると、いっぱしの酒呑みになっていた。家に軍需成金の名残りがあったから、米軍兵士が何人も遊びに来たりしていて、ウイスキイは主にフォアローゼスを飲んでいた。

すぐに小さな出版社に勤めるようになるのだが、目白駅近くの屋台でバクダンと称するものを飲んで百米《メートル》も駈けだすとグデングデンに酔うことを知ったりした。肴は黄色く着色されたタクワン一片だったのだから、貧しいとか哀れとかの段階ではない。間借りしていた部屋で、朝起きると目が開かないことがあった。実際に、メチルアルコールで失明したり死んだりした人もいたのだ。

それでも新宿のハモニカ横丁などは賑わっていた。毎晩喧嘩が絶えない。そこへ飲みに行くのは喧嘩場へ行ってみるといったような緊張感があった。ビイルを注文すると、カウンターの客（カウンターだけの店がほとんどであったが）が一斉にこっちを見た。ビイルは高級で贅沢な酒だった。可笑《おか》しいのは、痛飲したあと、お汁粉屋へ行ってズルチンのお汁粉を飲む客が多かったことである。体が甘味を欲していたのか。また、これがウマイんである。新宿には、ちゃんとこういう深夜営業の喫茶店があった。

若い編集者の集まりがあって、たまたま手に入ったサントリー・オールドをぶらさげて会場へ入ってゆく、一瞬静かになったあと、響《どよ》めきが起った。オールドにはそれくらいの権威と力があった。

その頃、五味康祐さんがジョニー・ウォーカーの黒ラヴェルを飲ませてくれた。いくらか奇嬌の一面のある大流行作家は私を可愛がってくれた。五味さんの家へ行くと、将棋の二上達也八段（当時・現将棋連盟会長）がいて飛角落ちの稽古将棋を指していた。「ヒトミちゃん、飲んでくれよ」と五味さんが言ってジョニ黒とタンブラーとを私の前に置いた。当時のジョニ黒の権威たるや、これもちょっと言葉にならない。

五味さんなら許してくれるだろうという甘えがあり、将棋に夢中になっているのをいいことにして、私はタンブラーになみなみとウイスキイを満たして、一気に呷《あお》った。そんな飲み方をしたのは、それが最初で最後である。また、これまでウイスキイをこんなに美味いと感じたことはなかった。またまた陳腐になるが、真実《ほんと》の美酒がこれだと思った。ウイスキイはストレイトで飲むべきだという私の信念は、いよいよ鞏固になった。

あの威厳は、あの神秘性はどこへ行った？

昭和三十三年、サントリー（当時の社名は洋酒の寿屋であったが）に入社した。

ここでは、ウイスキイを飲むことも仕事だった。酒場《バー》調査なんていう時間外の仕事もあった。他社の新製品を飲むのも勿論仕事だった。私の机の上には自社製品、他社製品、スコッチが常に置かれていた。〝洋酒天国〟とはこれだと思った。

鳥井社長（当時）、佐治専務（当時）をはじめとする鳥井一族は酔っぱらいが嫌いだった。私はこれが不思議でしょうがなかった。酒をたくさん飲んで酔っぱらう。だから酔っぱらいが増えれば酒屋は儲かる。なぜ酔っぱらいが嫌いなのか。その意味がわかったのは、つい最近のことである。私には控えて飲む、穏やかに飲むなんて気持がこれっぽっちもなかった。酒は酔っぱらうまで飲むものだと思っていた。つくづくと情ない。

私の部署は宣伝部であるが、ウイスキイはストロングからマイルドに移動する時期に入社したことになる。宣伝文句にストロングはほとんど禁句になりかかっていた。これが私には意外であり不可解だった。私にとってウイスキイは男の酒だった。真剣に飲むべきものだった。だからストレイトしか飲まない。私のウイスキイの歴史からしても酒は特にウイスキイは命がけで飲むべきものだった。「酒を水で割って飲むほど貧乏しちゃいねえや」と、よく酒場で叫んだものである。カクテルなんか飲まない。ジンもストレイトで飲んだ。割って飲むのはハイボールだけだった。いわんやブランデーを水で割るにおいておや。

真剣に飲んだからウイスキイの味がわかるようになった。売れているウイスキイなら黙って一口ふくんで銘柄を当てることができた。東京会館のカウンターバーが好きで、銭《かね》もないくせによく通った。同じショット・グラス八箇をバーテンダーに用意してもらう。そこへ異るウイスキイを満たしてくれるように頼む。私は別室に去る。主にその間に小便をしたものだ。カウンターに戻って、百発百中、何度やっても間違いがなかった。だけど、言いたかないけど、これは銭もかかった。酔い方も相当なものだった。私は命がけで真剣に飲んだ。

入社して間のない頃、工場の研究室に用事があってサントリーの山崎工場へ行った。そのとき試験管で飲んだウイスキイの原酒の美味かったこと、これも忘れられない。酒類はアルコール度数の高いものほど美味いという宿命がある。ロシアのエリツィン大統領もこの意見に賛成してくれるだろう。私の知るかぎり、エリツィンと、俳優の蒼い目のピーター・オトゥールの二人は強い酒をストレイトで飲む顔をしている。私が山崎工場でウイスキイの原酒の樽の貯蔵庫を見たときの感動をどう伝えたらいいだろうか。私は「俺は、これで、もう喰いっぱぐれにはならない」と思ったものだ。この感動は戦中派でないと理解しにくいかもしれない。ずいぶんセコイ感動だけれど、どんな不況になっても、この樽を切り売りしていけば喰うことだけは喰える。なにしろ、私はバクダンを飲んで百米も疾走した男なのだ。

さて、いまの私はウイスキイを水で割って飲む。特に寝酒がそうだ。裏切られたと思う方は六十七歳という年齢に免じて許してもらいたい。高齢となって喉、食道、胃を保護しなければならなくなっている。

若い人たちは酒を飲むのが上手になってきた。私のように命がけで飲む馬鹿者は相手にされないだろう。若いサラリーマンが高価な酒を飲む。女性が煙草を吸いながら体を傾けてチビリチビリやっている。屋台村なんてものがあって、これが大入満員の盛況であるという。赤提灯はうらぶれた中年男の行くところではなくなった。女たちは二次会三次会も平気でつきあう。早く消えてくれと思う時がないわけではない。しかし、これが大衆社会化状況の行きつく果てなのである。

ウイスキイの威厳が失われつつある。畏敬の念がない。神秘性も消滅しかかっている。これはウイスキイだけのことではない。世の中全体がそうなってきた。概して言えば、これは良いことだろう。

私は、依然としてウイスキイを愛している。なんだか自分の人生そのものであったような気さえしている。あるいは最も信頼できる友人か。この感じは、やはり、百米の疾走から来ているように思われる。だから、私は、これからも変らずにウイスキイという酒には畏敬の念を抱き続けてゆくことになるだろう。

## 祇園　山《やま》ふくの雑《ま》ぜ御飯

祇園町の山ふくへ最初に連れていってくれた人は誰だろう。最初に行ったときの情景が浮かんでこない。しかし、筋道を立てて考えてみると、それは山科の陶芸家竹中浩さんであるに違いない。お互いにまだ若くて、知りあったばかりでもあったので遠慮があり、どこかギコチない感じだった。山ふくに、竹中さんの初期の作品が置いてあった。それを私に見せるほうに重点があったのかもしれない。白磁の面取《めんと》りの盃は、いい感じで私の下唇に触れた。

ところが、山ふくでは食器類は民芸調のものが多いのである。これは女将《おかみ》の山田たねさんが民芸品愛好家であるためだ。たねさんは、たとえば「信州民芸めぐりバスの旅」

なんてものがあると、一人で参加して、いろいろと食器類を買ってくる。はじめは違和感があった。祇園は清水寺のある小高い山の麓にある。清水焼きであったり、京風のあっさりした薄手の食器類が出てくるほうが自然ではないかと思ったものだ。この違和感がいまでも続いている。しかしながら、この違和感がいいのである。大袈裟に言うならば、京都の都の文化と関東の土臭い文化が正面衝突しているように思われる。この感じは悪くない。だから、山ふくに置いてある竹中浩さんの作品は、どちらかというと、ゴツいもので土の香りがするようなものだ。

ところで、私は、山ふくを教えられて、一度で気に入ってしまった。いまでこそ『京都うまいもの地図』といった案内書を手にしたギャルが、店内を見廻して「ああ、ここなんだ」と叫んで、そのまま出ていってしまうようなことがないでもないが、当時は祇園町の一力の裏にあることが信じられないようなヒッソリとした一膳飯屋の名に相応《ふさわ》しい店だった。私は、ヒトメ、ここは祇園町の御主人連の来る店だと思った。事実、地味な黒っぽい絣《かすり》なんか着た中年男が、菜っ葉を肴に一本だけ飲んで、そそくさと帰ってゆく光景なんかが見られたものである。どこでもそうだが、玄人（この場合は水商売）の行く店がいいにきまっている。たとえば寿司屋の職人の行く寿司屋。また、むろん深夜になって、祇園町の客が、舞妓を三人ばかり連れて乗り込んでくるということもあった。

それでも、いまでもそうだが、誰もが静かに飲んでいて、キャアキャアと大騒ぎするようなことはなかった。そこが、若い人たちに名を知られるようになった現在でも他の有名店との大きな違いになっている。私は山ふくの雑《ま》ぜ御飯が好きなのだけれど、常に若い女性で一杯の、時には店の前で三十分も並ばなければならないような「かやく飯」の有名店とはまるで違う。

つまりは、通《つう》の行く店だった。演劇や映画関係の人には名を知られた店であることが、だんだんわかってきた。篠田正浩・岩下志麻夫妻の姿を見たことがある。食通である中尾彬・池波志乃夫妻も愛好していると聞いた。

私は京都へ行けば山ふくで食事をするようになった。取材旅行や講演旅行で西へ行ったときは、一行と別れて祇園町で一泊して山ふくで飲んで帰る。少し前に流行った言葉で言えば「ほとんど病気」だった。その中毒は今に続いている。その日に帰らなければいけないようなときは、新幹線の最終列車にまにあう時間ぎりぎりまで、ここで飲んでいた。ときには雑《ま》ぜ御飯を折詰にしてもらって、新幹線の座席で夕食を摂るようなこともあった。

女将の山田たねさんとも親しくなった。私は山ふくの雑《ま》ぜ御飯が大好きである。グリーンピースの豆御飯、筍飯、かやく飯、松茸御飯。いつでも私は、席に坐るなり、一膳だけ私の分を残しておいてくださいと頼む。なかでも筍飯を愛好している。筍飯も好きだが、そもそも筍が好きだ。二月の終りになると、もう筍飯を出してくれるが、筍の旬《しゅん》になると、やや小太りで少し足の悪いたねさんが、体を左右に揺すりながら、まだ私は何も注文していないのに、丼一杯の筍の煮物を持って、実にいい笑顔でもって近づいてくるのである。その程度に私達は親しくなっていた。旅先きで描いたスケッチをたねさんに進呈する。あるとき、たねさんは「せんせのように、だんだん上手になってゆくお方は珍しいわ」と言った。これをお世辞と取るか悪口と取るかに迷った。以前の絵は見られたもんではなかったというふうにも受け取れるのである。私は、お互いに悪口を言いあえるくらいに親しくなっていると解釈することにしている。

さて、肝腎の山ふくの料理であるが、こういうものを料理というのかどうか私にはわからないが、ともかく、小上りの端に取り付けられた緑色の黒板（これは言語矛盾であるが）に書かれた品書《しながき》を紹介するのが一番の捷径《ちかみち》であると思われる。十月のある日の献立。

「小芋・おから・きんぴら・もずく・千切り・こんにゃく・川えび・ひじき・もろきゅう・じゃこおろし・ほうれん草・わさび芋・しゃけ・青とう・貝柱・いわし煮・しをから・ささがれい・なっとう・もろこ・丸干し・さざえうに・たら子・きも煮・たにし・つけもの・うなぎのきも煮・あまごの南蛮漬・柳川・でんがく・肉じゃが糸こんにゃく・なっぱ・温泉玉子・ゆどうふ・揚出し・冷やっこ・かす汁・鴨ロース・小あゆ煮・

たいの子・てつかわ・やきなす・ごり煮・ぎんなん・大根煮」。これに、季節の雑《ま》ぜ御飯が加わる。

これを勝手に組み合わせて注文する。私なら、おから、きんぴら、ひじき、肉じゃが、なっぱは欠かせないところだ。魚がまるでないのも淋しいから、てつかわ（河豚の皮）でも頼むか。これを三、四人で分けて食べる。

私は、山ふくという店の成立ちについては何も知らない。花街《いろまち》で身許調べのようなことをするのは失礼に当るだろう。以下に私の推測と、自然にわかってきたこと、竹中浩さんに教えてもらったことを記す。

山ふくは祇園町のお茶屋（待合）であった（と思われる）。終戦後、みんなが貧しかった頃は経営不振であった（と思われる）。二階に黒田辰秋作のカウンターがあるそうだから、ある時期、酒場に近いことをやったことがあるのかもしれない。

山田たねさんが、あるとき、一膳飯屋か惣菜屋のようなものを始めたらどうかと考える。長女の芙喜子《ふきこ》さんを辻留に修業に出す。現在の品書はほとんど芙喜子さんの発案であるそうだ。芙喜子さんはシナリオ・ライターの剛《たけし》さんと結婚して（それで映画・演劇関係の客が多い）東京に住んでいるが、京都にもマンションの一室を借りてあって、しばしば店を手伝いに来ている。この芙喜子さんの御主人の剛さんの弟の毅《つよし》さんも板場で働いている（盛り付け専門）。この人が将棋好きで、私が棋士に山ふくを紹介したことが、店と私とが親しくなるキッカケになったとも言える。山ふくの店が賑わいはじめる夜の六時から七時頃、階段の下に蹲《うずくま》るようにしている男がいる。私は密《ひそ》かに階段下の怪人と名づけていたのだが、この人が長男の功さんであって、会計係という考えようによってはもっとも重要な仕事を担当している。この功さんの嫁の勝子さんが、いわば、いまの山ふくの看板であって板長を勤める。つまり料理方は、芙喜子さんがいないときは、勝子さん一人である。活発で気合のいい女性である。威勢がいいけれど決して煩《うるさ》くはない。この勝子さんの発案によって、山ふくは、昼も営業するようになった。これが正解で、山ふくに若い客、特に女性客が多くなった。通の店が、俄然、幅を増したのである。勝子さんは、たねさんと芙喜子さんから学び、それをすっかり自分のものにしてしまった。だから、山ふくはいまでもたねさんと芙喜子さんの味を保っているのである。一番大事なことを書き忘れている。女将の山田たねさんは、去年の秋に、嗚呼《ああ》、亡くなってしまったのである。私達は、もう、あの笑顔に接することができない。私は、いつでも小上りと言うべきか小間《こま》（小座敷）と言うべきかわからないが、店の隅の畳の部屋にあがる。すると、たねさんは満面の笑顔で、体を振りながら小上りに上ってくる。私は、いつも、足が悪いのに申しわけないと思う。そこの、あいている椅子に坐っていて下さいよ、お顔は見えますからと言うのだが、いっこうに私の言うことをきこうとはしない。そうして笑った顔のままで言う。

「せんせ、今日は松茸御飯ですね。一杯だけ取っておきますから……」

店の雰囲気も客あしらいも味も、勝子さんやその他の身内の人たちがシッカリと継承していることを、まことに嬉しく思う。

祇園一力の裏に山ふくがあり、山ふくの真裏に二鶴という旅館があった。私は京都へ行けば二鶴に泊まり、一度だけ主人の料理を頂戴して、あとは昼も夜も山ふくで食べる。時には二鶴の女将の吉田三千子《みちこ》さんを山ふくへ連れていってしまうこともあった。山ふくの後はサンボアへ廻る。

ところで二鶴という旅館があったと書いたのは、今年の一月で廃業して学研都市線の田辺町へ移転してしまったからである。まあ、吉田夫妻も齢《とし》を取ってしまったためと言っておこう。

店を畳む直前に二鶴へ泊った。竹中浩さんが来てくれて、二階の座敷で絵付けをしたり陶盤《とうばん》に文字を書いたり色紙を書いたりして遊んでいた。そこに三千子さんが上ってきて、それこそ女子学生のようにキャアキャア言いながら、見物していた。三千子さんが一枚の陶盤の前に坐って動かなくなった。

「まあ、嬉しいわ。せんせ、これ頂けるんでしょうか」

「もちろんだよ。そのために書いたんだ」

その陶盤に私は〝祇園町に二鶴といふ旅籠《はたご》ありき〟と書いていた。

「キャア、嬉しい。お父さんも喜ぶわ。いい記念になります。いえ、家宝にします」

女将は陶盤を押し戴くようにしていたが、急に静かになり、動かなくなった。しまったと思ったが、もう遅い。祇園町の二階座敷に女将の微《かす》かな歔欷《きょき》が流れ、次第に高くなって部屋一杯に広がっていった。

〝行きつけの店〟と題して、通人ぶったようなことを書くのに気が引けることがあるが、私にとっての〝行きつけの店〟とはこういった交際《つきあい》のことである。

京都へ行けば二鶴に泊り、山ふくで食べ、サンボアで飲む。山ふくからサンボアまで、感じで言うと百五十メートルぐらいのものであろうか。だから、活字で〝小京都〟という文字を見ると笑ってしまう。私にとっての京都は、そもそもが、とてもとても小《ちい》さいのである。

# 魚河岸の賑わい

暮は、仕事のほうの段取りは例年になくうまくいって、早く終った。

しかし、十二月十三日から二十八日まで、日曜日を除く十四日間、毎夜、宴会のごときものが続いた。こういう年も珍しい。日曜日も、十六日の有馬記念のあった日は、市川市の料亭で中央競馬会主催の忘年会が行われたから、ほとんど息つく暇もない。対談があり、新連載の打ちあわせがあり、友人の送別会、友人の家族全員で集まる中華料理の会、毎年の暮にフグを食べる会、将棋仲間の納会などが続いた。対談では酒を飲まなくてもいいようなものであるが、ひとつは酒がテーマの対談であり、ひとつは野球の三原脩さんの日本ハム球団社長就任のお祝いを兼ねたものであって、どうしたって飲まないわけにはいかない。

そこへもってきて、十一月の末からの風邪が治らず、微熱が続いていて、胃の具合もわるい。こうなると、私は、昼間は寝ていて、四時頃に起きてきて、風呂に入り、髭を剃ったりして、五時か五時半に家を出るようになる。そんな毎日が続く。これは、どうしたって芸者の生活である。芸者よりは楽なはずであるが、だんだんに疲れがたまってくると、こんどは、いくら飲んでも眠れなくなる。明け方まで眠れない。そうやって、昼間は、布団のなかで、死んだように、ただただ、へたばっている。私は、こんなわけですから、今夜の会は、かんべんしてください、失礼しますということがどうしても言えない。会場まで行かれる体力があるならば、そこへ行って、勧めるだけは勧めてこようと思ってしまう。いけない性分だけれど、どうにも仕方がない。それに、どの会も、一ト月も前から約束したものであり、あるいは、毎年の恒例になっているものであり、あるいは、私の言い出した会であったりする。

その十四、五日の間に、三人の老人が亡くなった。一人は友人の父上であり、一人は料亭の内儀の母上であり、一人は叔母だった。叔母は、母の妹であり、十二月二十八日に六十九歳で亡くなった。

二十八日までは宴会が続くので、二十九日に魚河岸へ行って正月の買いものをすませ、三十日が大掃除という予定だった。この三十日が叔母の葬式になった。どうも、私の母方の者は十二月に亡くなる人が多い。

＊

どんなことがあっても、魚河岸での買いものをしないわけにはいかない。元日の客は何人になるかわからないが、ある程度の準備というか、臨戦態勢を整えないといけない。

二十九日は土曜日である。一般に、翌三十日は日曜日なので、魚河岸は二十九日までった。そこで、大変な混雑になった。私たちは朝早く家を出たのだけれど、それでも、場内《なか》へ行く道が歩けないほどに混みあっていた。そのために場内はあきらめた。

私のところでは、マグロ、カズノコ、タコ、ナマコといったものは、築地の『すし伸』という寿司屋に頼んで、一括して買ってきてもらう。自動車は、中華料理の『東興園』の前に置かせてもらう。正月の御節料理は『海老屋』で買う。その他のツマミモノや野菜を場外の店で買うのが楽しみだ。

毎年のことながら『海老屋』の繁昌ぶりはもの凄い。

「いったい、これで、一日の売上げがどのくらいになるんでしょうか」

そんな声がきこえる。

「それより、どのくらい仕入れるんでしょうね」

「さあ……」

「鮒《ふな》の甘露煮、二百五十グラム、千円ですか。さあて、鮒の甘露煮って何でしょうね。ああ、これですか。ええと、なに？　二百五十グラムで千円？　高い高い。駄目だ、駄目だ。ええ、困ったな。ちょいと、この鮒の甘露煮っていうの、二匹ちょうだい」

こういう客まで相手にするのだから、店のほうでも骨が折れる。

魚河岸の客というものは、特に暮の客は、まことに見窄《みすぼ》らしい親子連れもいれば、びっくりするほど上品な老紳士もいて、そこのところが、見ていて実に楽しい。頰の赤い少女が長靴を履いていて、口をきくと、啖呵《たんか》にちかい歯切れのいい言葉を発する。混んでいるから、肩と肩がふれ、時に押しあいになる。それがちっとも不愉快にならない。これが新宿あたりの繁華街と違うところだ。魚河岸では、ぶつけられたら、ぶつけられたほうが悪いということになっている。むこうから荷が来たら、体をかわしてよけなければならない。道を歩くのが、一種のスポーツになっている。そこのところが気持がいい。

＊

三十日が葬式だったから、大掃除が大晦日になった。掃除が済んでから煮物になった。私も女房も、すでに、へとへとになっていた。

暮から正月にかけて、都内のホテルで暮したり、京都へ行ったり、温泉地へ行ったりする人がいる。私もそのことを考えないわけではない。体は楽だし費用だってずっと安いものになる。なぜこんな思いまでして客を迎えるのか、と、自分で考えてしまうこともある。

しかし、結論は出ているのだ。そうせずにはいられないからだ。ただそれだけのことだ。

新婚夫婦が元日に挨拶にくる。彼等に二人の子供が生れる。すると、それだけで人数が倍になる。その長男が、歩くようになり、小学校に入学するようになり、元日に私のところへ遊びにくるのを指折りかぞえて楽しみにしているという話を聞けば、どんなことがあったって、子供の喜ぶものを用意して、これを待たないわけにはいかない。スキーに行ったり温泉に行ったりする人とは人種が違うのだと思わないわけにはいかない。

今年は、私と女房と伜をふくめて、七十七人になった。それと、客商売をしている、つまり専門家の手伝いの多かったところに特色があった。

専門家が多いとどうなるか。ひとつには、彼等の得意とするところの料理がどんどん出てくるという傾向がある。キャバレーに行って、頼みもしないフルーツの盛りあわせが出てくるというのに似ている。

もうひとつは、これが女房が采配を振っていれば、時に応じて、全員に雑煮を配ったり、肉を焼いたり、子供にアイスクリームを出したりするのだけれど、専門家は、前項とは逆の意味において、注文がなければ食べものをださないという傾向があるのである。キントンをくださいと言う客はいない。だから、キントンがあまってしまう。しかし、男の客でも、キントンを出せば案外に食べてくれるものである。

それと、もうひとつ、専門家でなくて手伝いに来てくれた男の人の存在が稀薄になってしまう。それが気の毒だった。

客が混んでくると、そういう人は、席がなくて立ってしまう。台所もお運びも女がやっている。彼等の一人は、仕方なく、何か彫像のように部屋の中央に立っている。ボーイのように真っすぐに立つ訓練を受けていないから、円盤投げの選手のように体をひねったりしている。そうして、私と目と目があうと、ふいっと視線をそらしたりする。気の毒だけれど、どうすることもできない。まあ、坐って飲んでくださいというつもりが、こちらも取り紛れてしまう。彼は、また、マラソン選手のスタートの構えで立っている。

## 女

### I

東西電機株式会社の社内報『芽ばえ』の昭和三十八年正月号に〝わたしの初夢〟という企画があって、十人がそれぞれの年頭における希望を書いている。社内報の原稿依頼は、このようにアンケートにちかいものは適任者に書かせるものではなくて、たとえば社員証明書の番号の下二桁《けた》が二十五番の人に依頼するといったやり方であるから定年ちかい人や新入女子社員にも当り、それが一種の社内報らしい独特の雰囲気をつくっている。

江分利は社内報を読むのが好きである。こんなに楽しい読みものはない。第一に文章に熱がはいっている。社内で意外な才能や趣味を発見するのも楽しい。仕事の鬼みたいな課長が吉永小百合の熱烈なファンであることがわかったりする。電話のかけ方とか、商業文の書き方とかいう実用記事も『芽ばえ』はよくできている。連載中の〝私の新婚旅行〟という企画もいいと思う。戦前の結婚と戦後の結婚、最近の独身社員の考え方が自然ににじみでているのがよい。四十歳以上の部長クラスの抑制のきいた文章にはいつも頭がさがる。

〝わたしの初夢〟には、控え目の文章で、しかも何かを言うのは大変なことだ。五坪の家を庭に建てて今年こそは完全独立の部屋をもちたいという二十五歳の女子社員や、富士山の頂上で罐《かん》ビールを飲みたいという無邪気なのや、売上げ二割増の遂行、ヒューマン・リレーションの確立などという仕事一点ばりの係長もいる。

江分利の書いた〝わたしの初夢〟は、つぎのようなものである。

「今年こそ、念願の〝大日本酒乱之会〟の結成を実現したい。もし松野課長、岸田課長がご入会されるなら、会長・副会長をやっていただいて、私はただの会員でいい。

それから〝全老連〟を結成し、これは私が会長になり絶対に誰もいれてやらない。〝全老連〟とは〝全国老嬢《オールド・ミス》擁護連盟〟の略称である。世の中でもっとも哀《かな》しいのは二十八歳を過ぎた処女の心情ではありますまいか。いったい年増《としま》の処女は、今後どうやって一生を送るつもりなのだろうか。私は断乎《だんこ》として、これらの女性たちの味方になり、なぐさめはげます長崎の鐘となるつもりである。

三番目の希《のぞ》みは〝病院ホテル〟の経営である。私は、最近めっきり身体《からだ》が衰えた。胃弱と神経と低血圧である。こういう症状では、せっかく病院へ行っても、あ、神経ですね、気にすることはありませんよ、でかたづけられる。これでは困るのである。神経衰弱が高《こう》ずるのである。そこで〝病院ホテル〟といった式のものをつくる。普通のホテルと全く同じであるが、午前十一時と午後七時に回診がある。威厳のある内科の医長と、医療器具と薬をのせたワゴンを押してくる看護婦数名、および坪内美詠子《みえこ》か三宅《みやけ》邦子か水戸光子といった感じのものわかりのよいオバサマで帽子に黒筋を三本いれていかにも婦長らしき様子の女性が一名。ものわかりがよいといっても長岡輝子さんや北林谷栄《たにえ》さんのタイプは行き過ぎである。看護婦数名は二十歳前後であって、つつましやかで動きは敏捷《びんしょう》、しかも美貌であって、どうみたって白衣の天使、あるいは月よりの使者という感じであらねばならぬ。婦長も看護婦も実際は病気のことを知らなくてもよい。ムードが大切なのである。演出である。婦長役は、どこも悪くなくても、どうぞお大事にと言ってベッドの裾《すそ》を軽くおさえるという動作に習熟せしめる。もっとも美貌の、キャバレーではナンバーワンと呼ばれるような看護婦は優しくほほ笑んで寝ている患者あるいは単なるお客さんにおおいかぶさるようにして枕を直すのである。この動作だけできればよい。ゲルランのミツコまたはランバンのマイ・スィンかアルページュをほんのり匂わす。体臭のそもそもかぐわしい女性ならマイ・スィンは香水でなくオーデコロンであったほうがよい。こうなれば、患者として回診が待遠しくてならぬようになる。毎日すこしずつよくなってゆくような錯覚と安心感がある。この錯覚と安心感はノイローゼにはたいへんよろしい。逆に〝こりゃ有難《ありが》てえな、俺はいつ死んでもいいわ〟という心境になれば、これも成功であって、いったい殺すのか生かすのかわからないという状況が耐えられぬのである。つまりベン・ケーシーの豪華版といったこころもちでよいのであるが、ここは実際には病院ではなくて、どうもこの頃調子がおかしい、胃が変だ、胸やけする、たちくらみする、肩がこる、これはひょっとすると大病のまえぶれではないかと考えこむ程度の人がはいるホテルなのである。入院はさせてくれないし、といって人間ドックなんて名前からして何されるかわからないものへはいるのはいやだという人がはいる。会社勤めの人は夜の回診をうけて毎日出社する。仕事のいそがしい人は強壮剤を注射してもらう。医者の所へ通うのはめんどくさいが〝病院ホテル〟は往診と同じである。普通のホテルより千円ぐらい高くても繁盛うたがいなしだと思う。

〝大日本酒乱之会〟と〝全老連〟の会長となり〝病院ホテル〟を経営することが、私の今年の夢である」

大日本酒乱之会については、前に書いた。会員は江分利ひとりであるし、冗談みたいなものである。病院ホテルについては、こういうものができたらよいと切実にねがっているが、経営するなんてことは嘘《うそ》である。

問題は、全国老嬢《オールド・ミス》擁護連盟である。これも冗談にはちがいないが、不思議なことに江分利の女友達はすべて二十八歳以上の処女または非処女ばかりである。いったいどういう加減なのかね。

東西電機内の唯一のガール・フレンドであった柴田ルミ子は嫁に行ってしまった。それでもまだ四人いる。

かりに二十八歳以上の独身女性を老嬢とよぶことを許していただけるならば、老嬢のタイプはふたつに分類される。すなわちヒステリー型とオバサン型である。

ヒステリー型には美人が多い。しかも頭脳明晰《めいせき》である。美人だからヒステリーになるという具合の美人もいる。このタイプは、まだあきらめていない。いや、おそらく四十歳、五十歳になっても、このタイプの女性はあきらめないだろう。あきらめないが女性としてはますます固い感じになってゆく。純潔に磨《みが》きがかかるという具合である。江分利は時折、捨てちゃえ捨てちゃえと忠告するが、なかなか捨ててくれないのである。頑《かたく》なになってゆく。踏みきることができない。

たとえば、美人で頭がよくて晩婚という意味で、高峰秀子さん、越路吹雪さん、中村メイコさんといった方々の結婚には、なにか共通したものがあるような気がして仕方がない。三人ともたしか御主人の方が齢下《としした》のはずである。芸術家である。くわしくは知らないがヘヤー・スタイルも前髪ではないか。優しい感じの男性である。そうして奥様のほうがヒステリー・タイプ、いらいら型のように思われる。こういう結婚は非常にうまくゆくのではないか。

オバサン型はあきらめ型で、ものわかりがよく中性化してゆく。世話好きである。くよくよしない。美人ではなく、あきらめ型ではあるが、案外にうまい結婚をすることがある。

ただし、江分利は女友達としてはヒステリー・タイプの方が好きである。あきらめているのでは話にならない。頑張《がんば》れ頑張れとはげますのである。美人で頭がよいというのは一種の辛《つら》い人生ではあるまいか。丁度よい相手にめぐりあうのが困難である。負けるな、負けるな、アキラメルナ！

結婚とは、男も女も何らかの意味で負けることを意味するから、美人で強情っぱりという女性にとっては誠に大事業であろう。まあ、仕方ないさね、運命だから。しかしまたこの型の女性がいったん結婚してからの負けっぷりの凄さにはガッカリすることが多いね。

II

江分利は会社以外の飲み友だちや先輩からは「イッケツ」という綽名《あだな》をもらっている。二十代の終りに髭《ひげ》をはやしたことがあったので「モトヒゲ」と呼ばれることもあるが、最近ではイッケツまたはイッケツ主義者と呼ばれる。面とむかっていわれることは滅多にないが、おそらくカゲでそう呼ぶ人が多いのだろう。

イッケツとは女を一人しか知らない男性を意味するらしい。ある作家の言によると、当今ではイッケツ男は国宝的存在であるそうだ。

江分利は、ほんとうに女房の夏子だけしか女を知らない。そう広言することにちっとも恥ずかしさを感じない。ものたりない、といった感じもない。もちろん、そのことを自慢しているわけでもない。

『金瓶梅《きんぺいばい》』だか『紅楼夢』だか、あるいはそういったふうな読みものを漢文で習ったときに、ひとりのカタブツの男がいて、まわりの好色漢がカタブツをからかうというシーンがあった。するとカタブツが反撃にでて「私は未《いま》だに女を知らない。しかし、一人の女を追いもとめている。一人の女をもとめることは、あるいは君たちよりもっと色好みということになるかも知れない。なぜなら一人の女のなかにすべての女がいるワケだからね」と言ったという。

これはおそらく真理であろう。しかし、この逆もまた真理である。多勢の女を知って、そこから一人の女を抽出することもできる。

江分利の友人にも色好みが何人かいる。目的のためには手段をえらばぬというタイプの男もいる。女性の弱点をうまく利用するのである。そのことに熱心である。そうして女ができるときは仕事の調子もいいという。情熱をそそぎ、精神を高揚させるのである。こういう男の気持は江分利にも理解できるように思う。バカな女に安らぎをもとめたり、利口な女をねじふせることに生甲斐《いきがい》を感じたりしている。経過を楽しむ男もいるし、事後を喜ぶ男もいる。

江分利は言う。

「しかしね、エリザベス・テイラーだってロロブリジーダだっておんなそのものには、それほど変りはないだろう」

すると色好みたちは笑いだす。

「馬鹿言っちゃいけないよ。千差万別さ。これがまあ、いろいろにありましてね」

こちらは経験がないのだから、何といわれても致し方がない。

ただし、こういう感じ方はある。色好みたちは自分の女を自慢して、見せたがる傾向があり、そういう女を見ると、江分利はナンダコノテイドカと思うのである。この程度の女なら江分利だって熱心になればなんとかなると思う。そうして、その程度の女に熱心になるという神経を理解できないだけの話だ。また、なるほどこりゃむずかしいわい、と感じさせる女性もいる。しかし、こんなに面倒くさそうな女に面倒な手続きをふむという神経は余計に理解できない。

　男っぷりのよい友人たちが悪女型の女を追うという例も見る。追うということもあり、捕えられるという感じの例も見る。フカナサケは大変だろうなあと思う。これはむしろ理解がいくように思う。美談だと思う。

　江分利はまた言う。

「金がかかるだろう?」

　すると
「冗談言っちゃいけないよ。むこうに払わせるのさ。このネクタイだってカフス・ボタンだってあいつのプレゼントさ」

　あるいは
「まあ、ホテル代はもちますがね。そんなにかからんもんですよ」

　と、笑われる。

「しかし、別れるときは大変だろう」

「いやいや、いっぺんお芝居すればいいのさ。今の女房とは心ならずも結婚した。私は女房を愛していない。しかしコレコレの事情で女房と別れることは出来ない。女房も可哀相な女でね、といった具合に話して泣くのさ。女ってのは男の涙に弱いもんだよ。それとだね、女房がいて、それと別れることができないってことを初めにほのめかしておく必要はあるね。はじめはむこうも夢中だからね、そのことを忘れちゃうのさ。別れるときにうまく思いださせるワケよ。このホノメカシと涙がコツだよ、いいかね。女房にすっかり同情しちゃう女もいるんだから妙だね」

女房以外の女性に惚《ほ》れぬいて破滅寸前という友人もいる。江分利は、まあ、このタイプだろうが、永年のサラリーマン生活できずきあげた夏子と庄助という家庭をこわすだけの女性が江分利の前にあらわれることは、まずないだろう。江分利は素人女《しろうと》に手を出しちゃいけないよ、お金ですむ女にしなさいよと繰りかえし言った母のことを思いだす。どういうものか母は、それを江分利が十五歳ぐらいの時から言いきかせたものである。

色好みの友人たちに共通しているのは、コマメに動く、動けるといった性情である。そうして、一見いかにも女に親切そうに見えるのである。当人たちも、それが女性に対してほんとの親切だと思いこんでいる。あるいはそうかもしれない。女房以外に女が三人もいて、女房に知られないというのは、コマメでなくてはできるものではない。三人の女がそれぞれの女について知らないという状況をつくるには、親切にふるまって安心させる技術と誠意が必要だろう。

江分利がイッケツであること、女ができないこと、そういう状況にたちいたらないのは、彼の臆病・小心ということにも起因するだろうが、この頃では〝体質〟というふうに解釈している。だから江分利としては色好みの友人たちを悪人とは思っていない。ほかの友人同様につきあっているのはそのためである。ガマンできない体質があるのだと思う。体質のためには、男の涙も用意せねばならぬ。悪意ではないだろう。悪人ではない。物事はすべて心理学的・生理学的に追求せねばならぬ。

そうして、さらに社会学的にも考察されねばならぬと思うのである。

## Ⅲ

毎度申しあげることで恐縮ですが、江分利の数え年は昭和の年号と一致するのである。それと性関係は、いかに関係するだろうか。

江分利の出た中学では、同期会が活潑《かっぱつ》に行われる。毎年一回の総会のほかに、気のあった同志の小さい会合が行われる。

驚くべきことは数え年の三十八歳、満年齢の三十六歳または三十七歳になるというのに独身者がかなりいるのである。そうだね、ざっと五分の一は独身と思っていただきたい。これはどういう加減でありましょうや。

頭髪はすっかり薄くなっている。あるいは白黒相半ばするといった男がいる。銀髪まではいかないが、イブシ銀ぐらいのはいる。これで独身なのである。独身のいわれを問われてはっきり説明ができぬのである。モゾモゾとしている。

ただし、独身で遊べていいだろうというと彼等はクチをそろえてと言う。

「いや、とんでもない」

「遊ぼうと思っても独身だとわかると、むこうが真剣になっちゃうんだ。目つきが変ってくる。だから駄目さ。女房も子供もいるといってつきあうんだが、そのうちにバレましてね」

妻帯者でも、江分利の親しいグループに色好みはいない。何か弱々しく無気力である。おひとよしである。東京の中学だから、よくもわるくも都会人である。何かが弱い。それでいてグループの半数以上は小さな会社、中堅所の会社の社長または重役である。残りは大企業の課長や医者や大学助教授である。遊べる地位であり、そういう年齢にさしかかっていると思うのだが。

某婦人雑誌の最近の調査によれば、男が童貞を喪《うしな》う（イヤな言葉だね。性的初体験とでも言おうか）のは十八歳から二十歳までがピークであり、十九歳というのが最高であるという。

すると、江分利たちの大正十五年生れという世代では、昭和十九年から二十一年までということになる。つまり戦争の末期的症状の時代と戦後の混乱の最も激しい時代ということになる。戦前に童貞を喪った男は殆《ほと》んどいないだろう。十八年、十九年では受験勉強に追われた。そういうことは出来なかった。勉強と聖戦であり、童貞を喪うための施設もなかった。だいいち、映画を観ることも許されていなかった。戦後の二十年、二十一年、二十二年ではみんな方向を失っていた。経済力が自分にも親にもなかった。そのときのそういう女性はパンパンガールと呼ばれていた。駐留軍専用の感があり、日本人向きはいかにもお粗末であった。チカラ関係で、致し方がない。売春防止法が施行され、赤線の灯が消えたのは昭和三十三年四月一日であるから、そのせいばかりではないけれど、女に対して臆病になっている世代の存在というものをおぼろげにでもわかっていただけるであろうか。現在のような自由な男女交際というものもない。江分利たちの世代がやっと経済的な余裕を見出したのは昭和三十年を過ぎてからである。その時は、数え年の三十歳を過ぎているのである。三十歳を過ぎてから結婚、その時に性的初体験という男が実に多い。これでは奔放になれぬ道理である。

江分利たちより二年はやく生れた男たちには旧制高等学校の生活があった。ここで多くは童貞を喪ったのである。玉の井のことを、玉は王の字に点がついているから「キング・ポイント」と呼び、そういう陰語が学生たちの間で通用したのである。経済的な余裕も、まだあった。

江分利たちが十八歳から二十歳までの間に童貞を喪うとすれば、それは灼熱《しゃくねつ》の恋であるより仕方がなかった。破滅を免れ得ぬ。

江分利の中学の同期生のなかで最大の英雄は昭和二十二年に進駐軍将校夫人と心中し

た三橋某である。新聞記事を見たときに江分利は「やったな」と声をあげた。江分利が童貞を喪ったのも、昭和二十二年、二十歳の時であった。相手は現在の妻の夏子である。灼熱の恋ではないが、双方の親たちはずいぶん心配したろう。江分利は二年経って二十二歳で結婚したが以後十年間は悪戦苦闘したといっても過言ではない。そうして江分利の女は夏子ひとりだから「イッケツ」と呼ばれるようになったのである。女については特に臆病になっていった。しかし江分利がイッケツであることは臆病だけが原因ではない。

## Ⅳ

女とは、何か。

女の中学生、高校生ほど江分利にとって憂鬱《ゆううつ》な存在はない。

「江分利さん、友情とは何でしょう」

「友情とは利害関係です。アイツとつきあえば何か得をするのではないかとお互いに思えるようなら、それが友だちです」

「でも、女同志だとなかなかそうはいかないんです」

「お互いにセッサタクマして高めあえる人でなければ交際しても無駄でしょう」

「ですけど、得にならないからといってすぐ別れることもできないでしょう」

「それあまあ、得になるならないといっても好き嫌《きら》いもありますからね。あなた、いま別れるといったでしょう。そういう気持があるのは好きでない証拠でしょう」

「ええ、まあそうなんですけれど。それなら愛情とは何でしょう」

どうも困るね、女子学生は。

終戦の翌年だと思うが、江分利は新橋の芸者からダンスに誘われたことがある。彼は踊れないので断わったが、彼女は相当に売れた妓《こ》で札束を持っていた。先方はダンスが目的ではなく江分利に対してその気があったらしいことを同じ芸者置屋の老妓《ろうぎ》からあとで知らされた。小柄で目のパチッとした女だった。

「お前さん、馬鹿だねえ、いっしょに行ったらよかったのに」

「だって、あのコ、いい着物きてるしさ、大変だろう、お金が」

「あんたからお金とろうなんて思ってないよ、あのコは……おおい、フミコお茶持っといで」

「そんなのイヤだよ。それにラ・クカラチャなんか歌ってね、踊りたそうだったよ」

「馬鹿だよ、ふんとに。何がトンガラガッチャだよ。こっちはコンガラガッチャさ。なんだい、このお茶は。水みたいじゃないか。もっとお茶らしいお茶を持っといでよ。茶らしき茶、茶らしき茶。馬鹿だねえ、ふんとにお前さんて人は。チャラシキチャおやチャラシキチャ。いただくときにはいただいとくもんだよ」

江分利も芸者の浮き浮きした気持を察していた。しかし、あんないかにもエクスペンスィブな女性をどうやって抱いたらいいのかね。童貞だよ俺は。

江分利は美人と話をしていると索漠《さくばく》感に襲われる。三十六歳になったいまでもそうだ。美人と話をすると五分で退屈する。目をそらしてしまう。こちらの退屈がむこうに伝わるからシラジラしくなる。三十歳を越えた美人なら、やや安心である。三十五歳以上なら非常に安心である。話題があるせいなのか。若い美人を遊ばせ笑わせるなんて面倒で仕方がない。そんな義務的なことはやりたくない。

江分利は、この頃では平均して三日に一度は深夜まで飲むから、女性からアパートへ行ってもっと飲んでいかないかと誘われることが三月に一度ぐらいはある。それが、そもそも面倒である。その部屋へあがっていって、飲んで、ことによるとめんどくさい作業を行うという立場に追いこまれいかにもこちらから仕掛けたというふうに仕組まれて、わずらわしい手数をふまされると思うと、いやになる。

もっとも、これは相手に惚《ほ》れていない証拠である。江分利が惚れこむような女性が今後あらわれるだろうか。それとも江分利の純潔は守られるであろうか。

女とは何か。

女とは男より少し小柄である。全体に華奢《きやしや》である。『明解国語辞典』によれば、ひとの中で、妊娠する能力あるもの。おそるべき食欲の持主である。胸に重たく尖《とが》ったものをふたつ持っている。月に一度は不愉快な日が来る。肌《はだ》はスベスベしている。男よりすべてに丸い。歯列が丸い。横断歩道でない所を平気で渡る。ピンチに強い。嫁に行けば毎日家にいる。はたらきに出ても男より不利である。いじめられる。または可愛がられる。変に可愛がられる。あぶない。男に依存して生きる。口紅を塗る。化粧と香水がいる。飾る。形よく見せようとする。無邪気が愛される。無智な女ほど本当は利口だという言い方をされる。恥ずかしがる。くすぐったがりやである。厚顔である。胸で呼吸する。キャアといってるうちに歳をとる。二十歳の処女は心細いだろうな。三十歳の処女はイヤだろうなあ。それとも平気なのか。

江分利の前に江分利の理想とするひとりの女性があらわれるだろうか。女とは何だろう。理想の女性はどんな形をしているだろうか。それを江分利は追うことになるのだろうか。純潔は守られるか。

夏子さんや、まあそう怒りなさんな。シアワセは我が家にあったという「青い鳥」の例もあるんだから。

## あげまん

五月四日（金・国民の休日）曇

府中JRA。くらやみ祭の大国魂神社の植木市でヒメエゾチチコグサ、ケマン草を買う。趣向を凝らした山車《だし》が何台も通るが、十七、八歳の娘が無心に太鼓を打つというのが一番いい。見た目の恰好がいいし、こっちも気持がいい。亀田屋で粽《ちまき》を買う。買った途端に鶴屋八幡の羊羹《ようかん》粽が食べたくなった。競馬は祭のための変則開催。

五月五日（土・こどもの日）曇

池波正太郎氏御通夜。於信濃町の千日谷会堂。中一彌先生、中村又五郎さんと僕が弔辞を読むことになっているので前のほうに坐らされる。妻と息子も一緒。親子三人とも御縁があったというのは珍しい。池波さんのお母様が府立第一高女（いまの白鷗高校）の売店で働いているとき、妻はそこの生徒だった。廊下の角で三角の蜜パンなんかを売っておられたという。そういう昔話をしたりして妻は親しくさせていただいた。昨年、池波さんの気学によれば妻は大盛運であるそうで、それを聞いた一昨年、突如として妻は電車に乗れるようになった。一方の池波さん御自身は今年は大衰運であったそうだ。池波さんはご自分で自分の運命を当ててしまって、さっさと華文院釈正業《ショウギョウ》になられてしまった。

五月六日（日）　晴

庭一面にミズキの細かい花が散り敷いている。ミズキは三十メートル近い大木になってしまって、この花を見るにはヘリコプターをチャーターしないといけない。まるで部屋のなかを掃くときに撒《ま》く茶殻のようなので、掃除するとき都合がいい。ざっと庭を掃いてから、池波さんの葬儀に列席。場所は同じ千日谷会堂。弔辞を読む。終りのほうで少し絶句したのだが、聞いている人にはわからなかったと思う。暑い日だった。

競馬のＮＨＫ杯は、一着ユートジョージ、二着シンボリデーバで、またまた関西馬の一、二着。好時計で、テレビで見たのだが、優にハクタイセイに匹敵する強い馬だ。関東の調教師ほか関係者の猛省を促したい。そうでないと関東のファンは常に二流三流の競馬を見せられていることになる。

疲れたので早く就寝した。

五月七日（月）　曇後晴

伊丹十三監督『あげまん』試写会。於日比谷スカラ座。贔屓《ひいき》の宮本信子に昔から芸者役をやってもらいたいと思っていたので、その点はまんぞくまんぞく。但し、僕は、勝手に、この映画は芸者の芸の修業の辛さ、仕来《しきた》りの難しさ、その結果出来上った芸者の厭らしさ、酷薄を描いたものと決めてかかっていた。どうして、そんな先入観が生じたのだろうか。

あげまんという言い方を好まない。僕等はふくまんと心得ていたが、そんな言葉を口にしたことはない。あげまんとは初耳だが、ふくまんより品がないと思っている。ある人、ふくまんだと映倫を通らないが、あげまんはふくまんより一般的ではないので映倫を通過したのだと言う。また、あげまんは伊丹さんの育った松山の言葉だとも言った。関西弁でふくまんの反対の貧乏オソソという言葉は僕も聞いたことがある。花柳界の言葉は変にリアルでズバッとくるのがいけない。

伊丹さんの演出がどんどん上手になって流れるように展開するのが、かえって心配だと野上照代さん（黒沢映画の名エディター）に話した。僕は伊丹さんの映画では『タンポポ』が一番好きなのだが、野上さんは池波正太郎さんもそうだったと教えてくれた。

五月八日（火）雨

押田たつを句集『借景』（近代文芸社刊）が届く。たつをさんは菩提寺の住職で遠縁に当る詩人で俳人である。僕は親戚ではあるが、たつをさんの人柄と作品のファンである。いつだったか、『週刊新潮』の「夏彦の写真コラム」で山本夏彦さんに句を取りあげてもらったことがある。「卒業の子に愛憎や教師われ」だったかな。ここで『借景』から二、三紹介してみよう。

雛飾り終へて座りてをりにけり
(派手ではなかったにしても、不幸ではなかった中年女性の人生)

春山に人燈台の上に人
(陽光燦々《さん》。谷内六郎の世界。菩提寺は観音崎の燈台に近い)

青葉木兎《づく》鳴く刻《とき》決まり今鳴きし
(この静謐《せいひつ》)

五月九日(水)晴

風薫ると言いたいような気持のいい日。河口俊彦六段、東公平氏来。将棋ペン倶楽部大賞授賞式の打合わせ。

五月十日（木）　晴

昨夜、夢で、林真理子さんに「結婚したのに『今夜も思い出し笑い』ってのはマズイんじゃないですか」と言ったら「なによ。不如意の癖に『男性自身』と威張っているようなものよ」と一喝された。

五月十一日（金）　曇

山本周五郎賞候補作を読む。今度は拒絶反応を起こさせるようなものが多く、難渋する。僕の反応が間違っているとしたら進退を考えないといけない。

五月十二日（土）　曇

暑い、暑い。梅雨時のようだ。

府中JRA。夕方になっても鶯《うぐいす》が鳴いて、いや煩《うるさ》い、煩い。

名前を知らない文化人やタレントがどんどん出てくる。名前をよく知っている人がどんどん世を去ってゆく。この「知らない人がふえてくる、知っている人が減ってくる」というのが免れ難い老年のひとつの状況ではあるまいか。

五月十三日（日）　曇

府中JRA。窓口で馬券を買うときは、どうしても若い人（全員が女性）を選んでしまう。若い人は間違いが少いからだ。老いた女性から買うときはユックリユックリ話しかけるようにして買う。

安田記念。これは僕のもっとも好きなレースだ。距離千六百メートルというのは、容易には逃げられないし、追い込むのも難しい。終始緩《ゆる》みのない緊迫したレースになる。だから、休み明けでは千八とか二千を選ぶ調教師が多い。

まして、今年は、かのオグリキャップが出走する。一昨年の六月五日、ニュージーランドトロフィーに出走した明け四歳のオグリキャップは、河内騎手が手綱を持ったままで、千六を一分三十四秒で圧勝した。こんな馬、見たことがない。千六百メートルを競馬の基本と考える僕は、それ以来、オグリキャップは史上最強の馬と言い続けている。その後、オグリキャップは二千四百のジャパンカップを二分二十二秒二という不滅の世界記録で走破（二着だったが）している。

だから、武豊騎乗のオグリキャップに千六の安田記念を好タイムで勝ってもらいたかった。結果は一分三十二秒四という驚異的なレコードタイムで大楽勝。武豊はほとんど追わずにこのタイムなのだから怖しい。オグリキャップが向正面から戻ってくるときに、立ち上って、「ユタカ、豪《えら》い！」と叫んで妻に叱られてしまった。僕は、ホームランを打った打者がベースを一周して帰ってくるときに立ち上って拍手するのと同じだと思っているのだが。

# 7 老・病・死——反骨と祈り

## 色川武大さん

四月四日（火）　晴

大学通りの洋服屋へ行き、背広の修理を頼む。ズボンを太くしてもらう。従来のズボンにあわせて痩《や》せるつもりでいたのだが、ついに降参。情ない。

四月五日（水）　小雨

寒い日。築地の歯科医院。妻の治療は美容整形に近い。「歯だけ原節子になっても困るんですが」と文句を言う。

四月六日（木）　晴

気持のいい日。庭でサントリーモルツ二缶飲む。臥煙君来。色川武大さんが心筋梗塞《しんきんこうそく》で倒れたことを知る。四十八時間経過すればケロッと直るし後遺症もないことを知っているから心配しなかった。それに鳴子《ナルコ》の親分（ナルコレプシーという奇病があるので僕はそう呼んでいた）の悪運の強さを信じていた。そば芳へ行き湯豆腐で飲む。ロージナ茶房でコーヒー。臥煙君、家まで送ると言う。すなわち夜桜を見ながら帰る。途中、ベンチに坐って缶ビールを飲む。どう考えても飲み過ぎだ。桜を追いかけて新潟、仙台、弘前と北上する人がいるそうだが、その気持わかるような気がする。桜は人を狂わせる。

増田書店社長が犬を連れて通りかかった。社長は犬好きで四代目だそうで、その秋田犬のほかに拾ったというマルチーズも連れている。犬の名は代々チビで、マルチーズもチビだそうだ。

四月七日（金）　晴

木の芽や草花が一夜でぐんぐん伸びているのがわかる。それを見たいために、毎朝、早く起きている。

慶応病院神経内科再診。主治医の言いつけを守らず、酒を飲みすぎていることを白状し、かつ詫びる。「いや、そんなに肥ってはいませんよ」。G教授は顔色とか体型とかを見れば患者の様子がわかってしまうらしい。

血圧（152—88）。暖くなると血圧のほうも良好になる。

四月八日（土）　雨

西国立園芸でトキ草と蔓薔薇《つるばら》を買う。妻は「蔓薔薇なんて、らしくないわねえ」と言う。僕は若い頃は、蔓薔薇・白樺・芝生・バラのための白いアーチ・ピアノ・庭にあるキューピッドの置物といったもの、つまり原宿の裏通りの喫茶店のようなものを極端に嫌っていた。妻に言われてそれを思いだした。

繁寿司のダライラマ十四世に鰹《かつお》の刺身を貰った。それを肴《さかな》に岩橋邦枝嬢に頂戴した佐賀の銘酒窓の梅で一杯。

四月九日（日）　晴

昨日は雨だったので庭に出られず、トキ草と薔薇を今日植える。暑い。

桜花賞、稀に見る好レース。豊《ゆたか》と善臣《よしとみ》の東西を代表する人気若手ジョッキーの手に汗握るゴール前のマッチレース。妻はシャダイカグラの単勝とホクトビーナスの複勝を持っているのだから力が入る。

魔法瓶に窓の梅の熱燗《あつかん》をいれ、最後の夜桜見物に出かける。山桜や枝垂れ桜はいまがいい。本当に花に酔う十日間だった。

四月十日（月）　曇

昼頃、臥煙君から電話があり「色川さんが……」という声を聞いたとき体が慄《ふる》え頬が硬直した。「お亡くなりになったそうです。今朝の十時半です。最後は心臓が破裂したとしか言いようのない状態だったようです。精《くわ》しいことはわかりませんが、編集長が一関に直行しますので、わかり次第ご連絡します」
こまつ座の『闇に咲く花―愛敬稲荷神社物語―』を見に行く予定になっていたが、一家を動けない状況になった。
四月十一日（火）曇
関保寿先生来。昨夜、飯田橋駅近くの一杯呑屋で飲んでいたら、カウンターで女性が一人で泣きながら酒を飲んでいた。どうしたんですかと訊《き》いたら「色川先生のお通夜を一人でやっているんです」と答えたという。そういう読者が多いんじゃないかと思う。

四月十二日（水）曇
色川さんの通夜は生家の新宿区矢来町で行われるという。それなら新潮社の裏と聞いているので臥煙君に連れていってもらおうと思った。
最後に会ったのは一月二十八日の第一回将棋ペンクラブ大賞授賞式（於京王プラザホテル）であって、一関に引越すという話を聞いていたので、そのことを訊いたら「資料だけですよ」と言う。「あそこにはベイシーっていうジャズ喫茶の店があるけれど……」「そのベイシーの話で行くことになったんですよ」ということだった。うっかりしていたが色川さんはジャズのほうでも有名だった。

記憶が確かではないが、六十歳（年男・還暦）になるので心機一転したいという意味のことを言っていた。とにかく住所の定まらない男だ。「みんな借家でしょう。『麻雀放浪記』の印税はどうしたの？」「みんな使っちゃった」「しょうがねえなあ」そんな話をした。

僕は『怪しい来客簿』を読んだとき、オーバーに言えば驚倒し昭和文学史に残る名作だと思った。家へ来る誰彼なしに吹聴《ふいちょう》し、本欄では「即刻書店へ行って買い給え」というわずった原稿を書いてしまった。ずっと後になって色川さんはそれを何度も何度も読みかえしたと語ってくれた。『怪しい来客簿』は生の根元に迫るものである。全体に一種異様な悲しみと戦慄《せんりつ》に満ちている。これが直木賞に落選したとき僕は本気になって腹を立てた。

数年前、隣町の立川で競輪ダービーなるものが行われた。最終日の前日、招待席で色川さんに会った。場内は大変に混雑していたので、帰りは競輪場の近くに住む運転手の徳本さんの家に行き無線タクシーを呼んでもらおうと思ったら、徳本さん（その日は非番だった）は俺が運転すると言う。そこで三人でモツ焼きの文蔵へ行った。

色川さん、僕、徳本さんの順に並び、徳本さんは運転だから飲まずにヤキトリを食べていた。色川さんが僕の耳もとに顔を寄せてきた。

「山口さん、どうしようか」

それだけで僕には意味がわかる。僕も御祝儀に関しては病的なところがあるが、色川さんは重病人であって、それに僕とは金額が違う。徳本さんへの御礼とか祝儀をどうするかと言っているのである。

「一万円でいいだろうか」

「いいですよ。私が適当にやっておきますから、ご心配なく」

「そうかな……」

色川さんは黙って酒を飲んでいた。

十五分ばかり経った頃、色川さんはさっきから手に持っていた一万円札を徳本さんに渡して言った。

「ねえ、徳本さん、明日のダービーの④⑤を一万円買ってくれませんか。あたしは用事があって行かれませんので」

「ええ、いいですよ。なんせ、まあ、家が近いから、わけありませんよ」

徳本さんが色川さんを駅まで送っていった。

その④⑤が的中するのである。二番人気だったから、配当は四倍と少しである。すぐに徳本さんから電話があった。

「先生、阿佐田さんの車券どうしようか。俺、配当を持っているけんど」

「貰っとけばいいんだよ。最初《はな》っからそのつもりなんだから」

僕は、こんなにスマートな御祝儀を他に知らない。

## 続・色川武大さん

四月十二日（水）曇
一月二十八日に会ったとき、色川さんは、俺、どうもナルコレプシーじゃないらしいんだと言った。

「いまさら、そんなことを言われても、こっちも困るんだ」

色川さんのほうが齢下なのだけれど、僕は彼のことを鳴子《ナルコ》の親分と呼んでいた。

「単なる不眠症かもしれない」

色川さんには八方美人的なところがある。誰からも愛されたいというのではなくて、誰にも自分が一番愛されていると思いこませてしまう名人である。こういう人は嘘つきになる（悪意でなく）傾向がある。向田邦子も八方美人であって、従って嘘つきだった。その場を楽しくするために心ならずも他人の意見に同調してしまったりする。そういう嘘つきだ。つまり、

「きみだけには言っておくけれど、俺は本当はナルコレプシーじゃないんだ」

という気味合いがないこともない。そうすると、言われた人は、ハハア、この男は俺にだけ本心を打ち明けてくれるんだと思ってしまう。

そのナルコレプシーが一番ひどいと思われた時期に、僕は公営競馬に色川さんを誘った。当時『草競馬流浪記』（新潮文庫）という一種の紀行文を某誌に連載していて、ゲストとしての参加をお願いしたのである。場所は日本一小さくて日本一売上げが少なくて日本一足場の悪い島根県の益田を選んだ。そのときは色川さんの父君が亡くなられて来られなくなった。僕も取材場所を変更した。一年後の夏、また益田へ行くことになったので、色川さんに声を掛けた。担当の都鳥君の話だと、必ず来るということだったけれど、僕はあまりアテにしていなかった。なぜならば、色川さんは超流行作家になっていて眠る時間がなく、眠ろうとするとナルコレプシーで眠れないという最悪の状態であると聞いていたからだ。果たして色川さんは約束した日には来られなかった。

その翌日の昼過ぎ、メインスタンドの脇に建てられた事務所の最上階の部屋から競馬を見ていると、下腹部の突き出た、それが少年時代の最大のコムプレックスになっていたという頭の大きな男が、ノッシノッシとスタンドをあがってくる。

「あれが阿佐田哲也ですよ」

僕は競馬場の職員に言った。そのときの嬉しさといったらなかった。色川さんは僕たちを探すために首を振り振り上ってくる。それはまさに一匹の巨大な蝦蟇蛙《がまがえる》だった。色川さんは午前四時に家を出て、羽田空港から小松だか米子だかに飛び、山陰線に乗り継いで益田にやってきたのだ。寝ないのだから朝も夜もないが、自分の仕事でもないツキアイのためにここまでやってくるというのは僕なんかには到底できないことだった。

翌日は朝から一緒に遊んだ。僕は好調で、馬券はたくさんは買わないのだけれど、七、八万円のプラスになっていた。

「負けると書かれるからなあ」

色川さんにツキがなく、そんなことを言っていた。最終レースの前、色川さんはヨシと言って事務所を出ていった。パドックで馬を見て予想屋の話も聞いたそうだ。

双眼鏡を持たない色川さんのために僕が実況放送をした。

「向正面、①のショウマイムサシが快調に逃げております。③のメイズイヒリュウがこれにからんでいます。どうやら①③できまりそうです……おおっと」

この事務所からでは肝腎《かんじん》の勝負所の四コーナー手前が見えない。

「あ、出てきました。直線あと百五十メートル、これは①③で決まりです。間違いないでしょう」

「その①③なんだ」

眠っていたように見えた色川さんが立ちあがってポンと手を打った。

①③の配当は十三倍と少しだった。色川さんは一点で二万円買っていた。予想屋に祝儀一万円を渡したそうだ。

その夜は松江の皆美館に泊った。皆美館は町中にあるが温泉が出る。三人で入浴した。僕、色川、都鳥の順に大浴場を歩いてゆくと、どうしたって横綱の土俵入りだ。都鳥君も僕も肥満体だが、色川さんは大袈裟《おおげさ》に言えば、これで生きているのが不思議だと思われるくらいに異様に肥っていた。

僕は知らなかったが、色川さんの風呂嫌いは有名なんだそうだ。僕が一緒に入浴したことがあると言うと、ある人いわく。

「それじゃ自分でも我慢できないくらいに体が臭かったんだろう」

どうも僕は動転していたらしい。日付を取り違えている。これからは四月十一日、すなわち昨日の出来事である。

色川さんの通夜は新宿矢来町の生家で行われることになり、新潮社の裏なので臥煙君に連れていってもらうことにした。会議室で待っていると石堂淑朗さんがあらわれた。久しぶりに会ったがスマートになったので驚いた。五年だか六年だか前に狭心症で倒れ、以後二十キロの減量に成功したのだという。尊敬しちゃうなあ。

色川邸で焼香を済ませ、石堂さん、臥煙君と三人で九段下の寿司政へ行く。ビールぐらいいいだろうということになり、当然、次は酒になった。コハダ、アジがうまい。イカがうまい。

「これを取り返すのに三日かかるな」

と思った。

「しかし、トロは食べないぞ」

と石堂さん。だいぶカロリー計算のほうを勉強したらしい。

「これは中トロだよ。これがうまい。ひとつだけならいいんじゃないか」

「そうか。今夜は色川だから、いいか」

それから凄絶なことになった。ナニシロ、石堂さんは巨漢である。大食漢である。それが本腰をいれる感じになった。

「銀座へ行きませんか。いいじゃないですか。色川なんだから」

「色川だから、いいかな」

そうやって色川さんの贔屓《ひいき》にしていた銀座の地下の小さな酒場へ行った。僕は二年ぶりぐらいになる。通夜の席で飲んでいた連中が続々とつめかけてくる。飛んで火に入る夏の虫という感じになった。

十二時からのことは記憶にない。時計を見ると、突然、午前二時になっていた。石堂さんはとっくの昔にいなくなっている。ママさんのN嬢が自動車を呼んでくれた。

階段をあがりきって通りへ出たときに、不意に、

「色川がいない……」

と思った。するとドッとばかりに涙が溢《あふ》れた。止めようがなかった。

「辛いなあ」

どうにもミットモナイことになった。還暦すぎた老人が幼児のように手ばなしでわあわあ泣きながら銀座を歩くのである。

「あいつ、嘘つき、嘘つきだったなあ」

「嘘つきよ」

「嘘つきだけど約束は守ったな」

「嘘つきだけど約束は守ったわ」

N嬢も泣きながら歩いている。僕は眼鏡をかけているのでいくらか助かるなと思ったことを記憶している。

四月十三日（木）　晴

だから、これは四月十二日の出来事である。ひどい宿酔《ふつかよい》だが、築地の歯科医院へ行く。帰りにそば芳でサイダーと山菜おじや。昔、高橋義孝先生の所で、よくサイダーとざるそばを取ってくださったのを思いだす。歩いて帰る。いまは八重桜とハナミズキだ。

# 晩年

毎週土曜日日曜日に府中の競馬場へ行く。無線タクシーを呼んで、家から十五分の距離に競馬場がある。それが幸か不幸かわからないが、こういうのも一種の運命だろう。健康のために競馬場通いをすると言うと、誰もが「へっ？」という顔をする。誰も信用してくれないが、これは本当の話である。

第一レースから最終レースまで馬券を買い続ける。私はパドック党だから・必ずパドック（下見所）まで馬を見に行く。私の席からパドックまで約二百メートル。これを全速力で歩いて往復する。土・日で約一万メートル歩くことになる。万歩メーターを携帯してみたら、一日で二万二千七百歩という数字が出た。この万歩メーターを買うというのが晩年にさしかかった証拠である。

レース中は、すべてのことを忘れる。買った馬の名と乗り役の名を絶叫する。これがストレス解消に役立つ。

従って、私は月曜日は体の調子がいい。絶好調になる。どんなに負けても、オケラ街道をトボトボと歩くようなことはない。私は上機嫌でいる。ただし、こういう心境にいたるまでには数十年の競馬歴を必要としたことを告白する。

＊

府中の競馬場に、私の席はゴンドラ席（中央競馬会が主に招待客をいれる場所）にあるのだが、ちょっと気になる老紳士がいた。長身で猫背。なんとも趣味のいい紺色の背広を着ておられる。いくらか足が弱っているらしい。ステッキを突いている。

この老紳士は、二百円三百円という少額で何通りも馬券を買われる。だから、よく適中していて、払戻し所にならんでいることが多い。

私は、なんだか、自分の晩年の理想像をそこに見るような気がしていた。

あるとき、常盤新平さんが、その老紳士のことを話題にした。

「あれ、早稲田のＩ先生ですよ」

「えっ。ほんとかい」

＊

Ｉ先生なら、戦前の第一早稲田高等学院で私も習っている。英文学の教授である。

それなら挨拶をしなければいけない。

しかし、私は、そういうことになると、とたんに引込み思案になる。ずっと声をかけられないでいた。

今年の三月に、私の『草競馬流浪記』という公営競馬場をめぐり歩いた連載読物が書物になった。この機会を逃してはならない。

私は、自分の書物の上に名刺をのせて、馬券を買っていらっしゃるI先生の背後に立った。

「①③を二百円、①⑤を三百円。ええと、それからね、④⑤を四百円……」

それで終りかと思っていると、そうではなかった。先生は穴場の前に競馬新聞をひろげ、懐中から大きな虫眼鏡を取りだされた。

「ええとね、⑤⑦を二百円。それから⑦⑧を二百円。ちょっと待ってくださいよ、⑧⑧を三百円。それで幾らになったかな」

先生は二つ折りの上品な財布をポケットから出される。そうこうするうちに、スタートの時間がきてしまう。自分の馬券も買わなければならない。ついつい声をかけそびれてしまうということが三、四回重なった。先生の馬券は独特であって①③を三百円お買いになって、またさらに同じ馬券を二百円買い足したりされる。結局は一点につき千円ぐらいになって、それがよく当るのである。とても慎重であり、かつ真摯だ。粘り強い。それがいつだったかという記憶がないが、先生が洗面所のほうへ歩いていかれるのが見えた。私は、一レースを棒に振るつもりで、先生が戻ってこられるのをロビーで待つことにした。

「I先生でいらっしゃいますか」

私は、ついに先生に声をかける機会をとらえた。

「山口と申します。戦争前、早稲田で先生に習ったことがあるんです」

先生は、差しだした私の名刺を眺めていた。

「ああ、山口君か。きみなら知っているよ。早稲田だけじゃないよ、鎌倉アカデミアでも教えたよ」

いかに私が勉強に不熱心な学生であるか、これだけでもわかるだろう。

「きみの書くものはユーモアがあっていい」

先生は、そうも言われた。いかにも英文学の教授らしい言い方だった。

頂戴した名刺には早稲田大学名誉教授という肩書があった。失礼だとは思ったが、年齢をうかがうと、明治三十六年生まれ、八十一歳になるということだった。住所は茅ヶ崎市になっている。茅ヶ崎からだと、第一レースにまにあうためには、午前七時には家を出なければならない。私は、ことごとくおそれいってしまった。

その後は、平気で声をかけられるようになった。

先生が、私と同じ麻布中学の出身であることもわかった。先生は二十六期、私は四十九期である。

先生のお父様は外交官であり、オーストラリアの馬を最初に輸入する際に尽力されたこと、また先生ご自身も、英語を必要とする社会であるので、その面で協力された時期があったことなどもわかった。それで招待席への通行章を貰っているということだった。

少額投資で何通りもの馬券を買う人は、初心者で、恣意的な馬券であることが多い。しかし、先生はそうではなかった。ちゃんと筋が通っている。だから適中することが多いのである。

「競馬をね、十年も続けてやるってことは大変なことなんだよ」

先生は、そうも言われた。まったくその通りである。要慎していても、だんだんに深みにはまってゆくのが通例である。

実を言えば、健康のために競馬をやるという考えに傾いていったのは先生のおかげである。競馬はギャンブルではない。私は、野球や相撲を見るのと同じようにして競馬を楽しむことができるようになった。

＊

五月の最終日曜日がダービーであって、そのあとはローカル競馬になってしまう。府中は十月開催であるが、それが待ち遠しくてならなかった。初日の十月六日に先生はお見えにならなかった。しきりに胸騒ぎがした。

だから、翌日の十月七日に先生にお目にかかれたときはとても嬉しかった。

十月二十日の土曜日は、ひどい不良馬場だった。この日、先生は大当りをされた。

「きみ、何を買うんだい」

第七レースの前に先生に質問された。

「ルパンです」

「ああそうか。ぼくもメジロルパンなんだ」

そのレースは、メジロルパンが逃げて圧勝した。

パドックから帰ってくると、先生が遠くから手をあげているのが見えた。私も手をあげた。

「単勝を八百円、連勝を千五百円取った」

これは先生としては大勝負だったに違いない。第九レース⑧⑧の二千六百円ばかりのも適中された。前夜、不良馬場に強い馬を研究されたのだそうだ。

「こんなことは、めったにないんだが」

先生は嬉しそうにされていた。

*

競馬をやっていると言うと仕事仲間の評判が悪くなり、実際に、競馬場で小説家の姿を見ることがほとんどなくなってしまった。

さもあらばあれ、とにかく、府中競馬開催中は、私は機嫌がいい。体の調子もよくなる。終ると淋しくって仕方がない。

高橋義孝先生は、相撲の千秋楽になると、

「なんだか、遠縁の娘が死んだような気がする」

と言われるが、私も、府中が終ると、そんなような気分になってしまう。

## 老人の健康法

一月二十六日（火）曇

金沢ニューグランドホテルの一室でトッカピン氏と向い合っている。二人とも見物に行こうとする気持がない。俺はいま金沢にいるんだぞと自分に言う。そこへ倫敦屋が来た。トッカピン氏と倫敦屋は、どういうわけか、少年時代の話と雲古《うんこ》の話ばかりしている。僕は黙って聞いているだけだが、こういう虚《うつ》ろな時間に旅に出ていることを実感する。

尾張町美味村《おいしいむら》という所へ行く。長生殿で有名な森八を中心に土産物店や喫茶室があって時間を潰すのに便利な一帯だ。一粋庵で軽食。ここも饂飩《うどん》あり半月弁当あり、酒あり珈琲あり甘酒あり葛切《くずきり》ありで店内小綺麗、ウエイトレスは美人揃い。全体に女臭いのを我慢すれば実に有難い店だ。僕等は出たり這入ったりして土産物を調製した。時間を潰すのが目的だから、酒を一本また一本、珈琲を一杯という具合に注文した。トッカピン氏が「治部《じぶ》ってものを喰ってみてえな」と言いだす始末。なにしろ男五人、傍目《はため》には地上げ屋が厭がらせに来ているとしか見えなかったろう。
夕刻七時東京駅着。電車はアキアキしていたが勇を鼓《こ》して混雑時間《ラッシュ・アワー》の中央線に乗る。そのまま須磨君と二人で文蔵へ行った。気が短いから金沢犀せいで買った作務衣《さむえ》をすぐにでも届けたいのである。文蔵は悪びれずに直ちに着換えた。よく似合うが、文蔵が着ると寺男でなく野良着になる。それを眺めながら、モツ焼キで二級酒を飲んでいるとき、宝塚のファンがスターにグランドピアノを贈る気持がわかったような気がした。

一月二十七日（水）　晴
一輪だけ菫《すみれ》が咲く。暖冬異変。

一月二十八日（木）　晴
フジテレビ『プロ野球ニュース』をよく見るが、シーズンオフの『プロ野球ニュース』ぐらい腹立たしいものはない。大洋加藤、巨人中畑、西武石毛・工藤なんかを起用してお笑い番組にしてしまう。
キャムプ巡りも結構だが、たとえばヤクルト長島や西武鈴木健の守備が拙劣だとしたら、ノックを集中的に見せて、どこがいけないかを名人上手に解説してもらったら、本人にも僕等にもどんなに有難く有益であることか。

また、いまの高校野球は女子マネージャーがスコアブックをつけているが、ルールの解釈や微妙な判定に悩んでいる。それを選手の動きでもって教えてくれたら、とても助かるんじゃないか。全国の女子マネージャーの疑問に答えるコーナーがあっていいと思う。多摩川ギャルを追いかけるばかりが能じゃあるまい。

一月二十九日（金）晴

腹八分で長生きする人がいる。九十歳近い老人で恐るべき健啖家がいる。どっちがいいのか。

僕は老人の健康法について、こう考える。食べることだ。三度三度、普通に食べる。病院で出てくる千八百カロリーの食事は、僕なんかには食べきれないくらい多い。これを食べることだ。そうして摂取したカロリーを消化することを考える。

僕の周辺の人（マスコミ関係者が多い）は、ほとんど胃潰瘍や肝臓障害に悩んでいる。酒を飲む機会が多いからだ。そこで何か一つ、酒を飲むよりも楽しいことを作ることだ。ゴルフも結構だと思う。やったことはないが、宿酔でゴルフに行ったら楽しくないだろうと思う。僕は昔麻雀を断ち、最近では将棋を止めた。坐りっぱなしは運動不足になり血圧も上る。性分で、僕はジョギングやマラソンは出来ないし、散歩は運動にならない。

阿佐田哲也・嵐山光三郎・古井由吉・本田靖春氏の座談会「競馬VS.競輪どっちが人生最高のギャンブルか」(『現代』三月号)が迚《とて》も面白い。嵐山「競輪場の客って、早稲田露文みたいな顔をしてる」。阿佐田「半日だけ下品になりに行く遊びなんだね」。本田「家の二軒ぐらいなくすとか、カミさんに黙ってやって三度くらい逃げられるとか……」。というあたりで大いに笑った。諸氏の命がけののめり込みに恥ずかしい思いをした。

僕の競馬は違う。情ないけれど、運動と気晴らしとスポーツ観戦とギャンブルを足したようなものだ。だから、パドックと本馬場入場を見るために動き廻る。僕の場合に限って言うのだが、競馬は老人の健康法として最適だと思っている。こんなことを考えたのは、明日から六月十二日まで近くの府中JRAが始るからだ。

一月三十日(土)　晴

府中JRA。僕の頂戴しているゴンドラ十五号室では全員が背広にネクタイで来る。僕は動き廻るためにスニーカーで行くから、替え上着にセーターという服装が多い。K先生は明治四十四年生まれだから、喜の字のお祝いをなさいますかと訊いたら「やりません。八十八歳まで競馬をやるつもりですから米寿は祝ってもらいます。競馬には⑧⑧

までありますからね。⑦⑦なんかで祝ってもらいたくないな」ということだった。このK先生にN会長は「K君は馬券なんか買うから下品だ」と言うのである。N会長は馬券を買わない。僕にとって競馬場は「半日だけ上品になりに行く」所だ。今日は九レースまでやって帰った。マイナス一万三千五百五十円。

家に帰って赤鉛筆を扇子に変えて千駄木の将棋会館に向った。将棋ペンクラブ主催の文壇将棋会に出席するためである。

十年前まで将棋会館は親類の家ぐらいに思っていたのに、ちょっと道に迷った。四階のワンフロアが身動きがとれぬといった盛況。将棋界の偉い人が死んでも、これだけの弔問客は来ないだろうと思った。各界名士多数。各社からの寄贈品多数。北海道から来た原田康子さんが谷川浩司王位、原田泰夫九段を連破（四枚落）して、とても嬉しそうにしている。これならストレス解消に役立つ。

六時半に散会。毎日新聞井口記者に誘われて新宿へ飲みに行く。河口俊彦会長にも声を掛けたら総勢十人になってしまった。大盛況に乾盃。

一月三十一日（日）晴

府中JRA。加賀武見騎手引退式。加賀が夫人とお嬢さんを馬車に乗せてあらわれたとき、五階のバルコニーから僕は拍手した。隣に立っていた赤木駿介さんが「加賀ッ！」と叫んだ。加賀と郷原を買っていれば間違いがないと言われた時期があった。この二人が競《せ》って共に潰れるレースもあった。格別に贔屓の騎手だったわけではないが、最も危険なスポーツを五十歳まで務めあげた労苦を思うと胸が痛くなる。加賀は天を仰ぐように頭を動かしていたが僕等を発見すると笑って手を振った。

「本日はお忙しいところを……」という加賀騎手の挨拶で噴飯《ふきだ》してしまった。本当に忙しい人は競馬場へ来ないだろう。そのように彼は緊張し上気していた。

オークスで買おうと思っているイージーリスニングは五着に敗れた。僕の家の経済のためにも馬体恢復に励んでもらいたい。マイナス千四百五十円。

二月一日（月）　晴

久しぶりに八時間熟睡。鍼治療に行く。血圧150―92で良好。競馬健康法の成果かくの如し。

中村琢二先生死去の報に接し、ショックを受ける。

# 生死

人間はなかなか死なないものだ、しかし、どうかすると突然ポックリと死んでしまうこともある、と、昔、親しくしていた医者に教えられた。こんな生活をしていたら死んでしまうよ、いや、こんな暮しぶりではいつ死んでも不思議ではない、仕方がないと思われる人に三人続けて死なれてしまった。将棋の芹沢博文九段、漫画の手塚治虫氏、小説家の色川武大氏の三人である。

芹沢さんは入院しても、看護婦と喧嘩したとかなんとかで、すぐに退院してしまう。もっとも、病院を脱《ぬ》けだして競輪場へ行ってしまうような人だから、看護婦に叱られるのは当り前だ。芹沢さんは少し若いのだが、天才棋士としてのデビューが早いので他の二人と同年齢ぐらいに思われてしまう。

手塚治虫さんとは生年月日が私と同じ（大正十五年十一月三日）ということで二人で雑誌のグラビアに出たことがある。どうやら、これは手塚さんのほうに偽りがあったようで、亡くなったときが六十歳だという。手塚さんは二晩でも三晩でも寝ないで仕事をする。どうしてそんな無理を重ねるのか私にはわからなかった。親しい漫画家に訊いてもわからないと言う。

色川武大さんも六十歳で亡くなった。酒は飲むしツキアイはいい。超流行作家でありながら純文学のほうでもいい仕事をする。ナルコレプシーという持病があるのに麻雀や競輪という遊びのほうでも忙しい。

私も直木賞受賞後の二、三年ばかりは自分が自分でないような暮しが続いた。まだ会社勤めがあったのだが、上司に「酒を三分の一に減らしなさい。ツキアイも三分の一に減らしなさい。そうして、仕事も三分の一に減らしたらどうですか」と言われた。しかし、私は勢いに乗って書くほうのタイプであるので、上司の意見に従ったら小説が書けなくなると思った。実際に、あまりに顔色が悪いので「きみには死相があらわれている」と言われたことが、一度ならず、あった。昭和四十二年頃だったと思うが、血液に典型的な糖尿病のパターンがあらわれていることを指摘され禁酒を申し渡されたとき、私はもうこれで完全に駄目だと思った。その後も酒を飲み続けたが、医者に宣告される以前とは意味あいが違ってきている。

どうも、仕事というのは命とひきかえに行われるものであるらしい。もちろん、運不運があるのだけれど……。それで現在の私がどうであるかというと、前記三人とは考え方が違うので、出来るだけ仕事を遠くへ押しやって、出来るだけ女々《めめ》しく生きようと思っている。

# 人生は楽しいか

高所恐怖症というのがある。私にもどうもそれが少しあるらしい。

私のはこういったふうである。

飛行機に乗る。そのときはすこしもこわくない。という言い方は正確ではなくて、やっぱり落ちるのではないかといった恐怖感がある。飛行機は他の乗り物に較べても危険がすくないということを読んだような気がしてきて、それを信じたい気分になる。ソワソワする。女房や子供やその他あれこれ平生は考えないようなことを考える。寝ようと思ってもねむれない。ただし、そのときの恐怖は高所恐怖ではなくて、機械モノに対する不信と、私自身の運命に関するばくぜんたる不安感のようなものであるらしい。飛行機にのっているときは、それが高い所を飛んでいるから、といった意味ではこわくない。すくなくとも、次のことにくらべれば恐怖感はすこぶる薄弱であるといってよい。

つまり――

飛行機にのって、空から見た夜景、赤い蛍の群のようなものがゆっくりと動いてゆく有様、ゆっくりと動いてゆくが、そのことが実は飛行機が高いところを非常な速度で馳っているのを意味している様子、あるいは晴れた日の瀬戸内海に小さな島と大きな島があり、海上に漣があって、漣と見えるものがほんとは大きなうねりであって帆掛船も船外機ボートも見えず、帆掛船の一艘ぐらい見えてもよかりそうなものだがなあと思って航跡を求めて飛行機の窓に額を押しつけている私、といったようなものを夢で見るのがこわいのである。これは、たまらなく怖い。たまらなく怖くなって、これは夢なんだぞ、いま俺は地上の最も安全な場所にいるんだぞ、と自分に言いきかせても駄目なのである。私は暗闇で目をあける。上半身を起こしてしばらくじっとしている。鼓動がはげしい。デパートの屋上、会社の屋上といった場合でも同様である。そこにいるときはこわくない。夢をみたり、思いだしたりすると怖い。

しかし——

東京タワー、横浜のマリンタワー、公園の観覧車は実際にそこにいるときに怖い。東京タワー、マリンタワーは天辺にのぼると塔全体が揺れているように感ずる、小さな揺れを感じようとしている自分を感ずる。あるいは本当に塔自体が揺れているのかもしれない。一刻も早く地上におりたいと思う。こわい。公園の観覧車では一周の前半と後半とでは大きな違いがある。次第にあがっていっていちばん高い所に達する直前に恐怖は絶頂となる。おりはじめると、もう安心である。私はすぐに「なんだ、これで一人十円は高いや」と思うのである。

夏子と庄助と三人で観覧車にのる。夏子はのったときから目をつぶり歯をくいしばっている。

「いま、どのへん？」

と訊く。

「もうすぐだよ。もうすぐおしまいだよ」

と私は答える。

夏子はおそるおそる目をあける。そのときは空を見ている。空を見ていればそんなにこわくないという。なるほど空との距離でいえば地上と変化はない。庄助がどう感じているかについては訊いてみたことがない。

そんなら観覧車なんかにのらなければよいと他人は思うだろう。しかし我等親子三人はそれがそこにあれば乗ってしまうのである。マリンタワーなんかに登らなければよいと思うだろう。そうはいかない。観覧車は乗るためにマリンタワーは登るために造られたものである。のらなければ悪いような気分になって長い列に連ってしまう。ならんでいるときから恐怖し後悔するが、そこを離れられない。高い所は、何かそこへひきこんでゆくような力がある。吸いあげられてしまう。

北アルプスで難に遭い死んだ社会学者の城戸浩太郎氏は私とほぼ同年で親しくしていた。山の事故のときはくわしい状況説明会がある。なぜならそれは状況次第では刑事事件になりかねないからだ。出発から遭難にいたるまで、多少の推理も交えて何時何分何小舎発、何某パーティとすれちがう。そこでひきかえせばよかったのに、あの細心な彼がどうしたことか、罐詰が何個、といった具合に綿密に説明が行われた。私は城戸浩太郎氏を悼むという気持よりも、私もそこへ今すぐ行ってみて彼と同じことを体験したいという強い誘惑に駆られた。あの力はいったい何だろう。凍った谷川の徒渡《かち》り、つるつる滑る断崖、視界のきかぬ尾根の吹雪。そこへ行きたいというあの気持は、一体なんだろうか。

＊

戦争中のことだから、多分私は中学校の三年生だったと思う。多摩川べりにある読売新聞社の経営している遊園地にパラシュートの練習場ができた。どういう加減か、私はあとできっと夢をみたり後悔するに違いないと思いながら、それをやった。それは初級用で二人乗りのブランコに腰かけていると、とめどなく天上にひっぱりあげられて地上百メートルのところで放される仕掛けである。パラシュートはそこで開くが、ブランコをひっぱりあげた綱もいっしょに降りてくるから危険もないし、技術もいらない。しかし、私の足下にも周囲にも何もない。地上の人間は点にしか見えない。いかに安全とはいえ、地上百メートルでブランコにのっているという状況を想像していただきたい。

二人乗りだから、級友と一緒だった。級友に対する見栄でそれに乗ったのではない。吸いよせられたのである。綱でいちばん上までのぼったときに、ブランコはいったん停止した。そこに小舎があって技術指導者がいる。そいつが窓から顔を出して、地面に着くときは足をまげずに伸ばしているようにと注意した。そうでないと捻挫することがあるという。級友は、こうですか、こうですか、といって、その位置で足をまげたり伸ばしたりした。そのたびにブランコは、ゆらゆらユサユサと揺れるのである。私はキンタマがちぢみあがるという月並みな表現がぴったりくる思いをした。いま思いだしてもゾッとする。

＊

私にはアメリカ人の友達がいる。戦後よく私の家に遊びにきた兵隊である。三年前にまた奥さんと子供をつれて日本にやってきて日本の商社に勤めるようになった。クレイトン・サラディという。はじめて会ったときに、

「生まれはどこ？（ホエア・アー・ユウ・カム・フラム？）」

ときいたら、

「マザー（おふくろ）」

と答えやがったから出身地はきかないことにしている。日本語がうまい。

私とクレイトンとは、その日、彼の運転する車に乗っていて怖い目にあった。その内容を細述する紙数はない。怖いという話から私の戦時中のパラシュートの話になった。クレイトンは本物の兵隊として落下傘降下訓練をうけた話をした。真青な太平洋が目の下にあったという。

「今はもうとてもできないよ、怖くて」と彼は言った。「どうして出来ないかというと、それは人生が楽しいからです」

「ジンセイ?」私は驚いてききなおした。「人生が楽しい?」

「そうですよ。そのときはコドモでした。でも今は、人生が楽しいということがわかったから出来ないよ」

クレイトンが少年時代にひどい貧乏をした話はきいたことがある。

私は何故かハッとした。隣で運転している男にアメリカ人を感じた。しかし、それだけではなかった。私が一度もそういう考え方をしたことがなかったことに気づいた。

# 幸福とは何か

私は、いま、食餌療法《しょくじ》を続けている。さいわいにして、薬を使わないですむという程度の病状である。これは大変に有難い。私は糖尿病の薬がこわい。糖尿病の薬は危険な副作用をともなうと頭から信じこんでいる。これも有難いことであるが、私の行っている済生会中央病院は、ずっと、薬を使わないほうの主義で通している。そのかわり、食事に関しては、かなり厳格な要求をする。

私に要求される食餌療法は、一日千四百カロリーである。以前に京都の病院で言われたのは千八百カロリーに牛乳一本ということであった。この差は、かなり大きい。多分、私の年齢が関係しているのだと思う。あれから五年経っているのだから。

千四百カロリーというのは、相当に辛い。かりに、三度三度の米の飯がうまくて仕方がないという人が千四百カロリーの食事を続けるとすると、ふらふらになって営養失調で倒れるのではないかと心配するようになる。そのあたりが実感ではなかろうか。

普通、成人の一日のカロリー摂取量が二千四百カロリー（私は正確には知らないが、そのくらいだと思う）だとすると、千四百カロリーでは、三分の二よりもだいぶ少ないという計算になる。具体的に言うと、社員食堂での昼食のメニューがカレーライスであったとして、それを三分の一以上残さなくてはいけない。元気な人なら、これは大変だと思うに違いない。ヤキソバなどは油が多いから避ける。五目ソバにして、三分の一を残す。

鏡山親方（柏戸）に糖尿のケがあったとき、六千三百カロリーに減らしたという話を聞いたことがあるが、ああいう人は特別だと思っていただきたい。

相撲取りは、その人の体質に大いに関連するのであるが、糖尿病になる寸前が一番強いという。そういえば、今場所の三日目に横綱北の湖を倒した大徨が泉洋であったころ、すなわち糖尿病にかかる直前はとても強かった。若秩父も同様である。食べられて食べられて、体が大きくなって仕方がないといった時が強い。それで糖尿病になるとペシャンコになる。糖尿病というのは体質であるのだから、誰もがそうなるわけではないが。

相撲の話のついでに言うと、相撲取りはたいていは一日二食であるが、二食のほうが三食の人よりも体重が増加するそうだ。それから、朝起きて食前に運動をするのは、減量のためには効果がないという。食後三十分か一時間後に運動をしたほうがいい。また、空気も、朝の空気より午後の空気のほうがいいそうだ。

相撲取りは、朝早く起きて稽古《けいこ》をする。激しい運動をする。腹をすかせておいて、食べられるだけ食べる。午後は昼寝をする。起きてきて腹一杯のメシを喰う。これは長い間の経験によってわかったことであると思うが、体重を増すためには非常に効果のある生活であるそうだ。科学的な根拠は稀薄《きはく》である。経験で学んだことである。しかし、これでは、糖尿病体質の人は間違いなく発病する。また、相撲取りは、その体力からすると短命だと言わなければならない。

＊

一日千四百カロリーという生活が約一カ月続いている。その結果、六十五キロの体重が六十一キロに減少した。四キロ減である。ひとくちに四キロといい一貫目というけれど、四キロの肉を食べるだけでも容易ではない。私の目標は五十八キロか五十九キロというあたりにある。

さて、低カロリーにおける日常生活について報告しなければならない。

正直に言って、まだ、絶えざる飢餓感から免れることができない。ある編集者が、そうすると、あなたはまだ野坂昭如さんの原点の時代にいるんですねと言った。まあ、そういうところだ。ただし、その飢餓感は辛いだけではなくて、いくらかはそれを楽しんでいる気味がある。見通しは明るいのです。そういう生活に馴れる時期がくるに違いない。理想体重になれば、ずっと楽になるはずである。

また、飢餓感と同時に、頭がボーッとなるところがある。私の受ける感じだけで言うと、脳に営養が廻ってこないというところがある。これも正直に書いておく。

それから、口中にも、胃のなかにも、水分を摂りすぎているという感じが残っている。これはどういうものであろうか。以前とくらべてお茶や水を飲みすぎるということはないのに。

私は、自分の家でもよその家でも、食事の際に出されたお菜を残すことができなかった。まして米の飯となると、これを残すのは罪悪のように思って育ってきた。担当医にそのことを言うと、優しい人であるのに、そのときは言下に叱《しか》るようにして、そういうことではいけませんと言われた。残すことに馴れなければいけない。これも辛いことのひとつである。

また、肉屋で、薄いハムを三枚とか五枚買うというのも苦痛である。八百屋でトマトを二箇、桃を一箇というのも辛い。私はケチクサイ感じが嫌いだった。商人には儲けさせてやれという感じが先に立つ。ただし、この点になると、全く機械的に買えるスーパー・マーケットの存在が有難い。

酒は二カ月近く飲んでいない。本当に飲みたいという気持がおこらない。何かのことで夜おそくなって、神経が疲れて、ちょっと一杯だけ飲みたいなと思うことはあるけれど、退けられない誘惑ではない。

先日、大酒家の友人二人と旅行をして、温泉旅館に泊った。そのときは初めから覚悟をして、盃《さかずき》に二杯の酒を飲んだ。深酒をしたような気がした。立派な旅館であって、老婦人が一品ずつ膳《ぜん》のうえに捧げ持って運んでくる。これでは酒がないと間がもたない。翌日はビールを二杯、酒を盃《ささ》に一杯飲んだ。酔ったような酔わないような、不思議な気分だった。

初めのうち、どういうわけか、眠れなかった。いまは眠れないことはない。空腹であると朝早く目がさめるものだということもわかった。

だいたい、以上のような生活であるが、親しい友人が、飢餓状態で、頭がボーッとしていて、ちっとも愉快でなく、仕事もあまりできないような生活をして、それでどうなんだと言った。減量はそんなに大切なことなのかと言った。私もそう思わないことはない。しかし、私には、まず第一に、医者との約束を守りたいという気持が強いのである。医者は私の身を案じてくれているのである。また、そんなに固く考えないで、私は、減量というゲームを楽しんでいるのだと思うことにしている。

＊

私の生活方針、営業方針は、午前中に原稿を書き、午後は運動、夜は読書ということにきめた。午前中に出来ないような仕事は引きうけない。愛想が悪くなっても仕方がない。

幸福とは何かということを、しきりに考える。平凡なサラリーマン生活と答える人がいるが、そういうときに、私はいつでも腹を立てる。いま、銀行を除いて、倒産のおそれのない会社など一社もない。経営の安泰している会社でも、俸給生活は決して楽なものではない。(当人が奇人・変人の場合は別であるが)

私は、ひとつの解答として、医者に減量を命ぜられたときに、それに耐えられる暮しということを考える。いそがしい人は、そうはいかない。それから、手に職のある人を考える。だから、大量の俸給生活者を生むだけの現在の教育制度は間違っていると思う。こういうことは、病気になってみないとわからないことだ。

## 仔象を連れて

前回の原稿を書くときはちょっと辛かった。頭もおかしい。これではキット間違いをおかすだろうと思っていたら、はたして大失敗。

「私が高橋義孝先生に初めてお目にかかったのは昭和二十一年の秋ではなかったかと思う。立姿はもっさりしているが誠実味に溢れる少壮学者ぶりに目を瞠《みは》った覚えがある」とあるのは、正反対と言っていいくらいの大間違い。先生はどこの大学へ行っても女子学生の間での人気ナンバーワンになってしまう。恰好イイのである。藤枝教授とあるのは藤村教授の誤り、三女二男は三男二女の誤り。

それにしても高橋義孝先生の知名度の低いのに驚かされた。この病院の教授クラスでも先生のことを知っている人はほんのわずかである。それも相撲関係においてのことであった。女医さんも吉行淳之介さんを知らない。そうすると、あの『夕暮まで』の夕暮れ族ブームとはいったい何だったのだろうか。私のことも殆んどだれも知らない。私はまがりなりにも週刊誌に四十年近く連載している男である。珍しい女名前である。これらの事実を前にして私は茫然としてしまう。我国の文化程度はこんなに低いのか、とあえて言わせてもらう。これは文芸評論家の論ずる文化のことではない。言ってみれば情念や感性のことである。

三十年ぐらい前高橋先生と二人で銀座を歩いていた。それだけで私は愉快で誇らしくて嬉しくて堪らない。

「先生はどうして相撲が好きなんですか」

「それはね、キミ、銀座通りを仔象を連れて歩いたら愉快だろう。それと同じだ」

それは嘘であり、洒落《しやれ》であるにきまっている。先生は場所が終ると「親類の娘が一人亡くなったような気持だ」とも言われる。こっちのほうが本当だろう。ちょうどそのとき前を歩いていた太り気味のお嬢さんが転んだ。すかさず先生は「オットドッコイ」と叫ばれる。これなどセクハラに近い。

女性に関しては「女のくせに卒論・卒論なんて言いやがって」なんてことを言う。だからフェミニストの全盛時代に先生が世に受けいれられるはずがない。

私は、いま、病院での検査、手術が終り、リハビリテーション最中といったところだ。

背中が痛い。

吃逆《しゃっくり》が出る。全身に電気が走り、飛びあがる。吃逆の特効薬は柿の蔕《へた》であるそうだ。

すなわち、これも難病のひとつ。

　高橋義孝先生との蜜月は長くつづいた。よく飲んだ。ときには私の奢りになる。私は大層愉快だったが先生のほうはどう思っていたか。私のもう一人の師は吉野秀雄先生であるが、これで私の酒は乾柿（蔕なりに固まる）になったと思っている。

その蜜月に水が差されるようになると誰が考えただろうか。喧嘩になったわけではない。破門されたのでもない。ともかく十年以上（もしかしたら十五年以上も）お目にかかっていない。その原因は、

①先生が骨粗鬆症《こつそしょうしょう》になり、歩行が不自由になったこと。すなわち寝たきりで外出できなくなったこと。

②御長男のお嫁さんは建築家であって前衛的建築家のなかの一方の雄であるが、かなり強引に（ほとんど命令にちかかった）家を建てろ、設計は俺の長男の嫁にまかせろと

いう。綸言汗《りんげん》の如しというが、私はそのタイプの男である。私はこれを畏《かしこ》み承った。私は「体育館のような家を建ててください」と頼んだ。当時の私は友人に「死相があらわれている」と言われたぐらいに目茶苦茶に忙しかったが、先生のプランを楽しみにして、金銭的には悪戦苦闘したが、決して前衛なものを嫌ったのではない。

この家が築後まもなく水害に遇い半地下室の部分が水浸しになってしまった。

これよりさき、建築中にトラブルが生じ、裁判沙汰になった。裁判の勝ち負けより時間を取られるのが痛かった。私は設計士を恨むようなことはなかった。今でもそうだ。私は甚だ浪花節的な男であるが、設計士(責任者)が自分の建てた家はわが子のように可愛いと言うのならば一日ぐらい裁判に出席してもよさそうだと思った。裁判が終ってヤレヤレというときの出水である。私はカッとなった。文章は両刃の剣であることを忘れた。文壇に棲息する男としては必ずや反論があるものと思い込んでいた。……これでは目白の高橋家に遊びに行くのは無理だ。

③これより前のことになるが、大相撲東京場所(一月五月九月)の一列目(いわゆるタマリ席)の切符を頂戴していた。そのあと、浅草あたりの小料理屋で親類の娘の通夜を営む。先生と二人っきりである。こんなにうまい酒はない。ところが私の不心得でもって、この切符をお返しするという事件が三回続けて起った。

④競馬の最高に面白いレースは日本ダービーである。ダービーは五月の最終日曜日に

行われる。一方相撲のほうも偶然かどうか五月の最終日曜日に行われる。相撲のお好きな池田弥三郎先生も「ケシカラン、相撲は国技ですよ、競馬如きギャンブルと同列に論ずるなんて……」と怒っておられた。高橋先生は、たぶん腹を立てておられたんだと思うが、切符を余所《よそ》へ廻したという連絡もなく「それなりにけり」になってしまった。

⑤これを私は重要な事件とは考えていない。私たち夫婦が仲人した先生の末のお子様が離婚してしまった。これは若い夫婦のちょっとした過ちであってあくまでも個人的な問題である。当事者以外に関係のない話である。しかし、先生は、この末の男の子とお孫さんたちを熱愛していた。先生は大きなショックを受けたに違いない。このようにして、私たち夫婦が敬愛してやまない高橋先生御夫妻と疎遠になってしまった。

どうやって死んでいったらいいのだろうか。そればかり考えている。唸って唸って(あれを断末魔というのだろうか)。カクンと別の世界に入ってゆくのだろうか。

私の家の裏手のH氏は長く病んでおられたが、ベッドの上でH氏が奥様の膝の上におやすみになる。つまり膝枕である。これが看護婦ではいけない。そうしてH氏は静かに亡くなられ、近所では「なんて幸福な死だろう」と取沙汰された。作家の色川武大さんも似たような亡くなり方をしておられる。どうしたらいいのか。

高橋先生の家の応接間で日本酒を飲んでいると奥様が入ってこられて、二人で出ていかれた。「夏物のハンドバッグが買いたいのですが、五千円ほど頂戴できませんですか」と言われたという。こういう御夫婦を、諸君、どう思われますか？

解説

# 迷彩色の自画像

小玉　武

山口瞳は三十七歳で、サラリーマン作家として遅い出発をした。

三十年余りにわたる執筆活動の中で、とくにこの作家におけるエッセイの位置は、いわば不動の領域だった。

このたび機会を得て、山口瞳がデビューの直後から、長期にわたりずっと書き続けたエッセイを再読した。半年近くはかかっただろうか。そしてあの独特の、〝僻論〟のニュアンスが潜んでいる文章の切れ味が鋭い現代批判にも繋がっていることに、今さらながら新鮮な驚きをおぼえないわけにいかなかった。

いや正確に言えば、むしろ時代の方が、山口瞳に近づいてきたのではないかと思えるほどである。つまり、多くの理不尽が国内外で罷《まか》りとおっている現代だからこそ、なお切っ先鋭い山口瞳のペンを必要としているのではないか、とつくづく思われるのである。

しかし考えてみると、これは不思議でも奇異なことでもない。

連綿と書き続けられたこれらのエッセイ群は、山口瞳の独自の卓見と半ば命がけの美意識の発露であり、山口瞳一流の人間探求派《モラリスト》としての、正直な批評の吐露であった。憚《はばか》るところのない衷心からの異議申し立てが、非凡な〝文学〟になっている。それにもう一つあるとすれば、すぐれた文学作品のいのちは、作家が没してもなお、脈々と長寿を保つものだということの証しであろう。

そして今、山口瞳の生涯を思い起こし、一篇一篇のエッセイを熟読していると、この作家の消しがたい原風景がみえてくるのである。それはたしかに、山口瞳が作家デビューを果たしたころの、いわば〝選ばれてあることの恍惚と不安〟を一身に託《かこ》っていた時期の日常のなかにこそ、見え隠れしていたのであった。——

さて。

ある日突然、直接上司が直木賞を受賞する。その結果、どんなことが起こったか？サラリーマンをやっていると、いろいろなことに出っくわすけれど、こんな体験は、あまりないに違いない。むろん職場は、かなりてんやわんやであった。発表の前日に、受賞するかしないか、こっそり賭けをした〝連中〟もいた。

昭和三十八年一月、直木賞（同三十七年下期）を受賞したのは、サントリー宣伝部の山口瞳課長補佐（前年七月係長から昇進）で、わたしはその年、入社して二年目の駆け出し宣伝部員だった（この年の三月まで、社名は壽屋だった）。

宣伝部は、その五年前に開高健が芥川賞を受賞してひと騒ぎあったので、あれこれバタバタしながらも、部員たちは慣れていて、さして驚いてはいない。それに、この宣伝部は、広告賞やデザイン賞をほとんど総なめにしており、大きな賞の受賞も、それほど珍しくはない。

しかしながら、芥川賞とともに、直木賞は特別な文学賞だったので、佐治敬三社長の指示のもとに、山口さんのために、パレスホテルで盛大な祝賀会を催した。このとき、サントリーから二人目の小説家が誕生したのである。

開高さんは、小説の〆切に追われて目を赤くしてはいたが、相変わらず嘱託として仕事をしていたし、「アンクルトリス」の産みの親・柳原良平もアートディレクター・坂根進も、宣伝部の主《ぬし》のような存在で、忙しく立ち回っていた。しかし宣伝制作課のマネージメントは、ほとんど山口さんが任されていた。だからしばらくは、山口さんも〝二足の草鞋〟を履きつづけなければならなかった。

この部署は宣伝部という仕事柄、いつも売れっ子の小説家や俳優やテレビ・タレントが、出入りしていた。山口さんの係長席の隣りで伊丹十三が話し込んでいたり、梶山季之や石原慎太郎や浅利慶太など、いろいろな分野の人びとがやって来て、まるで大きな出版社の編集部のような賑やかさだった。

むろん応接室はあったけれど、今と違って受付け嬢は、そういう人たちを直接、宣伝部へ案内していたように記憶している。山口さんの指示だったと思う。

若き日の片岡義男はひとりで来ていたし、『洋酒天国』誌の対談を前にした加賀まりこや澁澤龍彥も宣伝部にやって来た。

みんな『洋酒天国』に登場して貰った人たちだ。

『三田文学』の小説家・山川方夫は安岡章太郎から山口さんに紹介があって、『洋酒天国』担当の嘱託として週に三日間、通って来た。そして山川さんは、わたしたち若手と一緒に編集作業をしていた。開高さんに代わってこの月刊PR誌の事実上の編集長だった山口さんは、わたしたちが担当する時代になると、編集会議には、ときどき顔を見せるだけになっていたけれど……。

とはいうものの、宣伝制作課は、山口さん中心に回っていて、係長、課長補佐時代を通じて山口さんの仕事は多忙をきわめていた。もとよりマネージメントばかりでなく、山口さん自身の仕事も多かった。新聞広告やテレビCMのコピーを書いたり、洋酒営業部と宣伝部との連絡会議に出たりした。そして、小説家デビューの前だったが、そんな折に生まれたのが、トリスウイスキーのキャンペーン広告の名コピーだった。山口瞳の代表作となった。

〝トリスを飲んで Hawaii へ行こう!〟

それは新聞広告としてばかりでなく、テレビCMとなって全国へ流れた。

＊

その頃、サントリーや資生堂など宣伝活動に熱心な企業は、宣伝制作部門を社内に置いていて、広い写真スタジオを自社内にもっていた。広告制作を自前でやってしまう。外注はほとんどしない。だからカメラマンもデザイナーもコピーライターも、みんな社員だった。そんな中で、山口さんは、いわば〝プレーイング・マネージャー〟だった。こういう才能の持ち主がいないと、制作部門はやっていけない。わたしも山口さんの下で、駆け出しのコピーライターとして、ウイスキーやワインの広告を制作し、『洋酒天国』を編集した。

ある日、訓練のためといって、『ニューヨーカー』や『エスクワイヤー』に載ったスコッチやバーボンの広告コピーの翻訳をやらされた。四苦八苦して訳し終えた原稿を、山口さんはその場で添削して、惚れ惚れするコピーにしてしまった。英語の原文さえ見ないでアカを入れるのだが、文意を違《たが》えてはいない。どうしてこんなに見事な日本文になるのか。

これはもう名人芸で、この人はただものではない、と思わせるところがあった。そんな些細なことにも、わたしは山口さんの凄さを感じた。へたくそな訳文は恥ずかしかったけれど、係長は叱らなかった。

毎週、テレビCMや新聞、雑誌のための広告制作会議があり、何本かアイデアを出す義務があった。山口さんがリードしながら、このクリエイティブ会議は進められる。今もよくおぼえているが、開高さんや柳原さんも熱心に発言し、びっくりするようなアイデアが飛び出した。苦痛でもあり、愉しくもあった。

山口瞳は足し算も引き算も、自分はまともにできないと書いているが、そんなことは決してなかった。すぐれた管理職で、エッセイにもあるように「ぼくはサラリーマンに向いていないのかもしれない」という秘かな呟きの方が真実だったと思う。開高さんや柳原さんは、ついに管理職にはなら(れ)なかったが、山口さんは昇進もトントン拍子だった。──

＊

山口さんの現役時代、サントリーの東京支店が、まだ新大手町ビルにあったころのことだ。

月末になると、終業時間を過ぎてから、グレーの風呂敷に原稿用紙と博文館の国語辞典と筆箱を包んで、背中を丸めて、山口係長が帰宅する後姿をみた記憶がある。神保町あたりの旅館の部屋を借りて、終電車まで、『婦人画報』に連載した直木賞受賞作『江分利満氏の優雅な生活』の原稿を書くためだった。

今にして、山口さんらしいスタイルだったと思う。それが二十年以上編集者を続けて来た山口さんの〝習性〟だったのだろう。今も目に焼き付いている。

『江分利満氏の優雅な生活』を読んで、太宰治の出世作『晩年』と較べられる稀有な作品と評価したのは、あの山本周五郎だった。これは本牧間門園《ほんもくまかどえん》を訪問した時に、わたしが直接聞いたことだ。山口さんには報告したが、すこし表情を変えただけで無言だった。

太宰治と山口瞳、作品の時代も設定も異なるが、ともに「型」と新しい表現に拘《こだわ》っている。語り手はともに〃道化〃である。しかしながら、それが〃小説〃としてはいずれも、逆の型破りな作品になっているのが面白い。たしかに山口瞳のエッセイは、小説としても読めるし、小説はエッセイとみなしても十分に楽しめて、しかも味がある。

山口さんのサラリーマンとしての現役時代は、精神安定剤《トランキライザー》を常用するほど、仕事の重圧に圧し潰されそうな多忙な日々だった。しかしこの時期こそが、小説家山口瞳の原点であったのだ。ここに編んだエッセイ・アンソロジーにみられるとおりである

紙幅の制約もあり、万遺漏なきを期すというわけにはいかなかったけれど、微力ながら〃山口瞳の世界〃の一端は、ここに描けたのではないかと思う。

＊

疾風怒濤の時期に体験したこと。それらのすべてが、直木賞を受賞してデビューを果たしてから延々と、亡くなる月の十三日まで書き続けた、『週刊新潮』の異色のエッセイ「男性自身」の原動力となった。三十一年間、全千六百十四回目の連載だった。最終回「仔象を連れて」は、合併号が出た翌週の八月三十一日号に載った。一回の休載もな

く、これが絶筆となった。思えば十八歳から二十年におよぶサラリーマン生活は、山口瞳には何ものにも代えがたい〝賜物〟であった。

山口瞳は、大正十五年・昭和元年十一月三日、東京は荏原《えばら》で生れている。そして平成七年八月三十日、六十八歳で病没した。まさに昭和時代にドップリ浸り、フルに生き抜いた小説家だった。山口瞳自身もこう書いている。

「僕は大正十五年の生まれだから、昭和をマルマル生きたことになる。昭和の年号と数え齢《どし》が一致していて、満年齢は誕生日が来た日から一を引けばよい。平成となっては、もう駄目だ。」(「男性自身」)

今、〈昭和を生きる〉というと、人はどんなことを思い描くだろうか。

わたしにとって、昭和は迷彩色をしている。そして、人それぞれであろうが、昭和を語り、自画像を彫琢しつづけた山口瞳の渾身のエッセイの中に、わたしたちのひそかな呟《つぶや》きが流れ込んでいるように感じる。山口瞳を読むことは閑人の趣味などではない。ストイックに現実を直視する生活技術を体得することにもつながっていると思うのである。

なお、本文庫への収録に際しては初出を確認するとともに、以後の刊本を参照した。

# 初出一覧

## 1 人間通──“偏軒”として生きる

・わが偏見の数々 「男性自身」昭和60（1985）年6月20日号（『週刊新潮』〔以下同〕）
・年齢 『オール讀物』昭和47年12月号（文藝春秋）
・いい酒場とは 『婦人画報』昭和42年11月号（ハースト婦人画報社）
・クラス会 「男性自身」昭和57年12月2日号
・新入社員に関する十二章 『中央公論』昭和40年5月号

## 2 昭和の迷宮──漂泊する自画像

・元祖「マジメ人間」大いに怒る 『文藝春秋』昭和41年7月号
・ある戦中派 『別冊文藝春秋』199号、平成4（1992）年4月
・軍隊で会った人たち 『オール讀物』昭和47年4月号
・東京土着民 『奥野健男文学論集』2巻月報（昭和51年10月、泰流社）
・卑怯者の弁（1～5）「男性自身」昭和55年10月2日、9日、16日、23日、30日号

## 3 われらサラリーマン──運・競争・会社人間

・いやぁなサラリーマン 『漫画讀本』昭和41年6月号（文藝春秋）
・ミナト・ヨコハマ ぺとろーる 日本石油の巻 『オール讀物』昭和39年8月号
・トップ経営者語録ベスト5 『週刊文春』昭和48年5月20日号
・酒飲みの夜と朝 「男性自身」昭和39年1月6日号
・『洋酒天国』の頃 『サントリークォータリー別冊』4号（昭和60年1月、TBSブリタニカ）

4 夢を見る技術——歓びと哀しみと……
・違いがわかるかな 『文藝春秋』昭和50年２月号
・物書きの端くれ 『文學界』昭和53年５月号（文藝春秋）
・美術の秋の　上野の森 『芸術新潮』昭和55年11月号（新潮社）
・されどわれ悪書を愛す 『漫画讀本』昭和40年５月号
・木槿の花（１〜８）「男性自身」昭和56年９月10日、17日、24日、10月１日、８日、15日、22日、29日号

5 わが生活美学——人間関係の極意
・活字中毒者の一日 『読書と私』（昭和55年５月、文春文庫所収）
・浅草ビューホテルからの眺め 『小説新潮』昭和61年６月号
・賭博的人生論 『漫画讀本』昭和40年10月号
・夏の帽子 『婦人画報』昭和40年７月号
・会ったのは、たった一度 『新潮アルバム 山本周五郎』昭和59年７月20日

6 飲食・男女——“通”の“通”の弁
・安かろううまかろう食べ歩る記 『漫画讀本』昭和38年６月号
・ウイスキーの飲み方 『洋酒天国』55号、昭和37年10月（壽屋）
・私のウイスキイ史『サントリークォータリー』45号（1994年４月）
・祇園　山ふくの雑ぜご飯 『サントリークォータリー』35号（1990年８月）
・魚河岸の賑わい 「男性自身」昭和49年１月24日号
・女 『婦人画報』昭和38年８月号
・あげまん 「男性自身」平成２年５月31日号

7 老・病・死——反骨と祈り
・色川武大さん「男性自身」平成元年５月４日号

・続・色川武大さん「男性自身」平成元年５月11日号
・晩年　『別冊文藝春秋』170号、昭和60年１月
・老人の健康法　「男性自身」昭和63年２月18日号
・生死　『別冊文藝春秋』188号、平成元年７月
・人生は楽しいか　「男性自身」昭和39年４月20日号
・幸福とは何か　「男性自身」昭和50年７月24日号
・仔象を連れて　「男性自身」平成７年８月31日号

＊本書は文庫オリジナルです。

＊＊本書のなかには今日の人権意識に照らして不当・不適切な語句や表現がありますが、時代的背景と作品の価値にかんがみ、また、著者が故人であるためそのままとしました。

江分利満氏の優雅な生活　山口瞳

卓抜な人物描写と世態風俗の鋭い観察によって昭和一桁世代の悲喜劇を鮮やかに描き、高度経済成長期前後の一時代をくっきりと刻む。（小玉武）

酒呑みの自己弁護　山口瞳

酒場で起こった出来事、出会った人々を通して、世態風俗の中に垣間見える人生の真実をスケッチする。イラスト＝山藤章二。（大村彦次郎）

『洋酒天国』とその時代　小玉武

開高健、山口瞳、柳原良平……個性的な社員たちが創ったサントリーのPR誌の歴史とエピソードを自ら編集に携わった著者が描き尽くす。（鹿島茂）

中島らもエッセイ・コレクション　中島らも　小堀純編

小説家、戯曲家、ミュージシャンなど幅広い活躍で没後なお人気の中島らもの魅力を凝縮！　酒と文学とエンターテインメント。（いとうせいこう）

田中小実昌ベスト・エッセイ　田中小実昌　大庭萱朗編

東大哲学科を中退し、バーテン、香具師などを転々とし、飄々とした作風とミステリー翻訳で知られるコミさんの厳選されたエッセイ集。（片岡義男）

色川武大・阿佐田哲也ベスト・エッセイ　色川武大／阿佐田哲也　大庭萱朗編

二つの名前を持つ作家のベスト。文学論、落語からタモリまでの芸能論、ジャズ、作家たちとの交流も。もちろん阿佐田哲也名の博打論も収録。（木村紅美）

吉行淳之介ベスト・エッセイ　吉行淳之介　荻原魚雷編

創作の秘密から、ダンディズムの条件まで。「文学」「男と女」「紳士」「人物」のテーマごとに厳選した、吉行淳之介の入門書にして決定版。（大竹聡）

人とこの世界　開高健

開高健が、自ら選んだ強烈な個性の持ち主たちと相対する。対話や作品論、人物描写を混和して描き出した「文章による肖像画集」。（佐野眞一）

書斎のポ・ト・フ　開高健／谷沢永一／向井敏

博覧強記の幼馴染三人が、庖丁さばきも鮮やかに古今東西の文学を料理しつくす。談論風発・快刀乱麻の驚きの文学鼎談。（山崎正和）

将棋　観戦記コレクション　後藤元気編

棋譜からだけではわからない、人間同士の戦い。数々の名勝負が、個性的なエピソードやゴシップとともによみがえる。文庫オリジナルアンソロジー。

**「月給100円サラリーマン」の時代**　岩瀬彰
物価・学歴・女性の立場——。豊富な資料と具体的なイメージを通して戦前日本の「普通の人」の生活感覚を明らかにする。（パオロ・マッツァリーノ）

**銀座旅日記**　常盤新平
馴染みの喫茶店で珈琲と読書をたのしみ、黄昏の酒場に人生の哀歓をみる。散歩と下町が大好きな新平さんの風まかせ銀座旅歩き。文庫オリジナル。

**半身棺桶**　山田風太郎
「最大の滑稽事は自分の死」——人間の死に方に思いを馳せ、世相を眺め、麻雀を楽しみ、チーズの肉トロに舌鼓を打つ。絶品エッセイ集。（荒山徹）

**私の東京地図**　小林信彦
オリンピック、バブル、再開発で目まぐるしく変わる東京だが、街を歩けば懐かしい風景に出会う。今と昔の東京が交錯するエッセイ集。（えのきどいちろう）

**生きることの意味**　高《コ》史《サ》明《ミョン》
さまざまな衝突の中で死を考えるようになった一朝鮮人少年。彼をささえた人間のやさしさを通して、生きることの意味を考える。（鶴見俊輔）

**友だちは無駄である**　佐野洋子
でもその無駄がいいのよ。つまらないことや無駄なことって、たくさんあればあるほど魅力なのよね。一味違った友情論。（亀和田武）

**まちがったっていいじゃないか**　森毅
人間、ニブイのも才能だ！　まちがったらやり直せばいい。少年のころを振り返り、若い読者に肩の力をぬかせてくれる人生論。（赤木かん子）

**水木しげるのラバウル戦記**　水木しげる
太平洋戦争の激戦地ラバウル。その戦闘に一兵卒として送り込まれ、九死に一生をえた作者が、体験が鮮明な時期に描いた絵物語風の戦記。

**質問力**　齋藤孝
コミュニケーション上達の秘訣は質問力にあり！これさえ磨けば、初対面の人からも深い話が引き出せる。話題の本の、待望の文庫化。（斎藤兆史）

**段取り力**　齋藤孝
仕事でも勉強でも、うまくいかない時は「段取りが悪かったのではないか」と思えば道が開かれる。段取り名人となるコツを伝授する！（池上彰）

コメント力　齋藤孝
オリジナリティのあるコメントを言えるかどうかで「おもしろい人」、「できる人」という評価が決まる。優れたコメントに学べ！

齋藤孝の速読塾　齋藤孝
二割読書法、キーワード探し、呼吸法から本の選び方まで著者が実践する「脳が活性化し理解力が高まる」夢の読書法を大公開！（水道橋博士）

齋藤孝の企画塾　齋藤孝
「企画」は現実を動かし、実現してこそ意義がある。成功の秘訣は何だったかを学び、「企画力」の鍛え方を初級編・上級編に分けて解説する。（岩崎夏海）

仕事力　齋藤孝
「仕事力」をつけて自由になろう！　課題を小さく明確なことに落とし込み、2週間で集中して取り組めば、必ずできる人になる。（海老原嗣生）

前向き力　齋藤孝
「がんばっているのに、うまくいかない」あなた。ちょっと力を抜いて、くよくよ、ごちゃごちゃから抜け出すとすっきりうまくいきます。（名越康文）

味方をふやす技術　藤原和博
他人とのつながりがなければ、生きてゆけない。でも味方をふやすためには、嫌われる覚悟も必要だ。ほんとうに豊かな人間関係を築くために！

仕事に生かす地頭力　細谷功
仕事とは何なのか？　本当に考えるとはどういうことか？　ストーリー仕立てで地頭力の本質を学び、問題解決能力が自然に育つ本。（海老原嗣生）

あなたの話はなぜ「通じない」のか　山田ズーニー
進研ゼミの小論文メソッドを開発し、考える力、書く力の育成に尽力してきた著者が「話が通じるための技術」を基礎のキソから懇切丁寧に伝授！

大山康晴の晩節　河口俊彦
空前の記録を積み上げた全盛期。衰えながらも、その死まで一流棋士の座を譲らなかった晩年。指し手と人生から見る勝ち続けてきた男の姿。（yomoyomo）

聞書き　遊廓成駒屋　神崎宣武
名古屋中村遊廓跡で出くわした建物取壊し。そこから著者の遊廓をめぐる探訪が始まる。女たちの隠された歴史が問いかけるものとは。（井上理津子）

**消えた赤線放浪記**　木村　聡

「赤線」の第一人者が全国各地に残る赤線・遊郭跡を訪ね、色町の「今」とそこに集まる女性たちを取材した貴重な記録。文庫版書き下ろし収録。

**町工場・スーパーなものづくり**　小関智弘

宇宙衛星から携帯電話まで、現代の最先端技術を支えているのが町工場だ。そのものづくりの原点を、元旋盤工でもある著者がルポする。（中沢孝夫）

**「社会を変える」を仕事にする**　駒崎弘樹

元ITベンチャー経営者が東京の下町で始めた「病児保育サービス」が全国に拡大。「地域を変える」が「世の中を変える」につながった。

**ドキュメント ブラック企業**　今野晴貴・ブラック企業被害対策弁護団

違法労働で若者を使い潰す、ブラック企業。その「手口」は何か？　闘うための「武器」はあるのか？　さまざまなケースからその実態を暴く！

**あぶく銭師たちよ！**　佐野眞一

昭和末期、バブルに跳梁した怪しき人々。リクルートの江副浩正、地上げ屋の早坂太吉、〝大殺界〟の細木数子など6人の実像と錬金術に迫る！

**宮本常一が見た日本**　佐野眞一

戦前から高度経済成長期にかけて日本中を歩き、人々の生活を記録した民俗学者、宮本常一。そのまなざしと思想、行動を追う。（橋口譲二）

**新 忘れられた日本人**　佐野眞一

佐野眞一がその数十年におよぶ取材で出会った、無私の人、悪党、そして怪人たち。時代の波間に消えて行った忘れえぬ人々を描き出す。（後藤正治）

**游侠奇談**　子母澤寛

飯岡助五郎、笹川繁蔵、国定忠治、清水次郎長……正史に残らない侠客達の跡を取材し、実像に迫る、游侠研究の先駆的傑作。（松島榮一／高橋敏）

**武士の娘**　杉本鉞子　大岩美代訳

明治維新期に越後の家に生れ、厳格なしつけと礼儀作法を身につけた少女が開化期の息吹にふれて渡米、近代的女性となるまでの傑作自伝。

**素敵なダイナマイトスキャンダル**　末井　昭

実母のダイナマイト心中を体験した末井少年が、革命的野心を抱きながら上京、キャバレー勤務を経て伝説のエロ本創刊に到る仰天記。（花村萬月）

**田中清玄自伝**　田中清玄／大須賀瑞夫

戦前は武装共産党の指導者、戦後は国際石油戦争に関わるなど、激動の昭和を侍の末裔として多彩な人脈を操りながら駆け抜けた男の「夢と真実」。

**珍日本超老伝**　都築響一

著者が日本中を訪ね歩いて巡り逢った、老いを超越した天下御免のウルトラ老人たち29人。オレサマ老人にガツンとヤラれる快感満載！

**荷風さんの戦後**　半藤一利

戦後日本という時代に背を向けながらも、自身の生活を記録し続けた永井荷風。その孤高の姿を愛情溢れる筆致で描く傑作評伝。（川本三郎）

**ザ・フィフティーズ**（全3巻）　デイヴィッド・ハルバースタム／峯村利哉訳

50年代アメリカでの出来事と価値転換が現代世界を作った。政治、産業から文化、性までを光と影の両面で論じる。巻末対談は越智道雄×町山智浩。

**誘拐**　本田靖春

戦後最大の誘拐事件。残された被害者家族の絶望、犯人を生んだ貧困、刑事達の執念を描くノンフィクションの金字塔！（佐野眞一）

**疵**　本田靖春

戦後の渋谷を制覇したインテリヤクザ安藤組の大幹部、力道山よりも喧嘩が強いといわれた男……。伝説に彩られた男の実像を追う。（野村進）

**呑めば、都**　マイク・モラスキー

赤羽、立石、西荻窪……ハシゴ酒から見えてくるのは、その街の歴史。古きよき居酒屋を通して戦後東京の変遷に思いを馳せた、情熱あふれる体験記。

**戦中派虫けら日記**　山田風太郎

〈嘘はつくまい。嘘の日記は無意味である〉。戦時下、明日の希望もなく、心身ともに飢餓状態にあった若き風太郎の心の叫び。（久世光彦）

**同日同刻**　山田風太郎

太平洋戦争中、人々は何を考えどう行動していたのか。敵味方の指導者、軍人、兵士、民衆の姿を膨大な資料を基に再現。（高井有一）

**タクシードライバー日誌**　梁《ヤン》石日《ソギル》

座席でとんでもないことをする客、変な女、突然の大事故。仲間たちと客たちを通して現代の縮図を描く異色ドキュメント。（崔洋一）

幕末単身赴任 下級武士の食日記 増補版　青木直己
きな臭い世情なんてなんのその、単身赴任でやってきた勤番侍が幕末江戸の〈食〉を大満喫！ 残された日記から当時の江戸のグルメと観光を紙上再現。

サムライとヤクザ　氏家幹人
「男らしさ」はどこから来たのか？ 戦国の世から徳川の泰平の世へ移る中で生まれる武士道神話・任俠神話を検証する「男」の江戸時代史。

独特老人　後藤繁雄編著
埴谷雄高、山田風太郎、中村真一郎、淀川長治、水木しげる、吉本隆明、鶴見俊輔……独特の個性を放つ思想家28人の貴重なインタビュー集。

木の教え　塩野米松
かつて日本人は木と共に生き、木に学んだ教訓を受け継いできた。効率主義に囚われた現代にこそ生かしたい「木の教え」を紹介。（丹羽宇一郎）

人生を〈半分〉降りる　中島義道
哲学的に生きるには〈半隠遁〉というスタイルを貫くしかない。「清貧」とは異なるその意味と方法を、自身の体験を素材に解き明かす。（中野翠）

橋本治と内田樹　橋本治　内田樹
不毛で窮屈な議論をほぐし直し、「よきもの」に変える成熟した知性が、あらゆることを語りつくす。伝説の対談集ついに文庫化！（鶴澤寛也）

昭和史探索（全6巻）　半藤一利編著
名著『昭和史』の著者が第一級の史料を厳選、抜粋。時々の情勢や空気を一年ごとに分析し、書き下ろしの解説を付す。《昭和》を深く探る待望のシリーズ。

それからの海舟　半藤一利
江戸城明け渡しの大仕事以後も旧幕臣の生活を支え、徳川家の名誉回復を果たすため新旧相撃つ明治を生き抜いた勝海舟の後半生。（阿川弘之）

荷風さんの昭和　半藤一利
破滅へと向かう昭和前期。永井荷風は驚くべき適確さで世間の不穏な風を読み取っていた。時代風景の中に文豪の日常を描出した傑作。（吉野俊彦）

占領下日本（上）　半藤一利／竹内修司／保阪正康／松本健一
1945年からの7年間日本は「占領下」にあった。この時代を問うことは戦後日本を問いなおすことである。天皇からストリップまでを語り尽くす。

占領下日本（下）　半藤一利／竹内修司／保阪正康／松本健一

日本の「占領」政策では膨大な関係者の思惑が錯綜し揺れ動く環境の中で、様々なあり方が模索された。昭和史を多様な観点と仮説から再検証する。

定本 後藤田正晴　保阪正康

治安の総帥から政治家へ――異色の政治家後藤田正晴は、どのような信念を持ち、どんな決断を下したのか。その生涯を多面的に読み解く決定版評伝。

誰も調べなかった日本文化史　パオロ・マッツァリーノ

土下座のカジュアル化、先生という敬称の由来、全国紙一面の広告。――イタリア人（自称）戯作者が、資料と統計で発見した知られざる日本の姿。

日本人のための怒りかた講座　パオロ・マッツァリーノ

身の回りの不愉快な出来事にはきちんと向き合い、改善を交渉せよ！「知られざる近現代マナー史」を参照しながら具体的な「怒る技術」を伝授する。

あんな作家 こんな作家 どんな作家　阿川佐和子

聞き上手の著者が松本清張、吉行淳之介、田辺聖子、藤沢周平ら57人に取材した。その鮮やかな手口に思わず作家は胸の内を吐露。（清水義範）

男は語る　阿川佐和子

ある時は心臓を高鳴らせ、ある時はうろたえながら、12人の魅力あふれる作家の核心にアガワが迫る。「聞く力」の原点となる、初めてのインタビュー集。

不良定年　嵐山光三郎

定年を迎えた者たちよ。まずは自分がすでに不良品であることを自覚し、不良精神を抱け。実践者・嵐山光三郎がぶんぶんうなる。（大村彦次郎）

「下り坂」繁盛記　嵐山光三郎

人の一生は、「下り坂」をどう楽しむかにかかっている。真の喜びや快感は「下り坂」にあるのだ。あちこちにガタがきても、愉快な毎日が待っている。

杏のふむふむ　杏

連続テレビ小説「ごちそうさん」で国民的な女優となった杏が、それまでの人生を、人との出会いをテーマに描いたエッセイ集。（村上春樹）

キッドのもと　浅草キッド

生い立ちから凄絶な修業時代、お笑い論、家族への思いまで。孤高の漫才コンビが仰天エピソード満載で送る笑いと涙のセルフ・ルポ。（宮藤官九郎）

泥酔懺悔　朝倉かすみ、中島たい子、瀧波ユカリ、平松洋子、室井滋、中野翠、西加奈子、山崎ナオコーラ、三浦しをん、大道珠貴、角田光代、藤野可織

泥酔せずともお酒を飲めば酔っ払う。お酒の席は飲める人には楽しく、下戸には不可解。お酒を介した様々な光景を女性の書き手が綴ったエッセイ集。

大阪　下町酒場列伝　井上理津子

夏はビールに刺身。冬は焼酎お湯割りにおでん。呑ん兵衛たちの喧騒の中に、ホッとする瞬間を求めて、歩きまわって捜した個性的な店の数々。

旅情酒場をゆく　井上理津子

ドキドキしながら入る居酒屋。心が落ち着く静かな店も、常連に囲まれ地元の人情に触れた店も、それもこれも旅の楽しみ。酒場ルポの傑作！

一芸一談　桂米朝

桂米朝と上方芸能を担った第一人者との対談集。藤山寛美、京山幸枝若、岡本文弥、吉本興業元会長・林正之助ほか。語り下ろしあとがき付。

ぼくは散歩と雑学がすき　植草甚一

1970年、遠かったアメリカ。その風俗、映画、本、音楽から政治までをフレッシュな感性と膨大な知識、貪欲な好奇心で描き出す代表エッセイ集。

夢を食いつづけた男　植木等

俳優・植木等が描く父の人生。義太夫語りを目指し、のちに住職に。治安維持法違反で投獄されても平和と平等のために闘ってきた人生。（栗原康）

昭和三十年代の匂い　岡崎武志

テレビ購入、不二家、空地に土管、トロリーバス、くみとり便所、少年時代の昭和三十年代の記憶をたどる。巻末に岡田斗司夫氏との対談を収録。

貧乏は幸せのはじまり　岡崎武志

著名人の極貧エピソードからユーモア溢れる生活の知恵まで、幸せな人生を送るための「貧乏」のススメ！　巻末に荻原魚雷氏との爆笑貧乏対談を収録。

古本で見る昭和の生活　岡崎武志

古本屋でひっそりとたたずむ雑本たち。忘れられたベストセラーや捨てられた生活実用書など。それらを紹介しながら、昭和の生活を探る。（出久根達郎）

酒吞まれ　大竹聡

酒に淫した男、『酒とつまみ』編集長・大竹聡が、酒とともに出会った忘れられない人々との思い出を自らの半生とともに語る。（石田千）

ちくま文庫

# 山口瞳《やまぐちひとみ》ベスト・エッセイ

二〇一八年三月十日　第一刷発行

著　者　山口瞳（やまぐち・ひとみ）
編　者　小玉武（こだま・たけし）
発行者　山野浩一
発行所　株式会社　筑摩書房
東京都台東区蔵前二―五―三　〒一一一―八七五五
振替〇〇一六〇―八―四一二三
装幀者　安野光雅
印刷所　三松堂印刷株式会社
製本所　三松堂印刷株式会社

乱丁・落丁本の場合は、左記宛にご送付下さい。
送料小社負担でお取り替えいたします。
ご注文・お問い合わせも左記へお願いします。
筑摩書房サービスセンター
埼玉県さいたま市北区櫛引町二―六〇四　〒三三一―八五〇七
電話番号　〇四八―六五一―〇〇五三
© Shosuke Yamaguchi 2018 Printed in Japan
ISBN978-4-480-43500-2 C0195